U0907506

我行我道

三感集

以初心而远行，永不言弃！

余建国◎著

人民日报出版社

图书在版编目（CIP）数据

我行我道：三感集 / 余建国著．— 北京：人民日报出版社，2017.12（2021.1 重印）
ISBN 978-7-5115-5103-0

Ⅰ．①我… Ⅱ．①余… Ⅲ．①随笔—作品集—中国—当代 Ⅳ．① I267.1

中国版本图书馆 CIP 数据核字 (2017) 第 282416 号

书　　名： 我行我道 ： 三感集
WOXING WODAO: SANGANJI
著　　者： 余建国

出 版 人： 刘华新
责任编辑： 张炜煜　贾若莹
装帧设计： 阮全勇

出版发行： 人民日报出版社
社　　址： 北京金台西路 2 号
邮政编码： 100733
发行热线：（010）65369509 65369512 65363531 65363528
邮购热线：（010）65369530 65363527
编辑热线：（010）65369509 65369514
网　　址： www.peopledailypress.com
经　　销： 新华书店
印　　刷： 三河市嵩川印刷有限公司
法律顾问： 北京科宇律师事务所 010-83622312

开　　本： 710mm×1000mm　　1/16
字　　数： 270 千字
印　　张： 21.75
版　　次： 2018 年 1 月第 1 版
印　　次： 2021 年 1 月第 2 次印刷

书　　号： ISBN 978-7-5115-5103-0
定　　价： 50.00 元

三版序

今年春节，中学同学史秀珍去看望班主任邵永华老师时，向邵老师借一本我写的小册子《余道》。事后她说，虽然邵老师借给了她，但看出邵老师有些不舍，所以她转而直接向我来要。因为再版所印的已所剩无几，我就不得不再印第三版。此版由李娜又做了一次校对，同时我又添了几篇文章，原先的文章未做删减，以保持与再版的连续性，但我觉得书名《余道》会给人学究气重的感觉，所以从第三版起改为《我行我道——三感集》，这与“余道”所要表达的“我所走过的路”还是相同的意思，并突出了“行”的重要性和我自己所选择的“道”即“路”。

本书再版，首先要感谢邵老师当年对我的教诲，也要感谢同学、同事们在生活、工作中给我留下的美好记忆，还要感谢周国强、管秀逢、丁慧、郑晓春、袁莉、赵申丹、张燕、倪冬英、李娜等同事，他们在近 30 年里先后为我在不同时期所写的 150 多万字的文章进行誊抄、打印、装订成册，付出了不少心血。当然，要特别感谢的是我的“特别助理”——我的太太王赛飞，她在我们谈恋爱时就担当了秘书工作并成为第一读者，为我誊抄的文稿多了，因此我们俩的字迹有 90% 以上的相似度，乃至很难辨别。

还要感谢中学同学沈康年亲自为小册子排版设计、好友胡绍亮的细心核对，还有好友朱晓冬、李子峰先生资助再版、第三版的印刷。

生活还在继续，我还会以我的生活方式——热爱生活、热爱工作、喜欢思考，来回报大家对我的关心！

2015 年 7 月 15 日

目 录

生活感受

工作感想

生命感悟

生活感受

三感集

王仲伟得知我到京，昨晚邀我在北京华侨大厦小聚。他还邀了几位他在上海工作时的部下及来京工作后的几位部下作陪。我与王仲伟相识得有 30 年以上了，所以他介绍我时称我为他的“老领导”。他现在任国务院参事室主任，位就高官还是念旧，不忘老同事、老朋友，在这个年头是很难得的。

30 多年前，我主持上海化工局团委的工作时，他是化工局下属的医药公司的团干部，由于他口才好，我们局团干部培训班常安排他来上团课，所以他那时在化工系统内就有“铁口”之誉。后来因伯乐刘云耕将他调到了团市委的团校（后改为上海青年管理干部学院）担任领导，他的特长在更大的舞台上得以施展。我记得他后来在团市委、文新集团、出版社、宣传部步步升迁，一直到市委常委、宣传部长、文化部副部长、国务院参事室主任。应该说作风正派、口才奇好，文化底蕴厚实，是他仕途的重要基础。如今他也过了花甲之年，还为国家操劳也实属难得。

我与他虽有过上下级关系，却没有直接共事过，但他的长处及表现我是心中有数的，他是一块“好材料”，一张“铁口”，一本“字典”。

昨天的餐桌上，当大家议到技术人员往往是新技术发展的障碍时，他推出了《资本论》，阐述了马克思、恩格斯的观点，可见他的理论功底深厚。他看了我 30 多年写的手稿后说“可以编一本书”，我说我把有关生活感受、工作感想、生命感悟的文字选编了一本小册子。他马上说“好”，就叫“三感集”。我第三版原先的书名是“我行我道”，听了他“三感集”的提议我觉得也蛮好，文学意味浓了一点，而原来的题目是强调实践、强调我的“行”、我的“实践”，我走过的“路”，两者具有互补性。

今天细细想来，仲伟兄的建议很好，索性把“我行我道”作为书名，而“三感集”作为第一册，因为我原本想把论文性的文章作为第二分册、技术性的文章作为第三分册、项目性的文章作为第四分册、信函作为第五分册，这样 200 多万字的手稿就可以分类了。

2016 年 2 月 26 日于北京

学文学理不重要，为民造福才重要

离开母校已快 20 年了，当年的校园生活还历历在目。现在的我已经“奔六”了，光阴真是“弹指一挥间”。

当时，我考入的是复旦大学分校，毕业时已改名为上海大学，那时的上海大学与现在的上海大学不可同日而语，现在的上海大学真可谓是“大学”了。1984 年的“上大”应该是恢复，而不是创立。所以“上大”创立至今，教友、校友中有不少是在中国近代史上叱咤风云的前辈，他们留给后辈的奋斗精神，激励着一代又一代的“上大”人。我深受他们的影响。

我在文学院读的是历史系政治学专业，毕业后，最初八年从事的是企业的党政工作，之后十年则做企业的经营管理工作。这 18 年间，真正在专业上的探究，除了一篇《1863 年清军和平进入台湾》的文章受到中央领导和清史学术泰斗戴逸先生的肯定外，没有什么建树。然而在非专业领域，我却凭着一股冲劲、一股韧劲和一股“知其不可为而为之”的奋斗精神，硬是闯出一条路来。1993 年，因浦东开发和上海产业结构的调整，我从化学工业领域转战到 IT 领域，成了一家卫星网络公司的总裁，一干就是 10 年。1993 年时的网络概念还很模糊，不像现在已家喻户晓。那时候要注册“网络公司”，工商管理部门还不知“网络”为何物，差一点不同意用这种名称注册登记。而我长期与化学工业、党政工作为伍，忽而转到一个全新的而且在世界上也是一个新兴的行业，真可谓“天狗吃月，无从入口”。好在我这个人好强，自学能力还可以，同时向员工、同行及专家学习，从基本的通信术语入手，慢慢进入了这个原本陌生的领域。十年下来，不知我的专业背景的同行，都以为我是哪家大学电子或通信工程系的毕业生呢。1994 年，我在完成卫星网的建设任务后，完全有机会去政府机关谋个一官半职，因我在接触卫星通信后就经常思考一个问题：我们国家能制造卫星、发射卫星，但是卫星通信在国民经济领域中的应用与发达国家却相去甚远。面对选择，我毅然决定在卫星通信领域继续耕耘。由于科技进步飞速，地面光纤超出原先预期的发展，本身科技含量高但成本也高的卫星通信面临无情的竞争压力，并处于劣势。10 年来不少卫星公司倒的倒、卖的卖，总经理跳槽的跳槽，卫星通信企业更是经常地“城头变幻大王旗”。到如今，我是 10 年前的第一批卫星通信企业中仅剩的几位老总之一了，同行戏称我是卫星通信业老总中的“红军老干部”。10 多年来，对于网络企业的泡沫，人们还记忆犹新，至今不少人还谈“网”色变，可是我还是一股韧劲，咬定“网络”不放松。十年磨不出一剑，那么还有十年，非得干出个名堂来不可。就像 1992 年我策划当时的有机氟研究所上市一样，凭着一股韧劲，硬是整体改制地实现了科研院所改制和上市，实现“两步并作一步”走。所以 10 年来，人们炒地皮、炒股票什么的，都与我不相干，我一心扑在卫星通信事业上，积跬步而行。

10 年的心血总算没白费。如今卫星公司刚刚走出困境，虽离成功还很远，但是我已看到了曙光。因为在中国卫星通信界，人们都知道有一个上海维赛特网络公司，有一个总经理叫余建国；世界同行们认可了我们所走的路；信息产业部也认为上海维赛特在我国卫星通信的应用领域做了很有意义的探索。

由于业务的需要，我又出任了上海福利彩票发行中心主任，所以社会上知道我搞彩票的人要比了解我搞卫星通信的人多得多，殊不知上海的彩票是与IT技术结合得最广、最好的。原因之一就是有一个天地复合的网络平台，彩票只是这个平台上的一个应用。其实卫星网络的用武之地还多着呢，这些都是我未来要去做的事。我认为，能把高科技与老百姓的日常生活联系起来，并为他们服务，这才是高科技的本质。如果高科技不能给人们的生活带来便利，它的生命力也就没有了。所以，我把卫星通信网络与老百姓日常生活相关的活动相连，使得卫星网络也活了起来。

看来，在大学里学文、学理并不重要，重要的是在任何岗位上都要去拼搏，开创一片新天地。只要你不懈地去奋斗，成功之花定会向你开放。我愿“上大”的校友们发扬前辈的忧国忧民意识和奋斗拼搏的精神，进而为国、为民做一点实事，这也应该是每一个大学生的责任。在未来的岁月中，我以“为‘上大’争光，为人民造福”与所有“上大”校友共勉。

2003 年

上海维赛特网络系统有限公司全景图

钱的“外延”——读一则消息有感

菲律宾侨胞为了酬谢在赴菲律宾行医期间为当地华侨及各界人士义务施诊的上海肿瘤医院高令山医生，给他汇寄35000美元，略表心意。而高令山医生获悉后就向医院领导表示，自己被派往菲律宾施诊，这是祖国人民的信任，为了感谢医院上下对自己出国施诊的大力支持，把这笔款转赠给医院，用作购买医疗器械。

高令山医生为侨居异国他乡的同胞精心治病，深得侨胞之心。侨胞汇寄35000美元酬谢他，这种用钱表示心意的方式在非社会主义国家里是习以为常的事情。高医生把钱转赠给医院，感谢祖国、人民对他的信任和医院上下对他的支持，这在我们社会主义国家里也称不上是条“爆炸性”新闻。因为诸如苏州待业青年杜芸芸献出10万遗产、陕西农民上交挖到的100多两黄金之类的消息报纸上常有报道。所以这种消息引不起大议论，大概也是“习以为常”的缘故，然而正是由于这两种不同的“习以为常”的态度，引起我对钱的“外延”的联想。

钱是价值的尺度、支付的手段，它的内涵在任何国度里都是相同的，即固定地充当一般等价物。由于在人们相互关系和商品化了的非社会主义社会里它的“外延”扩大了，因此侨胞们为了对高医生略表敬意，不外乎这种用钱来表示的方式。然而在社会主义社会里，人们相互间的关系是很难用钱来表达的，高医生把医院上下对他的支持看得比钱贵重，而祖国、人民对他的信任更是无法用钱来表达，因此他把钱转赠给医院。同样是送钱，却反映了不同社会制度里钱的不同“外延”。

那么，同是在社会主义社会里，人们是否都同高医生一样理解钱的“外延”呢？也不是的。前一时期报纸上曾揭露海关缉私人员张某，不顾国格人格，利用工作之便接受港商贿赂放行走私货物，结果给国家经济造成了重大损失。事后张某交代，他认为关系等于钱，我放行给他方便，他用钱酬谢是理所当然，把国家对他的信任、国家干部的身份全部抛到九霄云外了。这也说明在社会主义社会里对钱“外延”的不同认识，也反映出不同的精神面貌。

高医生思想境界高尚，张某境界低到不顾国格、人格，这告诉我们，在社会主义精神文明建设中，要不断宣传高医生这种新人、新事、新思想，来阻止钱的“外延”在人们相互关系上的渗透，不让商品交换原则扩大到侵蚀思想意识领域。因此，尽管高医生的事迹是“习以为常”的报道，为了限制钱的“外延”的扩大，我们还是要多多地宣传报道啊！

1983 年 4 月

我的外公

我的外公为人正直，年轻时，深受宁波一家典当行王姓老板（众称“大典王”）的器重。王老板将自己经营的多家典当行交予我外公打理，因此外公在宁波镇海一带也是有点名气的典当行小老板，因外公王芝泉与“大典王”同姓，在乡里众人称他为“小典王”。由于外公经营得法，大典王把在镇海“十七房”的当铺转让给了他，后来外公自主经营了“十七房”的当铺。

由于生意红火，外公被盗贼盯上，遭到强盗的抢劫。外公个子不高，但不畏强暴、奋力反抗，从强盗手中硬是夺下一皮箱的典当物品，为此受到乡亲们的尊敬，但是典当生意不再红火。

外公精通财务（账房），并由亲戚介绍来到上海谋生计。他在上海最热闹的南京路山西路口的邵万生南货号当起了账房先生，此后在邵万生一直工作到退休返乡，回到了二姆妈出嫁的庄桥夫家，并在那里生活了 12 年，91 岁那年去世。

在乡下的 12 年间，他老人家念经、抄经、吃素，他抄的经书送到普陀山庙里供奉，甚至普陀山庙里挂的不少布幔都是出自外公之手。应该说我外公的一生是正直、勤奋、为善护家的一生，虽无成就大事业，但留给后辈的是一个慈祥老人的形象。

外公和我

我父亲在邵万生从学徒做起，是业务上的一把好手，又经常把我带到邵万生去，所以我自小就在邵万生店堂里玩耍，对店堂里的南北货的味道终生难忘。在邵万生里，我受到了外公、父亲两代人的照护，还有店里叔叔、伯伯的喜欢。

外公、外婆生过十多个小孩，我母亲算是老大，在她前面有一个姐姐过世了，外婆也生过一个男孩，但夭折了，留下来的都是女孩。

而到我母亲这代时，我母亲一连生了四个男孩，我又是大外孙，被外公、外婆、阿姨们视为掌上明珠。在我祖母家我父亲也是老大，我又是长孙，我在这样的氛围之中，在两个家族长辈的关怀下生活、成长。外公在我周岁时抱着我在南京路王开照相馆拍的照，我还保存着。

在那个年代，家无男丁是一件在乡里难以抬头的大事。我父亲来到了一群女孩的王家，自然受到小姨子们的敬仰，戏剧性的一幕就发生了。我的二阿姨已成家，我叫她“二姆妈”。不知是我外公想多添男丁的想法还是我父亲的出轨，还是二姆妈的倾心，二姆妈怀上了我的堂妹，我妈是无法容忍的，姐妹俩从此绝情，不相往来。二姆妈虽对我也是疼爱有加，但她为我母亲所不容，一直到我母亲去世她对此还耿耿于怀。但终究是血浓于水，姐妹心里还是念着一份亲情，所以我知道母亲对二姆妈照顾外公多年还是怀有感激之心的，而二姆妈当时与我们也很难再有见面机会，但在冬天来临的时候，她会时不时亲手做了棉鞋送来给我穿。那个年代的冬天，特别是春节能穿上一双新棉鞋是很奢侈的一件事。随着年龄渐长，我对世事的看法也不再像年幼时受母亲的影响了，我时不时还会在心里惦记她老人家的身体状况。

如今二姆妈已是 86 岁的老人了，无论作为血亲之情，还是作为行将作古的长辈，在她的有生之年，我一直想去见上她一面。上周因公出差去宁波，我顺道去了父亲的老家澥浦余家，去了外公在“十七房”的当铺，然后到庄桥去看了二姆妈。

她儿子阿昌到骆驼镇来为我们引路，带我们到了庄桥半路庵余家二姆妈家，这也是外公生前最后寄居了 12 年的地方。

进门后，只见到了二伯和堂妹竺亚，竺亚领我到灶间，二姆妈在灶间做饭，一见我这个几十年未见的外甥，我们都眼含泪花，这是苦涩的泪花，也是幸福的泪水。我轻轻拥抱了她一下，我俩心中一切都是明白的，一切尽在不言中。

我因下午还要赶往绍兴，所以也不能久留，她让我看了她睡的房间，这是一间年久失修的老屋，又带我看了外公住过的房间（现在已租给外来人了）。外公留下来的信息散落在房间，那是一些经典而又老旧的家具。二姆妈顺手拿起从老家具的床上拆下来的几块嵌入象牙的木板，我一眼就辨认出与我妈妈给我的两把方凳和角几是一套的家具。二姆妈讲，外公留下的这种家具有很多，给了小阿姨、必田舅舅（我从二姆妈那里得知，这个舅舅是用外婆的一个刚出生的女孩与人家交换来的），必田舅舅把很多家具带去贵阳了，剩余的都散落在外公的几个女儿家中。

我妈因为二姆妈之事与外公也是不开心，但终究是父女之情，我妈在世时就为外公在上海圆明讲堂立了牌位，并在那个困难的年代一口气交付了 30 年的费用，亲情是难以割舍的。

二姆妈顺手拿了两块刚洗干净的老家具床上的雕花木板说，这是阿昌不要了，刚拿回来的，我看出她洗这几块木板，是在洗刷年迈经历中的沧桑，以还原她的本色。我的出现是冥冥中的安排，我也想给她一个惊喜、一份安慰，我是化解她们姐妹俩恩怨的最好润滑剂。

我不好意思要她手中的两块旧木板，因为这是她的美好回忆，但我又真想要这两块不起眼的木板，我想拿回上海把它用镜框装裱起来作为传家之物，把故事也装进去，把外公的故事传下去，也算是外孙对外公的一个交代，和一个家族的故事承载。

时间到了，我要赶去绍兴，于是我搂着二姆妈在沙发上，拍照留念，这也是与二姆妈的第一次合照。看了我们的合照后，我发现二姆妈脸上洋溢着由衷的开心。二姆妈的笑容太像外婆了，又勾起了我对外婆的回忆。

外婆真是太苦了！担惊受怕地过了一辈子的她，刚过 60 岁，在“文革”动乱刚开始的日子就永远地离开了我们，我只能不时地想起她，并遥祝她在天国幸福。到天气凉快一点的时候，让堂妹有机会陪二姆妈来上海，也还上我的一点心愿，也算是帮我妈终结两姐妹的一世恩怨。有来世的话，她们还应是一对好姐妹，九泉下的外公、外婆也就释怀了。

2014 年 8 月 9 日

小议“手心相应”

苏轼把文与可画竹的“秘诀”表述为“手心相应”，他不仅分析了“手心相应”的辩证关系，还从中推导出如果要想在学业、工作上取得成功也需要“手心相应”。

“手”和“心”之间是具有辩证关系的，“手”是“实践”，“心”是“认识”，任何事业的成功都有一个“实践—认识—再实践—再认识”的过程。文与可能成为名画家，就遵循了这个“过程”，如果他对画竹只停留在“心”上，不付诸“手”的实践，那么肯定是成不了名画家的。反之，如果他只注重实践，不停地画竹，而不去总结画竹的规律，也不能成为名画家。苏轼把文与可的成功从实践与认识的关系上辩证地概括为“手心相应”，这是非常确切的。

其实，纵观历史，大凡在科学、文化、艺术各个领域里有伟绩的人，在到达自己领域的高峰时，无不具备了“手心相应”的条件。然而，他们要达到“手心相应”的地步，是付出了多少的代价，走过了多少艰难的路啊！达·芬奇从画蛋着“手”，无数次的画蛋实践使他掌握了画人脸的“秘诀”，乃至最后创作了不朽的作品《最后的晚餐》。当莫泊桑在文学创作上已有了一点“小名气”的时候，他还是听取了导师的教诲，从“再写一百个人物”起步，最后成了 19 世纪欧洲有成就的大文学家。这就告诉我们，必须反复实践、反复认识，才能在事业上取得成功并达到“手心相应”的地步。

联想到自己做文章，虽然对记叙文、议论文、说明文之类的写作要领都已记住，有时偶然也能写两篇自己认为较满意的文章，但是由于平时还缺少练习，因此在考试时往往拿到题目后不能得心应手，以致败下场来，这就是自己在写作上缺少反复实践的缘故。

“手心相应”说说是很简单的，要使自己做文章能达到这个地步，不仅要理解“手”和“心”的辩证关系，更重要的是多实践、多总结，只有反复实践才能使自己在写文章时“手心相应”。

1983 年 4 月

一个不为日本人所理解的日本人

上海野尻眼镜公司是上海眼镜一厂与日本野尻眼镜株式会社合资开办的中外合资企业。董事长是野尻先生。

野尻先生今年60岁，“二战”期间曾在我国内蒙古待过。战后开始兴办棉纺业，后从事眼镜业，在日本他算不上大的实业家、资本家。由于热心于中日友好事业，因此他与上海眼镜一厂合作开办了上海野尻眼镜公司。该公司总投资双方各占50%，日方全部投美元，为了使合资企业早日开工，由野尻先生提议并和眼镜一厂协商，从眼镜一厂推选了十位政治素质好、技术水平高的青年赴日实习。这些实习生在日本的实习过程中既受到野尻先生在生活上的多方关照，又在技术上得到毫无保留的传教。野尻先生对中国留学生的这种态度，使不少日本人感到费解，甚至被日本人视为不可理解的人。在工作上，他对实习生是严中有爱，有时严得令实习生受不了，产生过情绪。为此野尻先生说，日本人不理解我，你们中国人再不理解我，我就太苦恼了。希望你们能理解我。

先说野尻先生的严。野尻先生规定，实习生必须和全体工人一样按时上下班、开会、娱乐以及加班，实习生所做的产品一律不准做商品出售，做一副封一副，让实习生们自己做对照。每个实习生必须在所有岗位实习，不能只干一个岗位，等各个岗位都熟悉了，就定岗专做一项工作。在上海上班是各干各的，岗位是死的。而在日本岗位跨度大，工作量就大多了，因此不少实习生感到吃不消。日本眼镜架的鼻梁脚强度拉力在 40 公斤，实习生们看到自己做的架子在拉力测试时达到 39.5 公斤以上不断，满以为可以通过。可是野尻先生认为只能作为废品，实习生们认为国内 10 公斤拉力就不错了，日本在质量上要求这样严，实在太苛刻了。实习生们三个月后拿出一副样品眼镜架带到上海，经上海眼镜制造业的权威认定已属上品，可是野尻先生认为这种产品在日本只能报废，并帮助实习生找了 18 个问题，请他们在后来的实习制作中改进。野尻先生讲，一只手表、一副眼镜是反映一个国家的工业水平的标志，你们不能马马虎虎对待自己国家的声誉。

野尻先生还有个观点，认为一个企业只要看它的厕所卫生怎样，就可推测出它的管理水平和质量要求及职工的精神面貌。为此他对中国实习生也非常严格。他每周突击检查实习生的宿舍，一进宿舍径直走向厕所，然后到饭厅。一到饭厅就跪下来用手在地上摸有没有灰尘。开始实习生们实在不习惯，在上海，地上没有纸屑算是干净的了。在野尻先生的严格要求下，他们慢慢地养成了讲卫生的良好习惯。

职工们星期天可回家，实习生们星期天在宿舍没事可干。野尻先生花了 200 多万日元买了两亩营养土，用汽车运到公司铺在场地上，让中国实习生种蔬菜。野尻先生说，一方面可为实习生节约一点费用，更重要的是青年人要养成勤劳的习惯。自己种菜吃会养成珍惜自己劳动果实的好习惯。为此，这些实习生不得不认认真真种田，对这些在家衣来伸手、饭来张口的独生子，这可不算容易的事。田的边上有水沟，但野尻先生不允许他们用沟水浇水，要从稍远的地方把自来水拎到田里浇水。因此，星期天对实习生来说也不是好过的。

野尻眼镜公司所有职工接到野尻先生的指令，中国实习生要看什么就让他们看什么，有问必答。要用设备时，公司其他职工都必须让出来，对中国实习生应毫无保留。对野尻先生这样的态度，中国实习生都十分感动。

野尻先生对中国实习生的一句名言就是，我没办法把你变成日本人，但要使你的技术达到日本水平。

野尻先生还支持佐佐木公司扶植北京眼镜厂。他认为北京眼镜厂要与上海眼镜业进行竞争。

谁能理解这个日本人？！

1990 年 1 月 4 日

国贸苏浙馆会秋雨兄

与王淑丽老师通话后，得知秋雨兄已将时间安排出来，晚上一起在国贸苏浙馆共进晚餐。我 7:30 到北京，8:30 就在赛特酒店咖啡厅听取中彩网对刮刮票的介绍，中午与邱江涛夫妇就餐，下午在安排于简观看数码电影后，我径直去了约定的饭店。

秋雨兄就住在国贸附近，所以不受北京路况的影响，准时到达酒店，我们见面交谈甚欢。

上一次与秋雨兄见面是一年前，在逸飞兄的葬礼上，时间一晃，一年半过去了。他还记得我们与惠姗、张毅、逸飞的那顿晚餐，所以开门见山对我说："本家又见面了。"秋雨兄能安排时间出来实在是难得，所以我也是开门见山直奔主题，我说："秋雨兄，我最近在酝酿一个项目，因为与文化方面有关，所以很想请你指教。"但是我们说话真正的切入点却是我们余氏姓氏的来历，大家就余姓由来的版本聊到山西、宁波，话匣子一打开，连点菜也忘了，服务员推来冷菜的小车，我才匆匆选了几个。不料我选的几个菜秋雨兄完全赞同，后来他补点了一个也是我喜欢的菜，真是祖宗的遗传因子在起作用，我们开了一瓶上好的黄酒，边吃边聊下去。

他原来只知道我在做彩票，所以这次我介绍了我在其他方面的业务，重点突出了文化、慈善、公益类项目，他也聊了一些他的情况，但还是我讲得多一点。后来我提出了关于在 IPTV 和互联网上开设文化类频道的构想，原因是随着物质生活的改善，人们对精神文化生活的追求丰富，这一客观条件越来越成熟，标志性的就是“秋雨时分”“于丹读论语”之类的节目在社会大众中受到广泛欢迎。他马上听懂也明白了我的意图，表示这是一个好点子，回去再考虑考虑、想想，下次有机会在上海或北京再详谈。他对我从事的行业大为赞赏，对我策划的众多项目表示肯定，说我们余家门的人是比较实在的，不图虚名，他自己也是辞去上海戏剧学院院长之职潜心于文化事业的。我们越说越投机，桌子上的菜没吃多少，酒倒是喝了不少，乘着酒兴聊得很投机，他说上海现在的文化体制有问题，官方色彩太浓，官僚作风太重，工作效率太低。有几次，殷一璀、王仲伟问他，在中央台做节目收视率很高，为什么不到上海来做点节目并建议他与《解放日报》报业集团合作。后来他与余家门老朋友余建华谈起，余建华也觉得国营单位关系复杂，所以作罢。今天听了我的一些想法后，他觉得还是在上海成立一个“余秋雨文化基金会”为好，我也表示这是一件好事，一举多得，用民间和海外华人力量，在基金会名义下支持各种需要支持和帮助的文化项目，这对全国文化建设有好的影响，他马上接过话题说：“这件事建国侬多考虑好哇，侬来策划一下。”我也毫不犹豫地答应拟一个初步方案，原因是，一来我对文化项目有兴趣，二来基金会这套申办手续程序，我做过几次，已经熟门熟路了。我们俩边吃边聊，不知不觉菜也吃完了，瓶底也朝天了，服务员跑进来几次我们也不知道，一看表，已整整三小时过去了，我赶快买单。其间秋雨兄说下次回上海一定去看看我们金桥基地和影酷数码影院，我也说下次上海再见时，争取把有关基金会的方案初稿拿出来。这样，我们一边说一边走出了酒店，酒店老板认出了秋雨，马上说余老师欢迎再来用餐，我也姓余，所以也沾光了。

回到酒店已是九点多了，我即起草了余秋雨文化基金会及秋雨文化讲堂的策划书提纲，余下的回上海再说。

2007 年 6 月 1 日

由限速 60 公里而想到的

20 年前，我在浦东工作过。最近又因公务去了一趟川沙。好久没到浦东了，浦东确实面貌大变，陈迹难觅，一下子几乎方向难辨。小车在花木拐入新辟的沪川公路后豁然开朗，笔直的公路，四条车道足有好几十米宽，心里想这下子桑塔纳可以显一下身手了。可是司机还是放慢了速度，跟在一辆拖拉机后面慢慢行驶，我好奇地问司机为什么不超过去，这么宽的路怎么开那么慢？司机示意我注意一下路旁的警示牌。我才发现，一块限速 60 公里的警示牌从前方右侧正向我逼近。这么宽的路，怎么时速限在 60 公里？我又向司机发问。这时司机才打开了话匣子，说这一条路原来是一条拖拉机路，现在一下子改成了开启式快速公路，原本世代居住在公路两旁的居民已经习惯了拖拉机路上车辆的慢速度及生活的慢节奏，而现在一下子开辟成那么宽的现代化公路，他们还适应不过来。在公路上穿马路也是按老习惯慢速度，对来往车辆的速度、人车间的距离判别不准，因而通车一个月，撞死好几个农民兄弟。为了使这里的居民有一个适应过程，交通管理部门才竖起了限速 60 公里的警告牌。此时我茅塞顿开，觉得有关部门此举相当周到。

由此我联想到 10 年前，我国刚开始实行改革开放的时候。那时人们的积极性一下子被调动了起来，大家主观上都急切地想把本单位、本地区以及国民经济搞上去，迅速提高生活水平，使我国成为国富民强的社会主义国家。可以说十年中，我们一下子筑起了通向四个现代化的快速公路。然而，在这条快速公路上行驶的有拖拉机、旧汽车，也有最现代化的、时速达 200 多公里的高速小轿车，更有还没完全从旧的生活方式和生活节奏中走出来的人们。如果在这条路上没有规矩，没有一定的限制，那么非出事故不可。事实上，十年中的很多经验教训都已证明了这一点。因此国家必须在宏观上有一定的限制措施，使国民经济各部门的发展速度控制在一定增长幅度内，以调整国民经济的整体结构，有计划地提高，这样整体发展速度才会提高。如果各方面都盲目追求高速度，那么国民经济和社会发展必然出现主观愿望和客观效果撞车的现象。

当我的车驶离沪川公路时，司机又补充道，最近管理部门又根据近一年的限速情况分析，农民兄弟开始适应了、驾驶员也重视了，交通事故明显减少。所以有望解除 60 公里的时速限制。我想，这一小事无论对我们制定改革政策的领导机关、执行政策的管理部门，还是对急切实现四化的全体公民，都会有启发。但愿大家都共同来调节、适应通向未来的速度，这样我们预定的战略目标一定会如期实现。

1991 年 5 月 21 日

白云、彩虹与星星——吉祥三宝

9 月 6 日在都江堰考察了三天，返回上海。当飞机进入机场飞航区时，机身底下顷时出现一大片乌云，飞机开始颠簸起来。当飞机钻出乌云时，机轮几乎已要滑到跑道上了。这时舱外下起暴雨，飞机在噼里啪啦的雨点中滑入了停机位。我们一行九人走下飞机，挤进了进港大厅。司机小李早已在出口处等候。

车子驶出机场区域，暴雨就戛然而止。这时天上云开日出，我摇下了车窗，雨后清新的空气扑鼻而来。当我贪婪地呼吸着带有雨后高浓度负离子的空气时，东边的天空忽然出现了一道在上海难得一见的宽大彩虹，像是在迎接我从灾区归来。太阳西斜，太阳底下还有大量的对流乌云，彩虹却东挂，彩虹下面是碧空，又飘浮着朵朵洁白的祥云。在这醉人的美景伴送下，我回到了离开三天的家。

到家后匆匆洗了澡，就走到阳台上眺望一下周边的景致。这时，我惊喜地发现星星已早早爬上了还带着落日余晖的碧空，闪烁着明眸，仿佛在说：老兄！让你看看这久别了的天象吧！

中国人历来有吉人天相、天人感应之说。这时我在想，这个吉象预示着什么？大概在告诉我“世事难测”！纵有地震之灾、台风雷暴，然而震后、雨后的大地还会生机勃勃，生活照样精彩，生命

吉祥三宝

照样延续。这些都预示着，认真地去活着，生活将更加美好。这时，我在灾区所见的滚石、裂楼、断桥的阴影一扫而光，整个身心沉寂在遐思之中……

春末厦门之行

王勇几次邀请我去厦门帮他投资的养老院策划一下，这次，借在福州开华东片福彩工作会议的机会，在会务组安排旅游活动时，我就离会去了厦门。

我对厦门的情结很浓。还要从二十多年前说起。那时我在天原担任领导，赶改革开放的潮流，在厦门开设公司并投资一次性手套流水线。其后五六年间，我主管厦门的业务。调到有机氟研究所后，我把对厦门的情结又带到了那里。在我策划研究所改制并上市后，有了一点资本，在湖里的信源大厦又置产业，这些房产至今还让三爱富受益。后来我调任科投公司，开始涉足卫星通信领域，与厦门就没什么工作关系了，但与厦门的一些老朋友还是情义未断，不时来往着。这次王勇建养老院，又与我现在从事的民政工作有关。这几年身在民政，与老年工作有密切联系，我自感有些这方面的想法对他也许有用，所以允诺有机会一定去现场考察。在去之前我还特地去上海“亲和源”高端养老院进行了考察，为去厦门做功课。

清晨，王勇让他的驾驶员驱车 300 公里来福州西湖宾馆接我赴厦。我早早起床吃了早餐，就在酒店大堂等车，以便能抓紧时间在中午赶到厦门。

沈海高速（沈阳—海口）的福厦段，我两年前走过一次。上次坐旅游大巴，这次坐奥迪吉普，心情、感觉大不一样。在平坦的高速公路上，吉普平均时速在 100 公里以上。车子飞驰，景物漂移，春末夏初的福建大地一片青翠。在出福州还不到福清的时候，前面堵车了，下车望去，黑烟滚滚，估计有车着火了，后面的车子一下子排成了长龙。警车已到，但消防车开不上来，因为同向的两车道加上应急车道都堵上了，大家只能眼睁睁看着浓浓黑烟，等待车子烧光。就在下车透透气的时候，空气中飘来一阵阵阴沟的恶臭味，环视四周，原来高速公路路边的一条水渠是恶臭的源头，这一下把我逼回了车内，关上窗打开空调以避这恶臭气。我的心情顿时沉了下来，原本我在车内看到青山，以为一定是绿水，事实是青山污水。这使我想起这两天凤凰卫视在播的江河水节目，我感受到了一个严峻的现实。几年前，在北京与徐达一起吃饭时，他谈到过水的保护问题，那时虽然自己也觉得这个问题是重要的，但感受不深。在这样偏僻的山区竟然是这样的水，是我没有想象到的。如果有机会看见徐达，一定让他来此地写一篇“青山污水”的报道。也许徐达应该早一点来，来晚了青山还在不在？我也不敢再想下去了。

当然，一路上还是有值得高兴的地方，那就是老百姓的住房与两年前相比大有变化。虽然规划上还有问题，有点散乱，但终究大部分的农民盖起了新房，而且大多是三四层的楼房，五层的不多，但也不时可以看到。外墙的面砖、镜面的落地玻璃窗风格上大体相同，与我在江浙见到的差不多。这些房子在三年自然灾害时的人们眼中，大概算得上是共产主义社会了。改革开放这些年来，老百姓的平均住宅水平是中国 5000 年历史上的顶峰了，这一点谁都不得不承认。

行驶了两个半小时，走了 300 公里后终于到了。我住的是厦门国际会展中心大酒店，王勇在酒店大门口迎我，并把我直接送入 4

楼的房间。在放下行李后，我拉开窗帘，酒店前面的大草坪比上海人民广场还大，远处水天一线，浮在水天之间的是小金门岛。还不等我看上几眼，王勇就催着我去吃饭了，因为下午还有行程安排。

饭后我们来到了在建的养老院，可以看见不远处"一国两制，统一中国"的大标语。王勇之前让我看过养老院的效果图，如今我看了养老院实况，从外观看上去和效果图相似度在 90%以上。可见王勇怎么想的，也是怎么去做的，不像有些项目，效果图与实际相差甚远。我看后跟他们讨论了一些问题，指出以后的经营模式、管理团队、财务内容才是重要的。他也认可。我这次是带着上海"亲和源"的构想去的，但在确定之前我不敢表态。因为上海"亲和源"是一个高端的养老院，如果双方在本地都定位在高端目标群，那才有下面的文章可做，否则难以合作。

之后又与他们的投资者及筹建班子成员碰头，我提出了上海方面可以输出品牌、输出管理团队和业务项目，可交换客户，这样他们就有了一个可以参照的对象和实力相当的合作伙伴了。我也与他们相约，五一以后来上海参观考察，洽谈合作之事。

厦门市有 200 多万人口，有 100 个高端的养老床位并不算多，加之祖籍厦门、生活在海外的老人，更是不算多了。这样他们也同意应该定位在高端客户群。我在想，我们城市的实际状况是大多数老人只能居家养老，低端养老院优先对困难群体，而另一部分的高端群体是海内外的高收入群体，特别是在一些经济较发达城市，3000 元以上月租、四星级标准的养老院少之又少，所以高端养老院是有需求的，我看好王勇的养老院项目。当然，从朋友的角度出发，我也会助他一臂之力，将这个养老院办成一个在厦门有良好口碑的项目。

2008 年

黄花三月下龙川

今年春节来得特晚，所以一过春节上班不久已是三月天，加之今年又是一个暖冬，未见江南瑞雪即已春回大地，百花争艳。因江、浙、沪、闽、赣、皖区域联销会议在安徽召开，我们从上海驱车400公里前往徽州文化重镇——绩溪。

20年前我去过黄山，因此对黄山风景印象颇深，对徽州文化却没有留下特别深刻的印象，在报刊上也只是读到只字片语，至多是一个朦胧的感觉。此次因杭徽高速刚通车，所以开车路经杭州去那里，我想应是一个不错的选择。

由上海出发，两小时的车程就过了杭州进入皖界。三月里的小雨宛如一缕薄纱，把皖南山区的景色勾勒得犹如一幅飞白的水墨画，徽式民居在车子的高速移动中时隐时现，好一派皖南山色风光。我似画中走，车似图中行，天、地、人、车浑如一体，好似回放着的DVR。重峦叠嶂之间，橙黄的油菜花如重彩之笔点缀山乡春色，使这一天上人间的画卷迷人、醉人，我贪婪地享受着这美景，真是秀色可餐。

由于当晚的预备会议高效，所以正式会议简短。安徽老李在主持了半小时正式会议后便匆匆宣布散会，让大家上路去看看徽居、游游徽景、尝尝徽菜。

这次参观的重头戏是安排去胡锦涛同志在龙川乡的祖居老宅。

龙川乡在离绩溪镇16公里的地方，仅十来分钟的车程，我们就从市中心来到了山清水秀的龙川乡。导游没开口就挂着一脸的喜悦之情，是不是因为我们这些各省市福彩中心主任能给她带来什么好彩运？一开口才知原委，原来从导游的介绍中得知，她引以为自豪的是胡总书记和江总书记祖籍都是安徽，且都是出自皖南有名的“六乡”之中，而胡锦涛同志的祖居正是在绩溪龙川乡。

我们跟着导游游览了胡氏祠堂，这座祠堂背山临水，坐落于溪流交汇之处，是典型的大户姓氏的祠堂。“正胡”祖先——胡炎，四百多年前在这里建祠，胡氏后人在此聚居、繁衍后代，祠堂庇佑着胡氏子孙，传承着胡氏家族精神。胡氏家族因家教严、门风正，故历史上名人辈出，明代有抗倭名将胡宗宪，清代有国母胡秀英，民国有现代文人胡适，当然，“假胡”中更有名震神州的红顶商人——胡雪岩。

“宗氏祠堂”是我国民俗中具有重要地位的一种姓氏宗族文化代表，它的宗规、家训维系着宗室家族文化，也是我们中华民族文化史中不可缺失的一个组成部分。各姓宗氏在经济条件许可的情况下都会修祠、续谱，以儆后人尊祖、爱幼，而不能数典忘祖。当然，受到历史的局限，一些祠堂、族谱中也留有封建糟粕的痕迹，但无论如何，我认为瑕不掩瑜，在人类历史的长河中，这种宗规、家训传承着中华文明中优秀文化道德的主流是不容否定的。

在胡氏祠堂正厅两侧有一百块花格窗门，每扇花格窗门的下端都刻有胡氏宗规、家训图案，其中“文革”中散失在胡氏宗亲家里的有52块，已被毁的有48块。在遗留的52块中，给我印象最深的是祠堂左侧全部以寓意深刻的荷花为主题的木刻画，尤为使我惊讶的是左侧第一块由荷花与螃蟹组成的一幅木刻图，这块木刻图的寓意为“荷蟹”，其寓意及发音是“和谐”，真是妙也、趣也！其他木刻图中的寓意都好像在哪里见过、听过，唯独这块木刻图却是平生头遭看到。胡氏祖先的宗规家训，充分体现了胡氏祖先的家教之严、遗德之美，也是中华民族之骄。

从胡氏祠堂出来，我们又前往龙川村 10 号。这是一幢坐落在散居的民房之中的房屋，外形上没有什么特别，按皖南地区在那个年代的标准，充其量是一户富农的居室，这就是胡总书记祖父所盖的祖屋。因为胡总书记的低调，这一祖居不仅不对外开放，而且唯一一张他带孩子回祖屋时的相片也被取下了。我们一行在民政系统工作，工作人员才让我们进屋“一游”。屋中客厅除了挂有其父亲、叔叔及两位堂叔的四幅照片及一张普通的桌子、几把椅子，就什么也没有了。旧屋显然是好久没有人居住了，如老翁在风雨中任凭时间去销蚀，但屋外的天井里却有一口清澈见底的水井，灵气犹在。不知我们中的哪一位用水桶从井中打了一桶清水上来，让大家湿湿手，试水后觉得这个水含的矿物质还是不少的，滑溜得很，看来此地真是“有水则灵之地”。

从老屋出来时天放晴了，我们大部队沿着龙川溪返回停车场。我边走边回味在龙川村的所见所闻，在村口的“过街亭”回首凝望片刻，看着黄灿灿的油菜花所簇拥着的、孕育了胡氏家族的龙川村，我不由自主感叹道：“红墙春色满京城，黄花三月下龙川。只待辈辈争朝夕，神州久梦崛起日。”

2007 年 3 月 26 日

烟雨中游南湖

上周在安徽绩溪开会时去了龙川乡，皖南山区的青山、徽居、油菜花还在眼前像拉洋片般一幅幅跳跃着，如今又来到了梅红、桃粉、柳绿的江南水乡。车子从苏嘉乍公路的南湖匝道出来，就看到一块巨大的广告牌，上面写的是：红船……磁悬浮的广告。红船想必是“一大”开会时用过的南湖中的船，磁悬浮不是在浦东吗？我一下子反应不过来，后来再一想，对了，是不是原来毛小涵要去主持的上海到杭州的磁浮铁工程？听他说过中间有一站停靠嘉兴，这样就对了，一定是沪杭磁悬浮。南湖人也未免太超前了，工程开工八字还没一撇呢，广告就先打出来了。

进城的路是一条宽阔的六车道，中间还有绿化隔离带，路面与路肩、上街沿干净得很。在这一段足足有三公里长的大道上，偶尔可以看见几个养护工穿着橙色的安全背心，穿行在大道两旁的绿化带上，在细雨中剪枝、培土、补树，扑面而来的是江南人设计精致、布局合理的田园风光和勤奋劳作的精神。

南湖在嘉兴城中央，车子进城后三转四弯就到了目的地——南湖公园大门口。这时雨点比刚才大了一点，游客们纷纷打起伞走入南湖公园，我走在一群人的最后，我觉得清明时节雨纷纷，这个时候游江南水乡，求雨还来不及，这点小雨算不了什么，于是我把伞交给丁慧，背起相机把视线切换到捕捉构图上。

在导游的引导下，我们上船到了小湖心岛，这是当年挖大运河时用河泥堆起来的小岛。我们先到了清晖堂，这是乾隆皇帝下江南时嘉兴知府建的，让皇帝歇歇脚的地方。清晖堂不太有皇家大院的气派，但在当时来说也算是一笔不小的开支了。清晖堂据说是愿清朝与日同辉，每个朝代都希望万岁，但没有哪个朝代超过千岁吧！

过了清晖堂就是烟雨楼，乾隆皇帝六下江南、八次登烟雨楼，足见烟雨楼够受宠幸了。现在的烟雨楼是2004年重新翻修过的，早先曾借给文化单位开茶馆，却经营不善，茶馆歇业，人去楼空，后来因旅游业发展，当地政府就把它改作陈列室了。早年皇帝登临眺望湖光山色的地方，如今是百姓追昔励志的革命圣地。乾隆帝料想不到，推翻清王朝的民国竟会被在此地开会的13位代表着57人的共产党推翻。历史是无情的，三十年河东三十年河西，否定之否定，一切在变化中发展。

在展馆的出口处，有一份留言簿，留言簿的签名上看得出不仅有老一代的开拓者、建设者，还有一批年轻的共产党员、共青团员，

烟雨南湖

春色大观园一隅

更有少先队员。我想未来的继承者们，不忘先辈们的丰功伟绩，更要不懈努力，把这个曾经的破碎的山河、分裂的民族、贫穷的国家建设成为一个立足于世界民族之林的民富国强的伟大国家。

从纪念馆出来雨停了，湖面上吹来的清新的风中夹着江南三月空气中的湿气，我们一行沿着南湖岸边，边走边欣赏湖景。我默默地在想，当年 13 个代表所建的政党，历经千辛万苦，如今已是 13 亿人的领导核心力量，真是举世无双，但在野与执政差别是很大的，执政了有行政资源、财政来源还有人力资源，从为百姓办事来说是好事，但也容易产生腐败的因素，如果不自律，权钱交易，腐败官员最终将自毁长城。每个朝代都有这样的问题，清朝、民国尤为典型，所以共产党的后人要来此温故而知新。人少不可怕，党员人数从 57 人增长到 8000 万，人多了不见得稳坐江山，国民党的 800 万军队也不就三四年输个精光。

现在的南湖水还是载着那艘南湖红船，如今从烟雨楼看到的南湖水是风平浪静的，如果8000万人的世界第一大党不自律，到时南湖的水花都会覆舟，共产党的来者们请清醒再清醒。愿烟雨中的南湖水永远宁静。

2007年4月2日

三十年前的一段师生缘

三十年前我与美国生命本质科学院院长柏忠言有过一段交往，在一年多的交往中，张蕙兰小姐是院长的翻译，自然而然成为我与院长沟通的桥梁。后来，由于彼此忙于各自的事业，这段交往中断了近三十年。这三十年间，头几年有过书信来往，后来的二十多年却几乎断了音信，但我还是常常会回忆起同柏忠言院长——我的老师之间这段无拘无束交流思想的美好时光。

最近，我请王夏青尝试与张蕙兰小姐进行联络，也向她提供了一些线索。蕙兰小姐的线索是我有次去音像店买碟片，在碟片架上偶尔发现了“蕙兰瑜伽”的 DVD 光盘，细细一辨，我认为这个“蕙兰”就是当年的张蕙兰小姐。朱正妹在学瑜伽，我向她要了几片碟片，一播放，蕙兰那一口南洋味的普通话使我印象太深刻了，所以确定我的辨识是没错的。王夏青根据 DVD 片上的网址，终于与她的秘书联络上了，没过几天她便发了邮件给我，这样，一段三十年前的情谊又续上了。

那是三十年前的一天下午，我拿到一张青年宫（大世界）的讲座券，讲座内容是“西方社会病”，主讲人即美国生命本质科学院的院长柏忠言，听讲者在 200 人左右。由于当时处于改革开放初期，外面形形色色的文化、娱乐、科学、哲学讲座纷至沓来，渴求知识的青年似久旱的大地渴盼甘霖，见到什么都想听听、学学、辩辩，当年我在做共青团工作，自然对“西方社会病”这样的讲座有兴趣。我从团市委得到了这张听课券，在青年宫三楼的会场听了这场关于从生命本质出发探究人生意义的讲座。

在课间休息时，我写了一张条子，提了大概十个问题，递到了老师那里，老师看了一眼没做回答，直到演讲完毕，才说请刚才递条提问的同学留一留，这样，课后我就被留了下来。张蕙兰小姐来到我面前，说老师对我提的问题很感兴趣，如我方便的话请到锦江饭店面谈。这样，我在后来的几天之中，去了锦江饭店几次，开始了我们一段一年多的往来。

锦江饭店的几号房我忘了，但我印象最深刻的是客房浅绿色的四壁、棕绿色的地毯、白色家具，一进房间就能让人静下心来。见到柏忠言老师，他招呼我席地而坐，蕙兰陪伴在旁，开始讨论我提出的问题，我们的讨论直奔“生命本质”这一主题。

1974—1975 年我在复旦大学学的是马克思主义哲学，所以我从生命是物质、生命是蛋白质（体）的角度出发，从唯物主义角度来解释生命现象，而老师从生命是一种能量的角度来解释生命本质，把生命体与生命本质区别开来讲生命现象，他的能量一说与我认为的“物质”是有区别的，但在生命和生物体同一性上，我感到二者有相同之处，因为能量也可被认为是一种物质，但解释是不同的，可以说生命本质至今仍是一个人们探求的课题，也将是人类一个永恒的课题。在后来的三十年中，我的实践和认识使我更认同老师的观点。在与老师讨论关于生命本质学延伸到社会学、政治学、经济学的观点时，我记得老师说，马克思主义在经济学方面的观点他认为是合理的，科学性很扎实，特别是对资本主义的剖析是深刻的，但对社会领域的推论和政治结论他不认同，他认为我俩在这个问题的认知差异可各自保留，不必放弃，让以后的实践去检验。我当时也是比较坚持我的观点，但老师这种讨论式的面授方法、启发式的讨论，给我留下了极深的印象，这与那个年代我们习惯的灌输式、教条式的授课是大相径庭的。这也使我学会了用讨论的方式与人交流，在后来天原化工厂党校讲课和对话中起到了很好的效果，在有机氟研究所这个知识分子聚集的地方，我用老师影响我的教学方式给他们上课、与他们对话，都得到了普遍的好评。这也是老师在授予我知识的同时授予我方法，使我终身受益。

当时老师在上海讲学大概三个月，他给我单独讲课有五六次。后来他在上海各大学、社科院也巡回讲课，其后我们的接触就不多了。

我于当年 8 月接到组织上去中央团校进修的安排，我与同期的六位团干部，匆匆整理了行李北上进修。那次我们集体坐飞机去北京，这也是我第一次坐波音 747 飞机，所以我的印象很深。在飞机起飞后不久，我发现一个老外径直向我走来，走近了我才发现竟是老师柏忠言，我惊喜得很，那么巧！我们会在同一个航班上相遇。寒暄了几句，他也就回到座位上去了。快到飞机降落时他又走了过来，向我递过来一个小盒子，我打开一看，是一个瓷器的小花瓶，这是头等舱的纪念品，我很是感激老师特意送过来，下飞机后我们就各奔东西了。

我们一行六人在接站老师的安排下，驱车前往西郊紫竹院附近的苏州街中央团校（现在是西三环），那时苏州街刚修好，是一条很宽的马路，斜对面是总政歌剧院大礼堂，学校周围都是农田，我们入住学校后，开始了一段半年之久的脱产进修。

我们参加的 18 期研究班共 108 位同学，我被编在华东组。由于我会打太极拳，所以除了学习外我还担任了这一期的太极拳“教头”，每天教同学们打太极，另外晚上学校的青年会宾馆的会场里还要学跳交谊舞，对我来讲这是一个全新的学习环境。一天我在校园里看到一个身影很像张蕙兰小姐，走近一看，正是张蕙兰。她也很惊喜，并说她与老师也住在学校的大院里，这让我喜出望外，真是太有缘分了。蕙兰小姐告诉了老师，老师就时常约我到他房间去，又与我讨论起生命科学、哲学、经济学等问题，这半年间我在老师身边又学到很多知识。

学习结业后，我通过蕙兰小姐与老师又保持了相当长一段时间的联系。特别是老师编写的《西方社会病》一书的草稿，他请蕙兰小姐把两册复印稿都寄给我，让我看看，提提意见。这本原名为“你是谁”的原稿复印件，我后来装订起来，经常翻阅，细细品味。这么多年里，只要有相关知识需要探究和思考时，我会不时地把此稿拿出来翻翻汲取养料。蕙兰小姐还曾写了一封信给我，现在原稿找不到了，但我当时有一份复印稿还在，这次收录到我即将整理好的《心集》中去。

三十年前的一段师生缘给我留下了一辈子的记忆。最近，蕙兰小姐发来电子邮件把香港的地址给我，并说柏忠言老师现在也很好，他们也很想念我，希望知道我这三十年来的情况。我想下次去香港时专程拜访他们，把我这三十年的经历好好向老师汇报汇报。特别是我对“生命”有了与那个时代完全不同的理解。我的理解中也留有老师那时给我烙下的痕迹，这虽是我后来在三十年的“行”中悟出的“道”，但老师的教诲、对我的启蒙，已是不争的事实。

一辈子能遇上这样一个异国老师是我的荣幸，也要感谢蕙兰小姐给予我的帮助。现在蕙兰小姐已是举世闻名的瑜伽老师，我们都受到了老师的教导，使生命的能量得到了充分的展现，为社会做了一些有意义的事业，我的生活很充实，活得很有意义。我会把老师关于生命本质的知识在生活、事业的实践中不断去体悟，走向人生的更高境界。

2011 年 10 月 3 日

“印象普陀”之“印象”

秋高气爽之时，在国家减灾中心的安排下，公司的应急车编队开赴舟山进行应急通信实地演练。在圆满完成了紧张有序的演练科目后，全队人马夜宿普陀山的朱家尖东航假日酒店。分管后勤的李嘉玲跟我说，普陀岛上有张艺谋的“印象普陀”节目，是否安排所有参与演习的队员一起观看。我觉得应该让队员们放松一下，并同意安排，这样晚饭后我们全体成员驱车前往“印象普陀”的演出现场。

说实在的，“印象西湖”、“印象桂林”听说过，但没有机会观看，“印象普陀”则是第一次听到，今天去见识见识张导的“印象普陀”的风格。到了白山的演出地，还没下车，我就看到了一幅由投影灯光直射在山壁上、约有百米高的观音画像，我觉得很眼熟，仔细辨认了一下，可以确定这是几年前我来过的地方，当时还是一个很简陋的景点。我曾在那幅观音像的对面山头上“立此存照”，所以今天一见分外眼熟。

带队的李嘉玲给了我入场券后，我们一队人进入演出场地。

天色已黑，微风徐徐，草丛中秋虫鸣唱，隐隐约约的山峦，飘忽着的观音像，夹在树影间慢慢地向我走来。弯过了第二道小径，眼前跳出一个灯光下的山间小佛堂，仔细一看，我猜这个佛堂好像是舞台的实景，佛堂的对面是一个360度的环形露天剧场，舞台正对着剧场的一个45度缺口，观众就从这个缺口走上成排的座位。粗略估计一下，有七八百个座位，我的座位号是18排18座，在服务员的引导下，我们一队人马占下了一大排座位，坐下等待开场。

环视四周，我一下子还反应不过来舞台机关有什么特点，这时喇叭里传来工作人员宣布的观看注意事项。说不可以用闪光拍照，并说这是对菩萨的不敬，我想，这上纲上线也未免太夸张了吧，心想观看节目本应遵守演出时不打闪光的自律，因为这会影响演员演出的效果。

话音刚落，45度缺口从两侧慢慢伸出了弧形移动的投影幕布，把整个剧场严严实实地围了起来，观众这时抬头，看到的满是星星点点的繁星挂满了初秋的夜空，六个演员每人手持三炷香向观众徐徐走来，这时观众席正前方幕布的后面忽然隐隐觉得飘来移动着的山影，一时真假难辨。我还以为是舞台布景在动，后来感觉座位有极细微的震动，顿悟是整个剧场在向左转动。当电动移动幕缩回去时，呈现在观众面前的是高大的山峦，层层叠叠，错落有致地在几十部投影机投射下，眼前是“裸3D”的场景，远处山涧中的亭台楼阁隐隐欲现，如天宫中的仙景气势宏大，江南丝竹传出天籁般的迷人音乐，让观众们沉浸在仙境之中。起伏的演出使观众不知演出在哪里是段落，生怕鼓错掌而屏息凝视，只能看着物景如星斗转移般变换，一共六幕的演出高潮迭起，最后在移动弧形投影幕中帷幕徐徐落下，全场爆发出了热烈的掌声。

要给“印象普陀”打分的话，印象最深刻的是以自然山景作为舞台，声、光、音、色的运用自然是一流的，遗憾的是一场表演结束后，剧情的核心是什么不突出，没有连贯性，总有凌乱、跳跃之感，也许我水平有限看不出，读不懂老谋子高超深刻的寓意。

“印象普陀”留给我的印象是奥运会式的借景大型文艺演出，舞美、声响、布景堪称一流。如果有一个故事情节来串线，也许更能引人入胜，那就更有观赏价值了。不过，从张艺谋的角度来说应该是一个很成功的项目，因为观众如流水宴席，一拨一拨前赴后继，都是仰慕张导的大手笔而来的，当然，来看热闹的居多。而“流水宴”就要看每天的人数了，管你好看不好看，有没有情节，来了就“值”！所以老谋子“谋”到财了，也就成功了。也正因为如此，神州大地处处“印象”云起。

我唯一要问的是，这样大规模借自然环境作为舞台背景，长此以往，对生态环境是否有利？这也许要让社会慢慢做一个评估。当然，现在“印象”正在风头上，自然不会有多大的声音的，而且老百姓的文化生活需求太大了，但理性的人们不得不引出这样的“诘问”，这也是我对“印象普陀”之“印象”。

2011 年 9 月 27 日

重彩写意绘世态

近日在西西郭的新寓所重逢七年不见的王柏生老师。一副清瘦的体态，一个短发齐刷的平头，一双炯炯有神的眼睛，这是王老师的“招牌”形象。当我们聊起近年来他的新作时，从他眼中闪烁的神采就可以感受到他对自己独树一帜的“重彩写意”风格追求的意志力和宝刀不老之风骨，其间还夹带着先生对人生的喜悦之感。

七年前，在西西郭的举荐下，我为王老师的第一册画集作了序。此次相见又闻他的第二册画集筹划工作已近尾声，我正为他的新集出版而欣喜之时，他又提出让我为新画册作序，我倒有些为难了。因为我终究不是圈内人士，要再为老师的新作作序就着实不敢当了，但盛情又难却，只能从我的眼光和仅有的文化底蕴再写一篇“感想”了。

其实为第一册作序时，我与王老师是素昧平生，也只是在西西郭的宅邸看到过他的几幅我很喜欢、印象很深的画，写了一点感受而已，后来王老师只字未改，把它用作“序”了，我有点受宠若惊。这次与王老师品茶聊天时，才得知他追求的是一种“重彩写意”的风格。

王老师的“重彩”有西画之视觉冲击力，“写意”又有国画之泼墨飘逸的风骨，两者结合，表现出一种独特的张力，让人感受到画面人物的血肉之躯和精神风貌融为一体，是灵与肉的一种完美结合。远远看去，一般人很难看出是西画还是国画，就是近看也难辨画竟是作在宣纸之上，这样在形、意、态，色、韵、味中较彻底地把传统意义上的油画和国画融汇在一起，是我这次看到王老师新作之后的心得。

人物仍是王老师画的主题，他笔下的“惠安女”“藏胞妪”就是抽象出来的人间世态的永恒主题。在笔法上延续了第一册画集的风格，在人物表情刻画上显得更为入木，在色彩上略显深沉，也许是人上了年纪之后，直觉上对外在世界的色彩层次的追求方式会有所不同吧。然而透过色彩的层次仍可看出王老师心灵深处的色彩依旧艳丽，因为内敛程度与城府深浅相连，作画也如此。王老师已是七十有余了，对人物的理解、刻画不在于对象的表象，只有从这些对象的内在的韵、神、态中去品读，才会真正领会他对世态的洞察和领悟。

过几天王老师要回厦门去，我们相约有机会在他厦门的画室再相会，他说他有上好的茶，到时我们再品茶聊天，向我吐吐他“重彩写意”的心得。王老师没有什么头衔、称号，作为民间的画家，他的画没有一丝矫揉造作之处，对人间世态的刻画极为淳朴，这是他的成功之处。他以“重彩写意”的技法为痕迹，我想，积极意义下的人生就是不管什么头衔、称号，你的追求给世间的是既能动人又能悦己，这就是什么样的人生态度会成就什么样的追求。

迟开的三角梅——厦门之行所思

下午王勇没有安排，我有自由的时间了，在房间的露天阳台上举目四望，草地上三五成群的人们在放风筝，蓝天下各种风筝争奇斗艳并发出微微蜂鸣声。三角形的风筝在一位老人手中玩得自在，情侣们双双对对，不知道他们是在放风筝还是以风筝作为谈情说爱的由头。小朋友们在大人的带领下在放风筝的人群之间穿梭、嬉闹……蓝天、绿地、欢笑声，一片祥和的气氛！

我还是想下楼到外面走走，感受一下海边的风光，于是沿着环岛公路，迎着微微海风，边走边看旖旎的风光。4 月末的厦门气温已很高了，以前我记得 4 月初，环岛公路两旁的三角梅已经盛开，然而这次我行走在环岛公路上，很难再看到深玫瑰红色的三角梅，只是偶尔星星点点地散落在路边、庭院墙角的转角边。来接我的驾驶员说，这是因为今年的冬雪虽然没有下到厦门，但寒流还是影响到了厦门。是啊！今年的冬雪对气候的影响不是马上显现出来的，而且影响到了厦门，看来这场雪对南方的影响还要持续一段时间。

我一个人走在海边，近望小金门，远眺大金门，天气不算太好但还过得去。一个小贩兜售着望远镜，说可以看到对面“三民主义，统一中国”的标语，我 20 年前曾经看过，现在已经没兴趣了，因为这 20 年来新闻开放，对台湾的了解比以前多了，不在乎这几个字了。而我方一侧的“一国两制，统一中国”还是引起了我的沉思，勾起我对邓小平同志的怀念和对他远见卓识的赞叹。原来“一国两制，统一中国”的标语牌前的乡间小路现在已变成比夏威夷环岛公路还要漂亮的环岛公路，它的东边不远处就是我住的厦门国际会展中心大酒店，这里每年都有很多与台湾各方的商务展会举行；它的南边是海悦饭店——一个五星级的花园式酒店，国内外政要休闲的场所；它的西面一二公里处就是王勇在建的高端人群的养老院。20 年前专用的高音喇叭已全拆了，因为现代广播通信手段已是多样化了。

在走回宾馆的路上我想：如果当年汪辜会谈“九二共识”不被阿扁执政时的寒风吹袭的话，现在两岸关系已是一个新篇了，遗憾的是台湾为此虚耗了十多年，两岸关系犹如今年的三角梅开晚了，但不管如何，春暖花开之时，三角梅的绽放是必然的。

如今麻雀

清晨沿着世纪公园跑步，其实只是快走，以我平常的速度是45分钟走一圈约4.7公里，这样断断续续已有几年了，快走是为锻炼体魄。在这45分钟之间，我有一个习惯，就是会向自己提出一个问题，边走边思索，不管是否有结论，也可以说是练脑子，身体不动容易衰退，脑筋不动也一样。

今天刚走到芳甸路拐弯角时，看到前面步行道上有四五只麻雀悠闲地在街沿石边上若无其事地觅食，我照我的步行速度径直走去，只是当我走近它们有一米左右的距离时，它们在我面前才雀跃而起，跳到步行道内侧的青草地上，在给我礼貌性地让了道后仍忙着它们的觅食活动，这一瞬间勾起了我对麻雀的联想。

小时候，我住在大东门一号的客堂里，客堂的前面是一个七八平米的小天井，虽然天井的围墙上还有高篱笆，但时不时还会有麻雀飞下来吃我们散落在水管边上、窨井盖上的米饭粒，我和弟妹们常常躲在客堂的大玻璃后面，不动声色地观察它们的活动。只要我们稍有动静，麻雀就飞得无影无踪，因此留给我的童年记忆是麻雀反应极为敏捷。

到了“大跃进”年代开始了“除四害”，那时麻雀是“四害”之一，按现在的话来说是“麻雀被运动”，这下麻雀就惨了。我们的居委会是城市人民公社的典型，名称为“红旗人民公社”，在除四害中更要积极带头参加全市性的驱赶麻雀的运动。那时到了全市统一的活动日，屋顶上到处都站了人，有摇旗呐喊的，有扎“假人”吓唬麻雀的，人声鼎沸、锣鼓喧天。麻雀无处落脚，被赶来赶去，最后一个个“倒栽葱”坠地，于是小孩们纷纷围上去快乐地捕获“战利品”，一些大口喘气的麻雀变得呆头呆脑，那些小麻雀早已被吓得昏死了过去，于是大家拿着“战利品”送到11号的居委会，登记上报除四害的“业绩”。自1958年“大跃进”除“四害”以后，上海城市里麻雀几乎绝迹，天空中除了鸽子难以看到麻雀的影子。过了一段时间后，参与除四害的人也开始疲倦了，更主要的是生物链上缺了麻雀这位仁兄，农村开始虫害泛滥，同时中央高层的精力用去除“人害”了，所以除四害特别是驱赶麻雀的活动就渐渐平静了下来。

进入三年困难时期，人们发现自己连饭都吃不饱，更没有精力去做这种傻事了，这样这一活动就停止了，但是，在相当长一段时间里城市里难觅麻雀的身影。过了二十多年麻雀才稍多了起来，但麻雀们更敏感了，只要有人稍靠近，它们就飞走了。一直到改革开放后，人们生活改善了，吃麻雀的人也少了，城市环境也发生了变化，大块的绿地在中心区域出现，花园式的街区不断涌现，在与麻雀共存、共生的生态成为可能时，麻雀的行为方式也渐渐改变了，它们不再怕人了。如今的麻雀已不知先辈们悲惨的遭遇，孩子们也把它们当鸽子一样对待了，所以才有今天我快走时的这一场景。

如今的麻雀还是麻雀，但如今的麻雀不可能有当年“血雨腥风”年代的记忆，但我们人作为高等动物，在世界生态环境里的遭遇还会通过文字传下来，不能忘记。我们遭遇过“血雨腥风”的年代，我们的后代还要对这个生态环境保持警惕，无论是对来自内部

“左”“右”的干扰还是对国际上的强权霸主及那些地痞流氓腔都不能掉以轻心，都得防着点。我们的下一代不能像如今的麻雀那样，在无忧无虑的状态下麻痹大意，而成为未来世界动荡的牺牲品。

2011 年 8 月 21 日

苦难的外婆——我的不敬之痛

年纪大了，时常会想起少年时幼稚可笑的念头和无知、不敬之举。近日偶然看到一则马英九当选后向支持他的“一贯道”谢票的新闻，“一贯道”三个字勾起了我尘封四十多年的一段苦涩往事的回忆。

当初我在郊区的寄宿制学校莘庄中学求学，在我初中二年级时，有关方面在全市初中生中招收滑翔员，一旦录取就转到“风雷中学”，即一所滑翔员学校，该所学校担负着培养未来飞行员的任务。我与所有适龄青年一样积极参加体检争当滑翔员，那是我第一次参加有那么多检查项目而又特殊的体检。我记得视力很重要，我以双眼视力均为 2.0 通过，在检查色盲时要辨认很多形状的图案和数字；检查听力时，在黑暗的房间里要听不同的细微声音；在检查嗅觉时，医生把各种液体在我鼻前快速移动，让我说出是什么液体，我快速地回答着各种液体的名称，当医生把一瓶液体反复在我鼻下移动并问道：“再闻一闻，究竟是什么？”我回答：“是水。”医生惊奇地说：“不错！”我过五关斩六将顺利通关。然而到了最后一关出状况了，那是让我坐在一个像理发椅一样的转椅上，然后医生把椅子急转突然又急停，然后又快速反转，我平生从没有过这种体验，所以坐在转椅上起不来了，头晕目眩、天昏地暗，方向不辨。休息了一会儿，医生让我下了转椅对我说：你的检查结束了，你可以回学校去了。这样，我与前面几关就被刷下来的同学一起扫兴地回校了。

回校后的几天里我很懊恼，心想被刷下来太可惜了，心里很不爽。在那个年代能去参军是每个血性男儿的理想，何况飞行员又是我尤为向往的。因为我是学校飞机模型兴趣小组的成员，每周校外活动都能看到各式各样的飞机模型，有时又参加各种比赛。那个年代的学校兴趣小组给学生未来的启蒙、启智作用是很大的。我参加飞行员检查被刷下来了，但我当飞行员的梦仍在，所以每当去食堂吃饭时，我就一个人平地打转，正转反转，让自己适应这种情况，也是平复自己不服输的心理。

真是功夫不负有心人。过了大概两周，班主任邵老师突然通知我去复查，据说是因为我其他的检查情况很好，同时其他同学都在转椅项目以前基本被刷完，这样我与另一位同学被通知要到市里的

我和我的中学班主任邵永华老师

第六幼儿师范学校住校做全面复查，这对我来说真是兴奋至极，我晚上睡不着，又怕再被转椅刷下来。第二天我怀着忐忑不安的心情在老师的陪同下前往第六师范学校，刚进校门就看到操场边摆放着的几架滑翔机，这是我生平第一次看到滑翔机。复查的第一关又是转椅，结果我顺利过关，后来在半夜还要从耳朵上抽血、拍 X 光等，项目可多了，但我全部过关了。第二天让我们回学校等通知。

一周后邵老师找我，说让我做转校准备，因为我从初一开始就是班主席，我要转校班主席也得重新推举，结果一个叫谢国梁的同学顶上了我的班主席之职。同学们在为我转校高兴的同时又惋惜，因为我与同学们感情很好，大家都认可我。没过几天风云突变，学校人事科陈老师找邵老师要他告诉我，我们学校只批准一位同学，而我未被风雷中学录取。邵老师不好意思地告诉我，说我是因为外婆的政治问题而未被批准的。这个时候的我在政治常识上还是朦朦胧胧的，不知政治问题是什么问题，是什么性质的问题，只是心里挺难受的，在同学们的眼神里好像也看到了一些异样而同情的眼光，这是我人生第一次受到沉重的打击。我回家问妈妈，外婆有什么政治问题，那时候的妈妈也是担惊受怕的，只是说外婆曾参加过“一贯道”，是什么“坛主”。我这下心里冰冷了，一度情绪低沉，怀疑我周围的人都在背后指指点点。好在邵老师还是安慰我，也有同学劝我，不少女同学说我未被录取，可留下来再当班主席了。在邵老师、同学们的劝慰中，我的心才平静下来，班里又重新选举了班主席，我以 47 票全票再次当选班主席，一直担任到初中毕业。

虽然我情绪安稳了，与同学们的关系照常融洽，但是外婆的政治问题成了我的政治包袱。因为这个问题我入团不能入，其他班级的班主席都入团了，我一直被拒绝在共青团的大门之外，一直到 1968 年我到工厂之后，以自己的汗水、真诚和超人的付出才入团，

我的外婆

我和母亲

但那已是外婆过世多年以后的事了。

对亲属的历史问题，那个时候要求进步的青年必须与之划清界限，这样我就不去外婆家了，外婆买菜经过我家的弄堂我也不叫她了。我是最大的外孙，从小老人对我疼爱有加。我小学六年级时，正值第二十六届世乒赛，我们国家获得了团体冠军，全国上下乒乓球热风劲吹，我们在学校里常常在课桌上打乒乓球，在水泥地上画一个格子也打。我家有一个西餐桌，拉开来比正规的乒乓桌还长一点，用自削的小木板当作乒乓球板就这样开打了。外婆看我喜欢打乒乓球，有一天带我到小南门学校对面 14 路电车站的文具店，让我挑喜欢的乒乓球拍，我不好意思，挑了一个便宜一点的，可外婆向营业员要了最贵的直拍板并买了一副，我心里真高兴。后来我的乒乓球艺大有长进，一直到今天，我在同龄人中还可以露一手，几年前我们公司的乒乓球赛我还得了第一名。每当看到这副乒乓球拍就会想起外婆，可是外婆再也回不来了，她带着外孙的不理会和不谅解离开了这个世界，我也没有机会向她表达忏悔的心情了，只能带着遗憾走完我的人生。

外公教我写毛笔字，使我的毛笔字也拿得出手；外婆给我买乒乓球拍，使我不仅锻炼了身体，而且在乒乓球竞技对垒中悟到了做事的风格。我打乒乓球可以很有耐心地跟对方搓，一直可以搓上几十板，等对方没有耐心时，我会把握机会把对方狠狠地一板抽死，我后来的行事风格也受到乒乓球的影响。大人对小孩是无私的，不求什么，只愿小孩健康成长、幸福生活，现在想叫外婆已经叫不应了，我想外婆的在天之灵会原谅我当年无知的不敬之举。

在妈妈过世之后父亲开始写回忆录，在父亲的回忆录中才得知外婆的身世。外婆姓胡，我的曾外祖父是宁波一个庙里的账房，每逢灾荒之年他派粥给街坊乡邻，免佃农的租，是一个人人夸的“好好先生”。曾外祖父在宁波也算是大户人家，我妈妈是大家闺秀。在兵荒马乱的年代，因外公开的当铺遭强盗抢劫而家道中落，我妈妈就从宁波下嫁澥浦乡下。只听我妈说过，我外婆很苦，一辈子生过13个小孩，全是女孩，在那个年代她的精神压力是可想而知的，所以她求佛、求仙，只有一个愿望，能为外公家生一个男孩。正因为这个原因，她受了“一贯道”的影响，参加了“一贯道”的活动，至于是什么坛主之类已无从考证了。反正她参加了“一贯道”，我想这对一个生活在旧社会环境下的妇女是再自然不过的事情了。说实在的，我至今不知“一贯道”是什么样的教派，大概因为有历史的疮疤不愿去揭，所以我还是让它保持一些神秘性，可以减少一点心痛，增加一点对外婆的怀念。

苦难的外婆，不知您能否听到不孝外孙的忏悔！外婆是会原谅我的，可我一辈子也无法释怀。外婆，外孙已无法弥补终身的遗憾，只能祈祷，您安息吧！

余岩祖父

鸿年伯伯是我们宁波澥浦余姓一族在上海几房亲戚中最有威望的前辈。

我最后一次去探望他时，是三年前的春节，他交代我说，“在上海图书馆有我们余家的家谱”，半年后他老人家谢世，这一提示竟成了他对我的“遗嘱”。几个月后的一个星期六，我去上海图书馆办了借书证，并在“牒谱保存馆”查到了我们家的家谱，这家谱承载着我们家族 300 年来的兴旺史，我花了两千多元把四册家谱全部复印出来并装订成册。后来不少亲戚得知后纷纷来询问、了解族内相关情况，鸿年伯伯的大儿子国瑞阿哥还把余恺（余岩的孙子）也介绍来见我，那时余恺还送了我由安徽大学祖述宪教授编著的《余云岫中医研究与批判》（也即下文所言《批判》）一书。

余岩即余云岫，是我们澥浦余家近代出的一个最有名望的先辈，从辈分上是我祖父辈的嫡堂祖父，与我祖父是堂兄弟，他 1954 年离世时我尚年幼，未曾谋面。他的弟弟余霖也是一位医生，曾任黄浦区中心医院副院长，在我 19 岁时，我妈还带我去他家请他为我治过病。他们兄弟俩曾研发出“黑药膏”、“白药膏”，这是老上海人家喻户晓的两种消炎药，我记得自幼在我们家的药箱里这两种是常备的药品，小痘痘、小水泡，抹上此药一夜就消退。只知道原名“余氏脂”，“文革”中改为“鱼石脂”（是“余氏脂”的发音），现在不知道改成什么名字了（据国粹嫂说现在改名为“依比膏”）。

从《批判》一书中我才认识了余岩祖父。他家境贫寒，早年是清朝秀才，鸦片战争后成为中国第一代近代知识分子，也是 20 世纪上半叶上海的一代名医、新文化运动中反“中医”的一面旗帜，然而余岩祖父一生的精彩经历并不为世人所熟知，甚至包括他的子孙们，也包括我。读了《批判》一书中由祖述宪教授写的前言，我才对余岩祖父有了一个比较全面的认识，我对余岩祖父的印象是：

一个勤奋好学忧国忧民的进步青年

1840 年爆发的鸦片战争失败后，中国社会进入了一个救国图强的时期。余岩作为具有“素不好世俗”秉性的热血青年，唯好学问，从青年时代就博览群书、图医学救国，为中国社会寻找一条图强之路。然而积贫积弱的中国不是靠行医治病、健体强身能图强的，因此辛亥革命爆发后，余岩又在日本组织了“赤十字队”，以“男儿事业奔沙场”的气概投入国民革命，追随孙中山先生的革命事业。

一个功成身退的有良知的知识分子

辛亥革命成功后，他重回大阪医科大学继续学业，1916 年完成学业回国，在上海担任公立医院医务长。虽曾兼任很多公职，但他主业还是从医，因为他不会攀附权贵、钻营名利，看不惯革命胜利后社会上的一些腐败、黑暗现象，因此与官场和掌权者保持距离。但作为一个知识分子，他毅然承担起“良知守护者”的角色，向当局提出批评和建议，对我国的医疗卫生问题秉书直言。特别是汪伪政府请他出任同仁医院校董被他拒绝，更显示了他的一身正气。抗战胜利后，他看不惯胡作非为的国民党接收大员，在上海“光复庆祝会”上直言批评，充分显示了刚正不阿、疾恶如仇的品德和正直有良知的知识分子情怀。

一个医学领域求真理的学者

余岩祖父一生在医学领域追求真理的精神，使得无论是赞同他观点的同人，还是反对他观点的好友，对他对中医的批判精神与潜心研究的科学态度都是给予充分肯定的。现在，从历史的角度看，余岩祖父曾被定格为反对中医的旗帜地位已是不争的事实，但是很少有人会理解他的反“中医”的责之切的“苦衷”。他是在从对中医热情投入的失望结局中对中医进行了反思，他批中医是为了“唤醒旧医、整理旧医、改造旧医”，实现我国医学科学化，而不是对中医的门户之见，因此他对中医是有所期盼的。我认为至今这项历史任务尚未完成，医学界的志士仁人应有更多像余岩祖父这样的有志之辈推动它在科学化道路上走下去。

余岩祖父去世已经有一个甲子了，如今的中国已发生了翻天覆地的变化并为世人所瞩目，“废中医”的争议时不时又成为国人的话题，最近凤凰卫视曾做了一期专题节目，把余岩的观点又搬出来做了历史的审视，我认为这个题目应该有答案了，即中医是不可能废除的。中医中代表“旧医”的糟粕部分必然会退出历史舞台，中医中合理的成分被科学化后与科学的西医一起将合流为“新医”，各民族的传统医学中的科学部分都会走这样一条路，这是世界医学的发展趋势。如今国际上很多中药的提取加工技术已与西药生产在一个水平上了，中药的药效被大大提升，反过来这又佐证了中医的确有科学合理的成分。然而，中医要全面走上科学化之路，道路还很长，余岩祖父对中医是“恨铁不成钢”，应成为鞭策传统中医在科学化道路上继续走下去的动力。

任何人都会受到历史的局限，余岩在那个风起云涌的年代，观点中也有过激的部分，这只能归结为青年知识分子为国家图强、为民众请愿之心，那个年代、那个年龄段上没有点过激言论的青年，真不算是一条好汉。

我族祖辈出了一个在医学领域里颇有影响力的历史人物，也可告慰列祖列宗：余家子孙中有出类拔萃者。

2011 年 6 月 6 日

大连随笔

应大连福彩中心之邀，我从北京坐火车去参加“东方 6+1”扩大会议。

14 年前我曾随赵启正、朱晓明去过大连，参加国务院在大连召开的沿海 14 个经济开发区工作会议。那时大连开发区刚成立不久，到处是工地，开路、架桥、建厂，一派大干快上的景象，一晃过了 14 年，在出发以前我就想去看看 14 年后的大连经济开发区究竟怎样了。上午到大连稍作休息，下午当地福彩中心的胡主任就陪我在秋雨中游览了经济开发区。

和其他开发区差不多的是，大连开发区也是高楼林立，规划气派，管理井井有条，然而第一眼给我留下最深印象的却是开发区的市政管理。毫不夸张地说，主要街道的整洁程度不输给发达国家同等规模的任何市镇。我因从正在开奥运会的北京过来，北京的整洁程度已令我惊讶了，大连更是让我惊喜。想起 20 年前去新加坡时，从樟宜机场去市中心的路上我惊叹新加坡的花园式环境，如今大连的金沙滩沿海公路已与之不相上下。

夏末秋初，绵绵细雨中的大连经济开发区一派恬静安详，人们有序地展开各自的生活，就连路边的小摊也是整齐划一，撑起五颜六色的遮阳伞。我没去深入了解大连经济开发区目前在原来 14 个开发区的名次排序，只是听陪同人员说英特尔落户大连，可给开发区增加八万个工作岗位，苹果的 iPhone 组装也将落户开发区，就这两点，我想，其他开发区也刮目相看了。

我 15 年前进入浦东金桥开发区创业，当年大部分落户金桥开发区的著名企业现在基本还在，不少企业近两年整修厂房、扩大办公楼，但最大的变化是不少中外合资企业的股权发生了变化，不是中方退出就是外方退出，这证明合资企业中存在的问题带有普遍性。如今的金桥在全国开发区的排名中是大大后退了，这是什么原因？上海得好好总结，按我的观点来说，近十年来上海政府把主要精力放在房产、市政上了，而没有当初花在产业上的精力来得多。

大连在发展，全国开发区在发展，寄希望于金桥开发区在下一轮的发展中再展雄风。

“水舞间”的阴柔与阳刚之美

应高振丰的邀请，我与白晓刚一行五人前往澳门新濠天地参加何猷龙先生投资的大型秀场“水舞间”的开幕式。

那天何先生来沪，我陪他考察中央商场项目时，他说他在澳门恭候我参加16日“水舞间”的开幕式。得知这个项目投资了20亿港币，我下意识地惊了一下，什么秀场项目需要20亿港币的投资规模？抱着好奇和审美的心，我毫不犹豫地办了港澳通行证，按时启程到了澳门。

一进新濠天地的君悦酒店大堂，只见“水舞间”的VIP红地毯一直铺到了大门口，VIP签名展板前的礼仪小姐风姿飘逸，她们引导着VIP宾客步入二楼的开幕仪式大厅。媒体记者的“长枪短炮”架在仪式大厅的各个角落，在简短的开幕仪式后，我随客流进入了“水舞间”的剧院。

引人入胜的是一池翻动着的池水，周围环绕着近两千位客人，在电子音乐声中我好奇地向四周打量着。不多时，剧场满座，随着八片网状幕片上升，“水舞间”揭开了序幕。

一叶小舟在优雅的二胡乐曲中漂向舞台，在转过侧台后变成了一张竹排，当竹排上的撑排人跳入水中游向彼岸时，已是一个陌生

在澳门新濠国际观看“水舞间”

的非洲土著领地。过了一会儿，水池灯光大作，陆地又变大海，水下升起了至少八米高的桅杆，此时，从水池周边的水下冒出的二十来个“水手”爬上桅杆后，在现代化装置的水池中开始了一场具有生命张力的“水舞秀”。故事围绕着爱情、正义、邪恶、善良展开，整个过程充满西方的杂技技巧底蕴和东方声、色、水、情、义、力的交错，一场视觉盛宴呈现于观众眼前。

值得大书一笔的是这个水池的舞台，整个舞台约 800 平方米，形成了一个葫芦形状，明明是一汪池水，突然间成了绿洲草地。其中的奥秘是八块快速升降台为表演提供舞台“机关”。

这个升降水台，最深要从地下 8 米深处做上下运动，每块上下运行时要瞬时承受至少 25 吨重的水。据介绍，这个升降台的结构是与美国航母上的飞机库升降台一样的，八块升降台全由电脑控制，根据剧情起伏做上上下下的急速变化，可以让表演节奏丝毫不差。再值得一提的是高四十来米的电脑控制的移动表演机关，演员可从

与何猷龙先生在一起

天而降，布景又可漂浮而过，水柱直冲天顶，各种电脑、灯光布满了整个剧场的上空，使观众有身临剧情之感。

随着摩托车的飞跃和 24 米高台跳水的高潮出现，剧情进入了尾声，在观众热烈的掌声中演员谢幕多达六次，可见观众对“水舞间”的认可度。

我觉得“水舞间”把文化元素、体育技巧、故事情节、娱乐表现融合在水的阴柔与舞的阳刚之间，展现了高科技与艺术表演完美的结合，真的使人耳目一新。

在经久不衰的掌声中我们离场，我向高总建议，这样的剧场在上海也可建一个，名叫“水舞间Ⅱ”，相信会受到欢迎。

2010 年 9 月 17 日于澳门

我的启蒙长辈——追思曹家渡伯伯

两天前，父亲打来电话说他从银宝阿姨那里得知曹家渡伯伯走了，我听了之后还是比较平静的，因为我早有预感。

今天一大早就赶去了他家，一进门，他二女儿阿芬就说我来得很巧，今天正好是爹爹“二七”。于是我走到了伯伯的祭坛前，拿了三炷香划了一根火柴，香在火焰中慢慢地被点燃，闪烁着的火苗也点燃了我对曹家渡伯伯的思念之情。

曹家渡伯伯名叫王志耕，是我母亲老单位的小姐妹周云湘姆妈的先生。他身材高大，两眼炯炯有神，一个向后梳的“主席头”，看上去一副老干部的派头。

由于我们两家走得比较近，所以在我小时候，他们夫妇俩及银宝阿姨、庞德章叔叔不时也来我家串门，偶尔也在我家聚餐。我记得1962—1963年的时候副食品供应还很差，一次几位相约一起来我家吃饭。他们与我姆妈约定时间后，我们家里头就忙开了。我是家里老大，平时弟妹也由我带，家事我当然是“指挥”，我先与弟妹们里里外外打扫了一遍，然后提前安排好餐会的菜单，具体什么菜忘记了，但我们宁波人的几样看家菜还是少不了的，如熏鱼、三鲜汤、水笋烧肉等，在那个年代这些菜算是过年的大菜了，当然还有烤大头菜、苔条炒花生之类的传统宁波小菜。再加上一点黄酒，在那个年代算是很丰盛的“派对”了。在我眼里伯伯是一个见多识广、谈笑风生的大人物，只要他在场，餐会气氛就热络了。

我印象最深的是 1969 年，那时我已经工作了，由于是在化工厂工作，接触各种毒气、毒液，所以每次见到伯伯，他总是提醒我要当心安全。那年我被检查出腿上长了一颗骨刺的硬疙瘩，医生说要开刀，我姆妈很害怕，伯伯劝我妈说不要害怕，不要太紧张。有一天我刚下班，在厂里的医务室门口猛然见到伯伯，一时惊讶得很，怎么也没想到他会跑到浦东——当时浦东是一个很远的地方。原来他是特意来厂医务室了解我的病况的，可见他对我的关心非同一般。见到过伯伯的同事都以为他是我的父亲，并说我的父亲是位老干部，一时间在同事间传开了，这样也使我蒙上了一层“高干子弟”的神秘色彩。

自从我工作后，逢年过节去曹家渡伯伯家里的次数也多了起来，平时有事没事，我姆妈也让我去看看他老人家，因为她认为我与伯伯走近一点对我成长是有帮助的。而我父亲长期出差在外，只有逢年过节才回来，我与父亲在工作上、思想上的沟通远不及我与曹家渡伯伯。特别是走上领导岗位后，我去他那里的次数更多了，大热天我们在弄堂里坐在藤椅上可以聊上一两小时，伯伯总是问问我的工作情况，有时聊聊时事、社会新闻，在“文化大革命”时期，我们有时也聊聊政治态势，对“极左”的思潮我们私下也进行“过激”的点评。总之，我从他身上总能汲取到不少生活经验、处世之道，这往往也完善了我的工作思路并不断给我向上的动力，这样的关系一直持续了几十年，直到他去世。在伯伯最后的 15 年时间里，他因中风行动不方便，又患白内障，所以只能靠听觉，通过听电视来了解世态变迁。他讲话也很吃力，但还不时打电话给我，叮嘱身体要当心，多吃点萝卜，不要太吃力，似亲生父亲般地关怀我，直至关心到我女儿的婚姻。三年前，我带敏芝去看望他，他体力已很差，但见我带敏芝一起来看他，他很高兴，问长问短。当我们起身回家，走出卧室时，他吃力地拄着拐杖站起来，突然不着力，拐杖掉在地上，敏芝立刻俯身下去帮他捡起来，他搂了搂敏芝，一个慈祥老人的背影让我久久回望。

近两年我们时常通通电话，多是他打过来，直到两个月前，他发烧引起肺炎住进了医院。那天我去医院看望他，他躺在床上，已是一副昏暗中的风烛残年之相，我一进病房，阿明、阿芬就大声跟他说："国国来看你了！"这时我发现他睁眼已是很吃力，但他还是强打着精神，慈祥又熟悉的眼光与我双目定神般地对视着。我心里很酸，但也故作镇静，把手伸向他，握住他的手，这时，一双枯瘦如柴的手竟然使出了难以想象的力气紧紧地握着我的手，他的体温还是像电流一样向我传来。他嘴微微张着，想发声但已无音，只有呼出的气，我无法辨听他在讲什么，但这股暖流已说明一切，我想我是明白的，他也是清醒的，无非不能言传。这样的握手时间超过了 15 分钟之后，我感到他手力慢慢地在减弱，过了一会儿他闭上了眼睛，安详地睡着了，如一切释然了。这时我把被子轻轻地盖到他的肩胛边，视线停留在他的脸上，凝视了几分钟。我叫阿芬不要叫醒他了，让他安静地睡吧！我带着我俩心里想说的一切走出了病房。

后来的两个月间，我常出差，也就没去看过他，赛飞几次让我去看看伯伯最近情况怎样，我也身不由己，又年关已近事情也多，对我来说，在他意识还清醒的时候见过他最后一面，已无悔了。对于现在的他，在病魔缠身的状态下离去也是一种解脱，不必再受折磨。要是有来世的话，有缘我们还是会相见的。

我的启蒙人走了！他留给我的是在我人生各个阶段，特别是走上社会后每个阶段的悉心点拨，使我能一路顺顺当当得到发展。遗憾的是我曾经想过，如果他身体状况许可，我借一辆可装轮椅的车子载他去我现在的公司看看，看看我这18年来为之奋斗的事业，我没辜负他对我的期望。现在他走了，没机会了，但我想，他在天有灵，也会来看看我为国家卫星通信事业打拼的一片天地，分享我的事业成果，这也算是对他栽培我的最好的告慰吧。

别了，我的启蒙长辈！安息吧，伯伯！

2010年12月22日于冬至

澥浦余氏宗谱重现记

我族余姓一支，明末清初由山西迁徙来浙江宁波镇海澥浦，古称为蛟川灵绪乡澥浦余家塘余氏，现为澥浦余严村余家。

我族定居澥浦后从先祖“宏广公”算起，至今已传至十五代，在当地虽非名门望族，但也算是殷实之家，当年也是人丁兴旺的“大份人家”。祖上无高官记载却有悬壶济世的一代名医，至今有在科技文化领域出类拔萃之孙，更有十世孙“志俊”所修家族宗谱《澥浦余氏宗谱》，承上启下为家族留下了追祖寻宗之脉络。

然而近代百年中国战乱不断，后又运动不断，族人奔走四海，家谱一度散失。“文革”后由十二世孙鸿年在上海市图书馆追寻到本族首修的尚留世的一份家谱实为难得，该谱也许是存世的孤本，为重现宗谱留下一丝痕迹。

十二世孙“鸿年”在九十高龄之际，交代十三世孙“建国”，家族家谱收藏于上海图书馆。半年之后“鸿年”谢世。随后十三世孙“建国”在上海图书馆找到了全本四册线装本的“澥浦余氏宗谱”。当图书管理员戴着白手套推着放着一套蓝封面线装的“宗谱”的小推车从藏书室中出来时，这份久违了的宗谱又一次在十三世孙面前展现，先祖们的荫德庇护，使宗谱又回到了后代子孙手中。

从管理员那里得知，这宗谱是“文革”时从余氏子孙中的某家抄出来的，后与其他牒谱一起堆在上海文化局的一个仓库里。到“文革”结束后上海图书馆在整理牒谱时，他们从文化局那里才得知文化局有一批牒谱。当时因为是“抄家物资”，所以没有转让和买卖关系，无法将这堆牒谱交到图书馆，文化局提出由上海图书馆用相同重量的废报纸与文化局进行调换，一堆在仓库里堆了十年之久的牒谱就转移到了上海图书馆。上海图书馆后来逐步把这批牒谱整理出来上架，供读者阅览。这样，我族宗谱也就上了上海图书馆的牒谱馆藏室。我们家族的宗谱比较完整而且是大字本，装帧又比较好，是由当年“庆余堂”名手所抄，所以保管员对我们余氏宗谱印象很深。

上海文化局当年是属文教卫生系统的，估计是从我族在上海的名医余云岫（余岩）或其兄弟余霖家中抄走的。十三世孙建国在翻阅族谱后，于 2006 年再去图书馆复印成册并留存，而宗谱原件仍在上海图书馆收藏。在 2014 年年末，十三世孙建国将影印本再重新扫描装帧了三套。至此我族宗谱留世共五套，一套原件，一套影印本，三套扫描本。这五套做如下分头收藏：原件孤本收藏于上海图书馆（编号：926956 余氏），十三世孙建国收藏一套扫描本，十三世孙国瑞一套扫描本，十三世孙建鸣一套影印本，一套扫描本将送浙江宁波历史博物馆收藏。

关于续谱之事虽有想法但尚未启动，因近百年来澥浦余氏后代多背井离乡、云游四海散失于世界各地，一时难以征集我族各辈子孙资料。由十三世孙建国将族谱中血脉索引表整理出来，再由各房子孙追祖寻宗，让余氏子孙饮水思源，不忘祖宗不远千里从山西迁移来澥浦的艰辛历程。后代子孙要为余氏祖先争气、为祖国争光，告慰在天之灵的列祖列宗，愿先祖们保佑我族之香火不断、家门兴旺、国运昌盛！

注：我族八世之前没有辈分记载，从第九世开始立有“立、志、允、成、曰、可、大、受”之辈分之分，家谱中六十四字为辈分表，按此表可记续千年之久余氏宗谱，望子孙后代不断续谱，以明澥浦余氏一脉生生不息。

2015 年 1 月 2 日

父亲·我·邵万生

元旦去看望父亲。过了年父亲已是九十有三（足岁），实属高龄老人，但他除行走不便外，脑子不糊涂，思路很清晰，写字手不抖，吃饭胃口好，红光满面。父亲身体好也是儿孙们的福气。我们为他雇了一位全陪护阿姨照料他的饮食起居，儿孙们隔三岔五去看望他，可算是子孙满堂、福星高照。读报、看电视是他的爱好，这么大年纪了，对国内时政、世界大事一清二楚，时不时还批评小辈思想跟不上形势，邻里亲戚都夸他为有福之人。

1922 年父亲生于宁波镇海澥浦灵绪乡，其父亲为余祖庚，母亲为陆桂凤（十七房陆家）。17 岁经人介绍来上海南京路邵万生学生意。他由于不抽烟、不喝酒、不赌博，颇受老板赏识，逐步升为进货员（采购员）。当时邵万生的老板为浙江绍兴革命党人徐锡麟之弟，徐锡麟与秋瑾均为反清义士，后被杀于绍兴。徐老板盘下邵万生后生意红火，成为上海滩上有名的“南北货行号”并延续至今。

父亲在邵万生当学徒，后来又介绍我外公进邵万生当账房。我从有记忆起就在邵万生店堂里玩，很小就记住其门牌号码 141 号，和当年 2 字打头的 5 位数电话号码。对南北货我很早就能识别，特别是每年逢年过节传统的草纸加红帖的“粽子包”，深深地印在脑海里，店堂间做麻饼的香味和火腿的香味也是一辈子都不会忘记的味道。邵万生楼顶上的鸽棚里养了很多鸽子，新中国成立后有重大节庆活动，邵万生也是鸽子放飞点。每年坐在店堂的大柜台上看游行队伍浩浩荡荡地走过门口。店堂外面也有卖南北货的小吃，主要是现烤的鱿鱼干。有一年南京路上庆祝公私合营游行，父亲在放鞭炮时眼角被炸伤的事，我还历历在目。邵万生那臭气熏天的“炕棚间”也是难忘之地，这些都在我幼小的心灵中留下难以磨灭的印象。

读书后我去邵万生少了，偶尔赶上我去时，店里的叔叔、伯伯都夸我“国国长高了！”、“很懂事！”1968年我工作以后再去邵万生，那时的邵万生已时过境迁，改造了几次后和其他的食品店没有多大区别了。只有在后店堂处还有一些散发着老味道的火腿、香肠、腊肉、咸鱼、海蜇皮子。特别是在后店堂处往往是围了一批一口“贼骨铁硬”口音的“老宁波”。每年过年我也还是去一趟那里办点南北货，并回味回味邵万生的老味道。

父亲在邵万生大概待到1958年，1959年被调往上海市果品公司当采购员，从此到退休他一直奔波于天南海北，采办上海人逢年过节的年货。每年三分之二以上的时间他都在外地采办南北货，家里的家务由我与母亲分担。我上寄宿制中学后，由二弟、四弟来分担。父亲只是春节前几天回上海，这也是我们最高兴的时候，父亲在采办完年货后也捎带一些自己的年货回家，所以在三年困难时期，我们家还可从父亲带回的年货中改善一下生活。父亲从市果品公司退休后，又被十六铺新风果品行返聘，因为他练就的“一手抓”绝活，在上海滩上几乎是无人匹敌，他只要抓一把干货，就知道水分含量，所以他一直干到82岁，才真正退下来。

退休后的父亲，脑子还是停不下来，他看我写了很多文章，于是也写起了回忆录式的记叙文，几年下来装订起来也有五六册之多，这样一个八九十岁的老人有这样的意志真是难能可贵。两年前的一个冬天，为了省空调费家里没开空调，结果犯了“腔梗”，后经抢救治疗，现在完全恢复健康。我看他现在写的字，很多年轻人还不及他，甚至博士生也不见得能有他这样的一笔好字。

人生要知老但不能卖老，人生要服老但不能向命运低头，要接受新事物，跟上时代发展让生命充满活力，我父亲为我们树立了榜样。去年去香港看三伯时，他 92 岁了还上班并坐镇在“新记药业”。父辈们不畏困难、生生不息，让生命发光的这种生命观，为后代点亮了人生之路，我们后辈有什么理由浪费时间、浪费生命呢！这也许是我们余家门的基因所致，所以我们更要珍惜有限的时光，让自己生命的可能性最大限度地得以展现，才不愧为余氏后代。

我的祖母

我的祖母

祖辈之中我对祖母的印象最为深刻。祖母姓陆名桂凤（1901—1976），出生于浙江宁波镇海十七房。陆姓是宁波镇海十七房十七姓中的一姓。宁波人管祖母叫“阿娘”。

阿拉阿娘是一位慈祥、庄重、大度、豁达、充满睿智又会说冷笑话的聪慧老人。老人生于清末，那个年代女子中虽然有开化之先辈，但我的阿娘是一个介于传统与现代文明之间的清末女子。阿娘小脚虽是裹过但不算是“三寸金莲”，我想大概因外曾祖母心疼而未被折磨，所以阿娘脚虽有点变形，但不是传统意义上的小脚。阿娘背有些弓，扎了一个“婆婆头”，整洁而精神。阿娘这一辈那个年代女子抽烟的不少，阿娘也算是一个“烟枪”，双手食指与中指都熏得焦黄。阿娘年轻时，爷爷在上海咸货行做生意，阿娘在乡下带孩子、搓麻将，与邻里、亲戚说长道短。我想，那个时代女性中，阿娘是开化、开明之辈，在亲朋好友中拥有不少

“粉丝”。

我是大孙子，阿娘当然视如掌上明珠。我父母是在结婚八年后才生的我，所以叔叔、姑姑、阿姨等全家老少都对我疼爱有加。在我朦胧的记忆之中，阿娘住在闸北的天潼路，我们住在南市大东门，阿娘常坐了三轮车来看我，有时我吵着跟阿娘坐三轮车一起回天潼路。我喜欢与小娘娘（姑姑）睡在一起，她当时还未结婚，最喜欢我，常带着我走亲访友。听老人说小孩生一场病就会懂点事，才会开智。我最早的记忆可追溯到出痧子这个时候，我住在天潼路底楼后厢房出痧子（上海人叫“出瘀子”），这是我最早的有记忆的起点。我还记得当时阿娘、娘娘、父母、外公、外婆一起围着我转，我沐浴在泛爱之中。

最深刻的印象是父亲带我跟阿娘一起回到宁波乡下澥浦老家余严村去，那时我应该有五六岁了。那天，我、父亲、阿娘坐三轮车到公平路码头去登船，然而，等我们到达公平路码头时轮船刚刚开始解缆绳，父亲就叫车夫一直把我们拉到码头的浮坞上，船长看到后竟然把船再靠上来让我们登上船，这时很多乘客在船舷上叫喊着。这一幕深深地烙印在我童年的记忆中。

到了宁波老江桥码头上岸，我们坐烧木柴的锅炉汽车到了澥浦汽车站，下车后大约又走一里路就到余严村。还没到村口，老远就听见汪汪的狗叫声，有点怕。从老家的后门进入大宅，开门见一口“寿材”，不知是哪一位祖辈为自己筹划的后事，我心里毛毛的，经过时总是快步冲过去。爷爷在家里灶头间吃早饭，他给我递来一只咸烤虾，真好吃。有时我跟小伙伴一起去河边抓鱼，阿娘说“用‘zha’在河埠头洗碗时小鱼会蹿上来的，就可以抓到小鱼”，我去试了一下，真的很灵，活蹦乱跳的小鱼冲上来吃洗碗时漂起来的碎米粒，只要反应快拉起“zha”，就可捕到不少小穿条鱼。那时小河水清得可以见底，水草微微漂动、小鱼悠闲自在地摇头摆尾，马头墙大宅门外的山脚下是绿油油的桑树，一派田园风光。那时我还很小，但乡下一幕幕的场景常魂牵梦萦，终生难忘。

在乡下的几天，大概是基因的缘故，一切陌生、好奇但又似曾见过，大概是祖辈们在此生活的“场”感应着我。小溪、山川、咸虾、蟹糊，高墙、深院、门槛、石鼓，在乡下的日子里听阿娘讲故事，讲父亲小时候养的小狗怎么听话，讲东洋人打进来，一切的一切都深深地烙在我童年的记忆里。

然而，可亲、可爱的阿娘 1976 年故世了，葬在九龙山的大同公墓的四墓园，那是一个青山环绕的湖畔墓地，我难得去上坟，但我心中的阿娘是永在的，慈祥、大度、智慧的阿娘在我的脑海中永不磨灭。

2013 年 4 月 4 日清明

德玲里九号

德玲里的住户最近基本都已搬出去了，我去广东路世福汇时路过那里并顺路到了 9 号，想最后看一眼我婚后曾经生活了三年的地方。

从中福公司高总那里得知，东从湖北路西到云南路，南从广东路北到福州路这一块被称为 89 号的地块已全部纳入市政府“旧里改造”计划，将作为未来福州路文化街的开发地块。对于我来说，这里有我从童年的朦胧记忆到婚后三年的生活经历，承载着我一辈子难以磨灭的回忆和情怀。

云南中路 158 弄 9 号也就是“德玲里 9 号”，二楼中厢房的八平方米左右的“暗室”，最早是我小娘娘的婚房。我最初的记忆就是小娘娘结婚时，我吵着要在她与小伯伯拍结婚照时坐在一起拍，拍照的师傅为了哄我，就把我放在了他俩边上，这样才有了我们家族著名的“婚照风波”。我是长孙，被大人们视为掌上明珠，在小娘娘还没生孩子的一段时间里我都跟着她，大概在她怀上了国平弟后，我才回到了大东门的父母身边。之后的好长一段时间里，我在天潼路、四马路（德玲里）、大东门之间来来往往，大概到了四岁要上幼儿园了，才回到了父母居住的大东门集贤邨 1 号居住。

后来小娘娘与小伯支内去了安庆，这样我祖母就从天潼路搬到了四马路也就是云南中路德玲里 9 号。爷爷很早就回宁波乡下了，住在大娘娘婆家的“十七房”，但是阿娘一直住在德玲里，直到她老人家去世。

我们弟妹把能去四马路玩看作一种奢望。阿娘在四马路的暗室就是我们兄弟几个的落脚地，八平方米的暗室最多时挤满了五六个小孩，围绕在阿娘床边听阿娘的故事和冷笑话。当时我二伯最小的女儿“毛毛宁”（上海话发音为“宁”）也由阿娘带，所以她总是依偎在阿娘身边，和我们一起跟着阿娘度过了愉快的童年。

我父母都有工作，我是老大，在家一边读书一边带二弟、四弟和小妹，三弟由阿娘带。那三年困难的日子里父亲长期出差在外，我与母亲打理了家里的一切。母亲在针织内衣厂工作三班倒，所以家里买菜和日常家务是我的任务，而逢年过节要改善一下生活，我就去四马路小菜场排队买菜。特别是要过年了，我隔夜就住到阿娘那里，这也是我与阿娘相处最快活的日子。阿娘其实也盼着看我一眼，与我聊聊天。我工作后她与我聊聊外面的形势、物价，讲讲父亲小时候的故事。冬天我总睡在阿娘脚后头，阿娘为了省电关了灯，她那被劣质烟熏得焦黄的两指夹着八分钱一包的劳动牌香烟，烟头时明时暗、烟雾缭绕着，我在黑暗中听着她诉说宁波乡下的故事、生活哲理、时政评说。我母亲与父亲的关系因二姆妈的原因一直不和，但她老人家从不评说我母亲，尽是讲一些高兴的事，讲父亲小时候养狗、抓鱼的“生活小品”。我是一个比较乖的孩子，也从不插嘴，只是静静地听着，一直听到进入梦乡。每到凌晨 4 点左右，阿娘就叫醒我去菜场排队，我买一篮子菜后有时会拎回来让她看看买的菜质量如何。有时我直接坐 14 路电车回大东门，有时为了省钱就拎着菜篮子走回家。大冷天早上 6 点回到大东门，天还没亮，为了不惊动夜班回家的母亲，好让她多睡一会儿，我就蹑手蹑脚回到家里，有时在灶头间就把菜拣好，等母亲醒来我已将一切安排妥当。这样一直维持到我去莘庄中学上初中，任务传给了二弟，二弟也几乎是这样带着四弟和小妹，我们度过了三年自然灾害那段艰难岁月。

我与弟妹们

1976 年前后邓小平已两起两落了，阿娘说邓小平还会吃苦头的，后来小平又下台了，印证了她老人家的判断。阿娘虽不识字，但在我看来她睿智过人，时常说一些文化人也说不出来的话。阿娘去世前也对我说过“人不要爬得太高，否则摔下来会很疼的”，其实她说的是当时的“王洪文”。那个时代，她一个人住四马路，通过隔壁邻居家的无线电穿透过来的声音，对外面的世界了如指掌。

这十来年的光阴，也是我与祖母接触最多的难忘岁月。1975 年后，我已从农药厂被调到化肥公司团委工作了，那天我正好去高桥上海农药厂下基层调研，中午时分，公司打来电话，说我父亲来公司找我，让我快回家，阿娘过世了。这时我才从外高桥匆匆赶到四马路德玲里，当我赶到时阿娘已咽气了，她在世，我没伴随她身边，这也是我一生的几大遗憾之一。我从门外看进去，阿娘静静地躺在床上。当时由父亲和叔叔们处理后事，晚上在四川路海宁路转弯角的饭店吃“豆腐饭”，众多亲戚朋友看到我家几个孙子出场时，大家指指点点，“这是大孙子”，“这是阿祖嫂孙子”，我不知怎的，心里默默地说，一定要为阿娘争气！在后来的岁月里，每当有困难，我都会想起她老人家对我的叮嘱，会感觉到她期盼的眼神在鼓励着我“不要怕”，她说过，“我们是善良人家，没事的”。

之后德玲里被我当作婚房，敏芝在那里出生，我和赛飞在那里蜗居了三年。1980 年我分配到了甜爱路的房子，我搬出后这里给了我三弟当作婚房，再后来三弟单位外国语学院分配房子时，这房子被学院收去了。

德玲里这八平方米的“喇叭箱”（同事晓东来我们家看新房时被他说成是一个“喇叭箱”）留有我们家族四代人的生活烙印，这一次将永久性被拆除了。德玲里的小房间伴随着的四代人的笑声和浓烈的烟气味，只能在梦里回味了！然而阿娘的身影和四马路的笑声也将伴随着我的生命旅程，这也是德玲里留给我童年和少年及一生的难忘时光。别了，四马路的“喇叭箱”。

清明时节雨纷纷　灵山侨园送成兄

之德兄甲午冬至日溘然去世，我失去了一位好兄长。乙未清明他落葬无锡灵山华侨陵园，由于大殓时我正出差北京，所以落葬日无论如何也要安排去送他最后一程。

与之德兄相识已有十七八年之久。当年在新锦江大门内左侧的大堂吧里第一次见面，他那洪亮的笑声和一副富贵相的腔势先声夺人，他那磁性般的金融理念深深烙在我的脑海，后来的相处更使我觉得在这个领域他是胜我多筹。之德兄妻智丰则是我近四十年的好朋友，我俩是我们化工局仅有的两位市七届团部委委员，所以认识荣智丰远早于之德兄。可以说我与他们夫妇俩关系不一般，也可以说是一种缘分。

20 世纪 80 年代初，我去复旦读书了，荣智丰出国去澳大利亚读书，之后的五六年里失去了一切联系。当年荣氏 200 人访乡团回沪考察时我与小荣偶遇于老锦江，之后又失去联系近十年。后来我到了科投公司，因为联通股份出让去香港筹划新闻发布会，回沪时在香港启德机场的候机楼大厅里与她又不期而遇，之后又是十年。我去兼做彩票中心主任时，我与之德兄在新锦江又续上了关系。之后十多年里我们相处的时间多了许多，我们共同造访云顶赌场，在香港的马伽医院他安排我做心脏检查，风雨中同游澳门，在北京长安戏院的办公室我俩策划彩票玩法“基诺”，他又支持我办“彩报”，我们共同推动德州扑克竞技活动和 F1 赛车彩票，又参与养老护理的捐赠，从设计“安康乐”老人游戏系统再到策划老人公寓。总之，这十多年里我俩坦诚相见、无话不谈，可以说我们一说起来就没完没了，他人插不上话。我从他那得到很多信息又学到很多知识，我们的最大不同是他思维敏捷、看问题入木三分，我则擅长操作、办事谨慎，两人一张一弛，也算是“绝配”。就在他去世前的一年里，我们还时常在一起讨论老人的电子游戏项目。

然而，他香港的官司给他的打击是致命的，虽在精神上他是强者，但舆论压力对于他这样有大家族背景的人是难以承受之重，在被冤告的情况下，按他的性格是强忍着，这是对他最大的打击。我去香港马伽医院看望他，他还是坚强得很，淡然面对一切，为了保外就医，有糖尿病的他选择了“肾透析”，而肾透析加剧了病情，最后不得已只能换肾。然而换肾这一手术却夺走了他生的希望。

在武汉换肾以后我专程去看了他，当时状况还不错，小荣还发了几张照片给我，我与丁慧都觉得他脸色也好多了。然而过了几天小荣打电话告诉我之德兄想回家，回上海了。之德兄住进了长征医院特需病房，过了几天我去医院看他时，发觉他的病况有点异常：一是没精神，没讲几句话眼睛就合上了，二是发烧。我因为怕交叉感染，也没多待就和小荣告辞了。

晚上我又问了小荣病情怎样，她说医生建议切气管，我马上与胡博士联系，把之德兄的病情详细向他述说，胡博士明确告诉我：一是不应该那么快回上海；二是气管一切创伤面又加大，那么只有两三天了。

果不其然，冬至那天清晨，小荣传来了噩耗——之德兄走了！

太可惜了！后来胡博士告诉我，很多换肾病人不是肾有问题而是肺出了毛病，因为换肾以后人的免疫系统要重建，这个时候是人最虚弱的时候，而肺是开放性的，是人体直接接触外界的最容易受感染的器官，而且任何大医院往往是各种各样的细菌最易交叉感染的地方，这样往往肺最先出问题。胡博士让我赶快让上海的医生分析是什么菌，要针对性下药。可是来不及了，分析报告还没出来，之德兄就走了，只能留下遗憾了。

之德兄爽朗的笑声回荡在耳边，他那笑嘻嘻的神态人见人爱，但他在原则问题上则当机立断，从不畏首畏尾。而对朋友他慷慨大方，有困难尽力相助，对金融领域里的知识，他毫无保留地传授给朋友。有一年我心脏一直不适，他说他来安排去香港检查一下，我以为他说说而已，有次我正好出差路过香港，他把我送到马伽医院，请他的一个好朋友心脏科专家专门为我拍片做检查……他热心助人，总让我感动。然而这次自己却大意了，走上了不归之路。

之德兄带着朋友的祝福走了，只能愿他在天国安息吧！他的音容笑貌在宇宙间穿梭，将永恒。

我的好兄长，我们来世还是好兄弟！

后记：

2015 年 6 月，香港法院在报上正式公布之德兄一案为错案，由五位大律师一致通过为此案平反的消息。虽然司法还了之德兄一个公道，但一条命是无法还回来了。不管怎样，司法还了他一个清白，之德兄的在天之灵真的可以安息了。

鸿雁无迹千秋影——忆之德兄

之德兄

音容笑貌如春风，
处事风行胜雷公；
浓情至深侵心肺，
善恶是非泾渭明。

尊老敬亲解人意，
爱乡爱国赤子心；

在世一生不言败，
顶天立地泣鬼神。
男儿担当不辞辛，
天南海北五洲行；
冬至时节走得急，
铮骨气节励后人。

2015 年 1 月 17 日

建国弟

尽孝—— 一个不得不说的话题

“百善孝为先”是自古以来中国传统文化中的一个不可或缺的价值观，然而，“孝”在5000年历史长河中的各个时期表现方式却不尽相同。古有“父母在，不远游”，这是在父母生前尽孝道的一种表现，而在父母身后不仅要披麻戴孝举竿为父母送葬，还要“守孝三年”以尽孝道。各民族、各地区的民俗又不尽相同，尽管形式不一，但为父母奉生、送终，在父母逝后办一个体面的葬礼，却是“尽孝”的两个重要表现。总之“尽孝”的内涵有相对的稳定性，而它的外延和形式随着时代变迁会变化，特别是形式更会随着人们生活方式的变化而变化。比如先祖们不曾料到后代的子孙们可以在地球的任何地方，通过互联网到网上的墓园发表祭文进行祭奠活动。所以从这一点来说，我觉得不要苛求我们的子女在我们身后会以什么形式祭祀，只要他们有这个心就可以了，如要他们每年上墓地祭扫上几辈的先祖更是大可不必。一般来说，家庭祭扫活动在三四代之间，再上一辈已没有任何印象，就是去家族墓地，也只是广义上的“托福祖宗保佑”罢了。

当然，尽管尽孝的形式会变，而就“独生子女”这一代的现实而言，他们能否像我们这一代一样为上一代“尽孝心”、“行孝道”，我也是有疑虑的。虽然这是一个特殊历史环境下的问题，我们也得正视它。

独生子女问题是一个很突出的社会问题，有些已显现出来，有些深层次问题如今还处在一种隐性状态尚未显现，如我提到的这个问题。十多年前，我们的子女尚幼，而我们这些做父母的无论忙事业还是忙生计，都没有闲暇来思考这个问题，如今我们的父母不是高寿就是相继离我们而去，自己也已退休或将近退休，夜深人静之时，这个不能回避的现实问题迟早会在脑海浮现。一旦想到这个问题，自然也都会伤感。我们这一代多少与父辈们有过一程同甘共苦之路，这种经历使得我们与父辈的感情烙有时代的特殊印记，而儿女辈就不一样了，对爷爷、奶奶有感觉而少感情，更无相依为命的深情，这是历史的无奈。儿女们是在蜜糖里泡大的，不知苦味就酿不出真情，当然，我们也不希望他们再去吃我们吃过的苦。在这个现实前提下，我们要想开一点，就如我们的父母不能像他们对待自己的父辈一样来要求我们，我们也一样不能要求下一代如我们一样。一代一代之间有差异，隔代之间差异更大，然而，只要生命在延续、家族在伸展，一切就都为小了。

另外，我认为我们不必过于悲观的原因是，纵然下一代“尽孝”感不强，但他们自己有了子女后，就会体会到做父母的心，就像我们自己年轻时有些对父母的不敬之举，现在则十分自责，这种自责其实也是一种超越时空的“孝感”，虽然为时已晚，但父辈们是会谅解后辈的，是不会计较的。所以等他们为人父母之时，他们会渐渐地孕育出这种感觉，因为我们与他们毕竟在一个“场”中生活过，所以，有一天我们离去的时候，儿女们会以他们喜欢的方式感受到我们共同生活过的“场”，也会以他们喜欢的方式来祭奠我们，而不会拘泥于用我们这代对前辈的祭扫方式。还有我们这一代留下的很多音频、视频、文字、相片形成的信息，这也是先祖们无法想象的，这些足以让儿孙们怀念了。在我们这辈之前，上到远古，一般祭扫活动也不过三四代，这也是正常的，因为与先祖虽有基因遗传关系，但没有过共同生活的“场”，所以感情淡漠了，因此，只要后辈们不忘记先祖就可以，祭扫不祭扫其实是无所谓了。

我感到我们这一代要想开一点，独生子女也有他们的困惑，没有亲兄弟姐妹，要他们清明、冬至拖儿带女大老远挤人潮去扫墓，如果两亲家墓地各异，那他们就更够呛了。另外，据我所知，现在上海每年新增墓地有限，再过 20 年规划中的墓地也将全用完，我们的下一代一方面自己要面临一个“死无葬身之地”的窘境，另一方面要设法找出一个新的方法来纪念他们的父辈。好在现代科技已可以把骨灰在高压环境下做成钻石，到那时，把父母的骨灰压成钻石、做成钻戒，不仅不占土地而且环保，又可让儿孙们留作永恒的纪念，这也是一个创新的尽孝方式。

扬弃尽孝的内涵，创造尽孝的新形式，这也是一代一代的责任，让下一代去想象、去发挥吧！

又回“赛特”

近20年来我常到北京出差。当年因美国休斯公司的中国办事处在赛特大厦办公楼，所以我在北京下榻的酒店就在办公楼隔壁的赛特饭店。但近年来休斯的卫星系统我们已停止运行，因此与休斯公司的来往不多了，加上因民政部项目起来后，去南河沿的民政部机关多了，我就以住王府井一带的皇冠假日酒店、木棉花酒店为主。但是对我来说赛特饭店留有近20年的足迹，在那里的咖啡厅我与朋友们商量，策划出很多影响全国的项目，那里的购物中心是我最方便购物的地方，有时回家捎一些礼物给家人。但我印象最深刻的是，当年策划中国第一套全热线电脑彩票系统时，与孙观圻先生商量在系统中添加一套VSAT卫星系统，这套系统后来在西藏、柬埔寨的彩票系统建设中发挥了重要作用。虽然后来慢慢由卫星线路转向地面线路，但是用VSAT系统发行电脑彩票，在我国不仅是首家而且至今还是唯一的。

在赛特饭店，与孙观圻先生的交流大概是次数最多的了。孙先生是在我国最早推动VSAT卫星通信系统的人，他是美籍华人（台湾人），与我的交往是非常多的。后来因VSAT行业的应用发展不起来，美国休斯公司也撤出了中国市场，然而孙先生还是留了下来，坚持他当初的理念推动 VSAT 的应用，在这一点上我俩一样有钟情于 VSAT 的情结。这次我回住赛特虽是因为买一样东西，但是与孙先生的叙旧地还是安排在赛特，有着一种怀旧的氛围。通常是他到酒店来与我共进早餐，或是等他处理完事过来喝杯咖啡。然而，每次不管时间长短，VSAT 卫星通信的走势是我们的必然话题，当然，卫星应用趋势也是少不了的。我们在闲聊中往往会不断迸出新的火花，结果就变成我的下一个项目，“积分彩”、互联网彩票都是我们在赛特饭店聊天的产物，如今我国互联网彩票发展迅猛，产值已达上百亿。

我俩就是对 VSAT 应用的现状不满意、不甘心，所以退休三年了还是在 VSAT 应用领域耕耘，指望为它的发展添一臂之力。然而，行还是不行，我看我俩都无法预测了，但我俩为我国的卫星通信事业发展尽力了。赛特饭店留有我们难忘的回忆，也是我们钟情 VSAT 卫星通信应用的见证地。

2014 年 10 月 25 日

写于赛特饭店

由《四季歌》而联想起周民

昨天下班回来，赛飞突然提及“金嗓子”周璇，我问她怎么突然提起周璇，她说现在每天下午小外孙睡午觉，她没事干就收看中央电视台的歌手选拔类节目，有人模仿周璇的嗓子唱《四季歌》。我说你知道周民吗，她说知道呀，电视里也介绍过他是周璇的儿子。我说，你只知其一不知其二！她问我是什么意思，我说周民是我初中时的同班同学，我们有过两年的同窗生活。于是，我给她说起在莘庄中学的那段中学生活。

1963 年小学毕业初中升学考试，在填志愿时母亲对我说，你在家里是老大，从小照顾弟弟妹妹，上初中再这样不利于你学习。她听说有寄宿制的学校，所以让我上寄宿制中学，专心学习。其实母亲是很疼我的，既舍不得我那么小就离家独立生活，又怕家务耽误学业，她下决心让我去寄宿制学校学习是为了我的前途。

我们那一届正好是新中国成立后第一拨生育高峰的孩子，学生多，当时市政府除了新建、扩建一批中学，还转了一批中专学校为高级中学。莘庄中学的前身就是上海师范中专，全市十个区都有学生报考，主要是黄浦、南市、徐汇、卢湾、上海县的学生。我们是第一批的初中生。我印象最深的是开学第一天在徐家汇白底红字的校旗下集合，由徐宝昌老师带领我们乘公交包车到了莘庄中学的七莘路十号桥的分部。那天下着蒙蒙细雨，就这样我开始了在莘庄中学五年的校园生活。

记得第二天清早到教室集合，与班主任和任课老师见面，我坐在最后一排。没多时只见教室后门小窗口上一阵骚动，从外透过来一个一个轮番伸过来的小脑袋，似乎在寻找什么人。只听其他班同学说“是不是这个人”，“是最后一排上那一个”。我莫名其妙地对着窗口看看，正好看到窗外很多同学在说“就是这个人”。后来下课了，才知道说我们班里有个大明星的小孩，说是赵丹的儿子。下课后我们走出了教室，走廊上还有一些外班的同学在对我指指点点，这时我才知道他们搞错了，把我当成周民。

后来我被选为班长，在班务会上老师才讲了我们班上的周民是周璇的儿子。周璇生病以后将周民、周伟托付给了赵丹夫妇。周民是从上海小学毕业的，也考来了莘庄中学，又被编在我们一班，日后我才知道周民的身世。因为是黄宗英送周民来报到的，所以外班同学只知道是赵丹的儿子，我们当时年纪小，对周璇是什么人也不清楚，对赵丹还知道一点。

周民很内向，有一段我们俩睡在合并的上铺位，两人的帐子紧连着，他与我关系还不错，但有些同学对他的身世津津乐道、指指点点。记得有一次曹霖不知为什么跟他吵架，他也很气，只见曹霖挥舞着一只球鞋叫着“流氓的儿子”，要用球鞋丢周民，后来我们去告诉值班老师，老师批评了曹霖，才平息了此事。

周民一般不与同学多讲话，我与他都比较安静。为了省钱，我们周末回家都是从莘庄走到徐家汇，再乘一毛三分的 26 路电车到老北门，然后走回家。周日晚上要赶回莘庄十号桥的分校上晚自修，一般我们 8 点以前到校，回学校时我们关系比较好的同学也是结伴而行，到徐家汇集合再步行到莘庄，而我经常去湖南路5号赵丹的家约周民一起返校。

那个年代的中学生活虽无忧无虑，但我们都是比较懂事的孩子，到了赵丹家，黄宗英也是很客气的，我们叫她阿姨。她见我们要走了也会叮嘱几句。到了初二的时候，黄宗英去“江西共大”体验生活，后来把周民也转到江西共大去了，自那以后我们就没有什么联系了。“文革”中只听说他串联去了越南，我们也很羡慕的，中学毕业以后就没有联系了。

后来从报刊上看到了周伟与他打官司的新闻。我只知道他在上海《萌芽》杂志社工作、写写诗，是不是诗人我也不得而知。有一年我们中学同学聚会，大家想起他，不知是尹前进说的还是谁说的，他见过周民，邀他出来他不想出来。这时的他跟外界联系得更少了，我想，他在自己诗的天地里有了所归了。我也几次想联络他却联系不上，只能在报端偶尔看到他与周伟官司的花边新闻。而我很喜欢听周璇的《四季歌》，每当听到她的小调时，就想起了当年与周民同窗时那段青涩的少年时代的校园生活。

鸿雁飞过虽无痕，少年同窗仍有情，也许未来还有与周民相逢的机会。

2013年11月25日

和而不同　谐而有调——谈“和谐”

自从胡锦涛同志提出了和谐社会的建设后，如今“和谐”一词是一个高频率使用的词语，“和谐”社区、“和谐”家庭、“和谐”企业、“和谐”城市等，能挂得上“和谐”的都与它沾上了边。然而，很多人只是把它当作口号，当作一种时髦或当作一种政治态度，对它的内涵很少有人去探究，至于怎么去践行，如何从自己做起更是鲜有人问津。

春节时有些空闲，于是把“和谐”琢磨了一番，写上一点随想。

孔子曰：“君子和而不同”，我以为我们所要倡导的“和谐”是一种“不同的和”，而不是以前“一统的和”。 我认为贵在“不同的和”，因为“不同”是客观的、普遍的。让不同种族、不同信仰、不同性别、不同身份、不同职业、不同观点的人能和谐地相处在一起，这才是我们所期望和追求的“和谐”。而“调”者，“调和”也，因为不同，所以需要“调和”，“和”是目的，“谐”是手段，音乐如果只有一种调就不好听或者根本无法听，不会使人有美感和享受。正因为大千社会有不同的音，才需要“调”，只有调好音调才会有动听的曲子，所以，把不同类的音有效地、艺术地调和在一起，才会产生“和谐”。当然，“和谐”也是相对的，不存在绝对的和谐，这就需要不断地把不同的人、不同的声音协调好。“和谐”其实也是一个过程，这个过程存在于一定的时空中，时空不断地交替，因此“和谐”的内涵也在变化。我们只有抓住当下社会变化过程中的不同，经过有意识的“调和”，才能促进社会稳定。

2007 年 2 月 27 日

“中为体、西为用”的特奥会开幕式留下的思考

虽已秋高气爽之时，10 月 2 日特奥会开幕式当天的天气却有秋老虎发威之感，闷热的傍晚逼人冒汗。在接到晚上不安排开奖活动的通知后，我如释重负，一身轻松地坐进了 7 号台 17 排 8 座指定的座位，等待着开幕式开幕。

事前朱佩佩观看了开幕式彩排并告诉我说，彩排结束后领导们提了 490 多条意见，但美方策划人员坚持己见一处不改。我在进入会场时又碰到上海文广集团的刘文国，他对彩排时的效果嗤之以鼻，认为美方的设计不合国情，而且价钱又贵。这次开幕式由美方人员承担总策划，具体工作分包给北京的人，所以上海文广的人意见很大，他说宣传部的副部长一级首长今晚也不来参加开幕式。朱佩佩与刘文国从两个角度给我打了预防针，我有了一点思想准备，但作为东道主的中国上海人，无疑不希望今天晚上在全世界人民面前丢脸，所以焦虑的心情一直拖到了开幕式的大鼓响起。

黄袍、大鼓、红绸带在变幻莫测、难以计数的电脑追光灯下拉开了开幕式序幕，声势浩大的鼓队，大气磅礴、生龙活虎，厚重的

鼓声一下子就烘托出中华文明古国与现代时尚和谐的场面。这一开场白令我终于放下了揪着的心，心想往后再怎么也差不到哪里去了，这一序幕总算不失中国上海人的体面。

接着，国家主席胡锦涛与各国贵宾走上了主席台，往常，首长、贵宾上台时全场起立齐鼓掌，这是一种惯例，然而今晚又是一个例外。由于追光灯投向了主席台，全场背景变得暗蓝，主持人介绍胡主席出席今晚开幕式的话音未落，全场掌声响起，哨声齐鸣，观众手上的道具灯有节奏地摇曳，哨声压过了掌声，星光闪闪的道具灯如月夜下的海浪，一波一波闪烁，活力四射。

接下来的套路“中为体、西为用”一以贯之，融合在整个开幕式中，色彩、灯光、音响、节奏、舞姿都是传统与时尚的结合。中西文化在今晚开幕式中的结合是一个典范，也留下余韵、思考……

特奥会开幕式

这只能让2008年奥运会总策划者老谋子去琢磨。而特奥运动员的表现则是开幕式的最大成功，他们的认真表演、热情投入才是开幕式的灵魂。

如果要给开幕式打分的话，它虽比不上卡塔尔亚运会豪华，而表演者的水准则不输给任何一场奥运会开幕式。开幕式中两位智障运动员攀登由人梯组成的长城，在登上顶峰中喊出的“If You Can, I Can”（你行我也行）的口号，令全场为之动容。

一个不服输的口号，一场冲击健康人心灵、精彩纷呈的开幕式在灿烂的焰火中终曲，但余音绕梁，回味无穷。

2007年10月9日

仰望星空与脚踏实地

前日唐子仪与上师大祝老师来访，他们拿出了一本名为《温文尔雅》的书，内容是对温家宝在各种场合的讲话中引经据典的片段进行的解释。我觉得此书题材的立意不错。然后他们又提出想编一本叫《仰望星空》的书，因为温家宝在不同场合特别是在对青年大学生的讲话时，时常提到一个民族要有脚踏实地的实干家，也要有仰望星空的思想家和理论家。我认为这个题材也是好题材，祝老师建议让大学生们来写此书的初稿，然后请一些德高望重的前辈来评论和选稿，我觉得很有意思。

现在我们民族缺思想家、理论家，特别是三十多年来的改革开放，大部分人去搞经济了，“一切向钱看”成为一股不可阻挡的潮流。这有它存在的理由，因为半个世纪来人们的欲望被压抑得太久了，所以在“一切向钱看”的弊端充分展现后，思想理论的回归也将是必然，因此在这一关头呼吁回归，特别是在年轻人中的回归尤为重要。我认为温总理的喊话有客观基础和大国国情背景，我对此书也提出了一些看法。我想，要不了半年此书就会面世的，并一定会在社会上引起关注。

2010 年 10 月 30 日于无锡

一场讨论，一生的美好回忆

近日去甜爱路老房子看望住在那里的岳父母，他们如往常一样知道我要去，都会事先把我们的一间房早早打开透透风，然后不时地在靠鲁迅公园一侧的阳台上看我是不是来了，在我快到达时，会提前下楼把大门开好。他们在那里已住了三四年，每次都这样。

那天我到了后，看看他们二老都蛮好的，就回到我们的房间，其实是我在那里的书房。那里放了一些新房子放不下的旧书、资料及我 30 年来写的手稿，在没什么事时我会打开书橱随意翻翻。在书橱的抽屉里放着一份 30 年前我参加上海理论务虚会分组讨论会的名单及相关资料，这是一份对我来说很珍贵的资料。

30 年前也就是 1978 年，改革开放是那年十一届三中全会的产物，而 1979 年 2 月在十一届三中全会后中央召开了理论工作务虚会，也就是“真理标准问题的讨论会”。理论务虚会围绕“实践是检验真理的唯一标准”的问题讨论，为贯彻十一届三中全会精神起了积极的作用。这样才使得十一届三中全会成功召开后改革开放政策得以实施，这对中国后来 30 年的影响、对中华民族在当代全球的定位有决定性的意义。现在回过头来看，这次理论务虚会的深远意义当初并未为党内所有人接受，在 1978 年后的相当长一段时间里，虽有很多波折，但实践的脚步没有因不同意见而停下来。30 年后的今天，我国社会经济发展的成果已检验了这一次会议在思想上、理论上及政治方向上的正确性，证明了改革开放这条建设之路是对的，当然，在发展中还会出现各种各样的新问题。

我当时是上海会场的会议与会者，是以共青团方面的代表名义参加的，因为我是七届团市委委员，而且也是青年理论工作的爱好者。现在，我也不记得会议通知是谁发给我的了，只记得团市委出席会议的是三个人，一个是汪明章，另一个是陈启懋，他们是团市委书记、副书记，当然是代表，然后就是我。而我被编在一个理论界别组里，有黄逸峰、冯契，还有我在复旦大学读书时的老师金顺尧等一批上海理论界人士，我是年纪最小的一个，算是小字辈了。

大会是在展览中心召开的，然后到衡山宾馆进行分组讨论，会议持续了好长一段时间。我留下了一份简报，是周抗的发言和王一平在大会上代表市委做的报告，这份报告是引导大家讨论的，但是由于是与北京的会议同步举行，边开边引导，所以对于会议的结果大家都不太清楚，市委书记的报告只是号召大家对真理标准问题展开讨论。后来，从北京到各地的讨论都十分热烈，在“标准问题”得到大部分与会者认同的情况下，中央立马召开十一届四中全会。这样也防止了各地在讨论中出现全盘否定毛主席的苗头。

参加这次会议使我在思想上、政治上成熟了许多，这也得益于我 1973 年在复旦大学参加了哲学培训班的学习，因为那时多少是认真地接触到了一些马列原著。最为关键的是我在复旦学习时，为我们上课的都是复旦一些名家大师，如胡曲园、严淇北、尹大义、金顺尧、李季宗、苏东水老师（那时金顺尧老师是复旦的与会代表），他们从批判的角度为我们上中哲史、欧哲史，又从批判的角度反证苏共党史、中共党史在思想上、理论上的正确性。任何事物都是有两面性的，这样至少使我们认识到了中共党史另一面的存在。尽管其中有些观点受批判，但留给了我一个思考问题时的参考系数。我真正从理性上认识马克思主义，

在复旦图书馆啃书的日子

就是以这次复旦的培训为发端的。1974年结业后，其他同学回单位工作了，我留下来参加《费尔巴哈通信集》的编写工作，当时培训班的结业论文是以出这本通信集为目标。各小组分工编写，我是我们小组的执笔者之一，但全书是我留下来参与编写的，前后共一年多，到1976年粉碎“四人帮”后的一个月正式出版。我悉心观察、认真研学并参与了编写工作。在整个编排修改过程中，我又遇到了两位前辈，一位是美学家蒋冰海老师，还有一位是复旦的王淼洋老师，蒋冰海对我的影响尤大，他在编辑过程中给予了我直接指导。

《通信集》是蒋冰海老师从“五七”干校回来后参加编辑的第一本书。我们虽从不相识，但在编书的过程中互相了解，我们在政治上有共同的认识，都看不惯“文革”中“极左”的东西。《通信集》中有一篇讲马克思主义对实践是检验真理的唯一标准的论断，对我的影响很深。在蒋冰海老师的指导下，为了修改文章，我在留校的前前后后半年多的时间里，在图书馆看了许多相关的书，坚定了当

时的社会、政治是有问题的认识。当时在单位不敢讲，便到蒋老家里畅谈。蒋老是前辈，在这方面给了我许多理论勇气和政治勇气。这种情况一直持续到粉碎“四人帮”以后相当长的一段时间，我们两个在编写《通信集》时已把对真理标准问题的正确观点暗喻其中了，这也使我在政治上开始成熟起来。所以到务虚会时我已经为我的发言打下了一定的理论底子，我在小组会上的发言也上了简报。参加这次会议使我在政治上有了更宽广的视野，1980 年我在中央团校研究班上发表的文章一下被选中，并编入了学校优秀论文集。对我更重要的是这次会议在我后来的 30 年中，无论在岗位上的理论指导，还是在实践中的把握，都有着非同寻常的意义。蒋冰海老师任职社科院哲学所所长，王淼洋为党委书记时，他们来化工局调我去社科院哲学所工作，由于我们化工局领导不放，我才留了下来，但也使我在哲学所外面可以用哲学的眼光看社会问题、用哲学的思想方式分析时政趋势并指导自己各阶段的工作，我把学到的科学思辨

在上海市化工局团校上团课

方式融入我的思考方式，这整整影响了我30年来的工作与生活。

这30年我做了不少首创性的事，特别是1992年抓住机遇，把我所在的上海市有机氟研究所改制为国内第一家科技股份上市公司，后来搞小口径卫星通信，之后又主导全国全热线电脑福利彩票的试点及上海税务发票刮奖项目，这些由我主导的项目都受到我的哲学的思考方法影响，当然这些都是改革开放大环境下的产物。再过两年我将退休，但是我还有做不完的事，而且不少是一些需要勇气，更要有责任感的事业。十一届三中全会明确了我国的政治方向，复旦培训激发了我的理论兴趣，而务虚会的前前后后使我把理论与实践相结合，使我这30年的生命既充实又丰满。如今我对哲学兴趣不减，又自费读了复旦哲学研究生课程班，再过三个月也要结业了。但是哲学的思考方式已渗入我的生命，这辈子是改不掉了。

我怀念在复旦哲学培训班的学习时光，回顾理论务虚会，它给了我政治勇气，我珍重这30年来迈过实践、认识真理的过程，我在其中不断体悟哲学给我的力量。

2008年5月11日于西安

附：上海理论工作务虚会第三组参会人员名单

（1979年2月2日）

召集人：黄逸峰　社科院

冯　契　师大

东　生　新华社上海分社

洪秉奇　社科院

刘佛年　师大

胡曲园　复旦大学

秦　昆　市委复查办
杭　苇　市教育局
李佐长
金顺尧　复旦大学哲学系
谢天佑　师大历史系
丁桢彦　师大政教系
任建树　社科院历史系
华世俊　市委党校党史教研室
庄振华　社科院哲学所
姬志朴　科委政策研究室
陆庆壬　复旦大学宣传部
马国生　南汇县委宣传部
余建国　化工局
李名佳　市委办公厅
伍贻康　复旦大学世界经济研究所
袁美英　教育学院政教系
何应灿　师大政教系
缪剑秋　文汇报理论部
高为学　市委党校哲学教研室
谢宗范　人民出版社哲学编辑室
胡志宏　教卫办宣传处
安荔棠　工交读书班
陈志鸿　上海自行车公司
林耀琛　出版局

工作人员：周　耘　费芝华　施守全

又一个“不可能”被实现

冯总手上有 45 幅国画，来源于 1945 年抗战胜利时由上海的继莘先生（朱屺瞻兄长）发起的以“欢庆胜利”“和平是福”为主题的国画征集活动——此次活动得到了 35 位文人墨客的热烈响应。此后的岁月里，这批画在中国银行上海地库整整雪藏了 70 年。冯总准备脱手，购者最后选择了朱晓冬，其原因是：一方面，我与朱总比较熟悉；另一方面，朱总的目标是把此批画送到东京去展出。当然，最主要的原因是朱晓冬是能较快付款的，并无偿提供给中国福利彩票中心用于抗战胜利 70 周年纪念彩票图案。

当初，我想此批画能到日本去展难度很大，不知日本方面能不能接受这样的纪念作品的展览。特别是画中题词有“还我河山”“欢庆胜利”等。当然心里还是希望去展，也许这是当年这些作者不敢想的奢望。如真能实现那么他们在天有灵，会觉得当年之作是值了！在朱晓冬和他夫人小蔡的努力下，日本方面由柴国强精心组织安排，这个不可能的事实现了。

昨天我去参观画展的会场和展厅时，内心是难以平静的，我的想法是“坚持”、“努力”、“力争”，这次在晓冬、小蔡、国强的努力下，终于有了理想的美满的结果。

“和平是福”画展在日本国东京会议厅举办

我以这些国画图案做了彩票和邮票，并取名“和平是福”——人类永恒的美好追求！我想这个主题向前看符合世界人民愿望，日本友好人士也能接受。所以此次活动在中日两国人民的民间文化交流中也是一个可以记入历史的活动，两国人民都要为“和平是福”而努力并祈福。

2015 年 7 月 28 日

东京

开不败的桂花

已是阳春三月，和煦的春风从阳台拂面而来，小区绿地上花枝招展、姹紫嫣红。白茶花在池塘边的树脚下还伸出带水珠的花蕾，桃花却是花凋瓣落、满地残雪，樱花还留有不愿离去的最后倩影，血红的杜鹃却已急吼吼地争相怒放，白衣袅袅的雪柳斜躺在碧绿的草地上，好一个优雅身姿，小区一派春色。然而，让我惊奇的是我们家门前的两棵桂花树上还星星点点地挂着黄灿灿的桂花，越过了寒冬还散发着余香，随春风轻轻飘来，迎接着晨走的老人、放学而归的孩童和忙碌了一天的上班族。

三月还余桂花香？！这当然是隔年的花了。这几年不知是大气候的原因还是小环境的因素，家门口的几株桂花树花期反自然。每当国庆节后桂花就香溢四起，我们整个小区像是浸泡在糖桂花里，香味由清淡至浓烈，再加上世纪公园里飘过来的桂花香味，整个小区每个角落都沐浴在桂花的香气中，生活在此时此刻，一种甜美的感觉油然而生。

桂花花期的超长，我想同大环境也许是有关的，整个气候的变迁趋势是气候变暖，而且我们小区的建筑布局也许在风水上助了花期延长。我用电罗盘测了一下我家大楼方位，正南偏东 5° ，而东侧的邻楼是正南偏东 20° ，两楼之间有一个 15° 的夹角，两楼间距为 30 米左右，我们住的是 12 层的小高层，楼的北面是一块大草坪，距后排大楼约 90 米，后排大楼高达 30 层，两组楼连体长 150 米左右，这样就形成了一块大屏风。南面水池里的水汽通过这 30 米的走道随南风而入，到北面的大草坪形成一个稳定的暖气包，而冬天的北风从 30 层楼顶疾呼而过，落不到一楼门面的几株桂花树树顶。几株桂花树身处有暖流、水汽、阳光，又有大楼遮阴的小环境中，所以花期超长也就可以理解了。

我想人生也如此吧！一方面，人生活在一个大的社会环境下，像我们这一代赶上了改革开放的大环境，有一个可以奋斗一回的机遇，然而小环境要自己营造，你选择了一个什么样的平台？怎么就地来利用时空的小环境？怎么来组合各种资源与周围的一切和谐相处？只有在大环境下适者、小环境下用心者才能存之，当然，“永存”只是愿望罢了！

开不败的桂花犹如对生活的启示和佐证，只要适应社会的大环境，再加上自己的努力，自己的职业生涯才能常青！

2012 年 4 月 29 日

“青皮”与我的一段特殊情缘

1993 年 SVC 建设初期，我们的伙食搭伙在离公司不远的一户农家，每到中午我们就去那户农家吃行灶烧的大锅饭。在他家的门口，远眺公司工地上的大型地球卫星站的天线，很是壮观。这户农家还养了一条草狗。不知什么时候，公司员工从他家抱回了这条草狗刚生的小狗，大家叫它“青皮”。

青皮是一条温驯的小母狗，从此它像公司员工一样加入了员工队伍，就在门岗上与门卫人员一起为公司站岗。

青皮在公司的责任是“狗拿耗子”——专门抓老鼠，所以几年下来公司老鼠绝迹。我每次进公司只要车一停下，门还没打开，它就从很远的地方奔跑过来，在我常开的右侧后座门口迎接我，所以日子久了，偶尔没见它，有时也会有失落感。

有一次我出国了，有两个星期没去公司，那天，我的车子刚到院子里停下，青皮就已等在车门旁了。我开了门，只见它低着头朝餐厅方向慢走了两步停下来，好像在等我。我也试着朝它走去，它就又往这个方向慢走了两米，然后又停下来朝我看看，好像在示意我继续跟它走，于是我便走走停停、停停走走，随它来到餐厅边上的冬青树的路沿石西面。这时只见它从密密的冬青树中叼出了两个

我喜欢的青皮

还不到半个拳头大的小狗，好像在说这是我的“孩子”！公司又“添丁”了！这时我才明白它刚才把我慢慢引领到这个地方，就是为了让我看看它刚出生的小狗。由此一事后我真的相信了人和动物心灵上是相通的。

后来相当长的一段时间里，青皮忠于职守，为公司站岗放哨、捉耗子，它成了公司里的明星，员工们对它人见人爱。

有一天我走进公司，却没看到青皮来迎接我，一时惆怅，有不祥之感。果然，吃午饭时门卫告诉我，昨晚青皮被农民毒死了，可能把它拿回去吃了。这时我几乎要崩溃了，心想怎么会有这样的人！我为失去青皮几个月缓不过劲来，总是觉得心里像有块石头压着，我不时地拿出它的照片看看，它那副安然自得的神态也许在诉说，“我走了，你保重”！

哎！动物也有情有义！

2014 年 8 月 9 日

父 亲

父亲今年 93 足岁了，虚岁 94，高龄的他虽然腿脚不行，但思维敏捷、关心时事，不落于孙辈之后。

父亲 1922 年出生在宁波镇海澥浦余严村余家，余（yú）在当地发音 yí，这与福建人发“余”的音是一样的。姓氏书上讲“余氏”是“由余”之后或是“铁木健”之后，我难以考证，但镇海之余姓是从中原陕西、山西迁徙而来，这是有大量记载的。到我这辈是我们澥浦余姓在定居澥浦后的第十三代孙，我是由第十世祖先开始编家谱的“立志允成、曰可大受”中的“曰”字辈，父亲是“成”字辈。（第八世以前没有辈分排序）

我对父亲的最早记忆是一次他抱着我去陕西路“大典王”家时，当时弄堂口正好修马路，挖的沟上面盖了一排竹片，父亲抱着我踩了个空，我们一起摔了下去。我记得父亲抱我爬上沟后，我担心地拍拍父亲的腿说：“爹爹，你痛吗？”这是我幼小的心灵难以磨灭的一幕，至今我已 65 岁了，但这一幕好像就在昨天发生。

父亲在南京东路邵万生南货店学生意出身，外公也是邵万生南货店的账房，我常在店堂里玩，我还记得邵万生的电话号是 5 位数的，开头的号是“2”。有一次记不清是庆祝公私合营还是国庆节，

我结婚当天父母合影

邵万生店铺门口放鞭炮举行庆祝活动，父亲的眼被鞭炮炸伤，童年的我对父亲的这些记忆是难以磨灭的。

自从父亲调到市果品公司当采购员后，他在家的时间少了，每年大部分时间都奔走在天南海北，一直到了退休以后还在跑，85 岁那年才真正退休下来。

父亲退休后不久母亲过世，他一个人住在南市区老宅集贤邨，也不肯请阿姨。到了 89 岁时，我们兄妹几个一商量，觉得非得请一个全护理阿姨给他护理、照顾他起居，这样他才真正闲了下来。然而他的脑子却闲不下来。我写了那么多文章、电视里也偶尔出现我的身影，激励了他几年前也开始写回忆录了，而且一写不可收拾，竟然写了好几册。一次我开玩笑说："你是否在与我比赛"，他回答道，"是为了看看自己的状态"！我很同意他的观点，退而不休、了解自己的状态很重要。他还说香港三伯比他小一岁，也九十有三了，现在还上班呢！父亲的状态我预测活一百岁不是问题，可以说在同龄人中他是乐观、豁达、自信的，是一个对自己生命负责的人。

现在他还坚持写，不少大学生、研究生的字还不如他呢！他不向疾病低头，积极向上的心态给了他健康的体魄，很多人看了他的照片都夸他。

父亲这种对生命的态度是晚辈们的榜样，也激励晚辈要在自己的生活中不断拼搏，不断拓展自己的生命之路！

听龙永图部长谈“创新”有感

全球 CEO 闭门圆桌会议首届学员开学典礼在佘山月湖会馆召开，我作为主办方邀请的导师与会。

首届开学典礼由外经贸部原副部长龙永图做“创新驱动与发展”的报告，出席会议的范围，不超过 50 人。我入场时龙部长已开讲，所以开场白没听到，但他演讲的结构性部分我全听了。现在的领导演讲大多数是由秘书作笔代劳，所以时有领导念稿多翻了一页读不下去的窘境。而龙部长口才不用说，所言全是由自己思索而来的肺腑之言。他语调平和但内容丰满，不时还幽默一把。

与龙部长直面交流还是第一次，在他为我签书的时候我跟他说，部长您的演讲很有力度，也阐述了这届政府的治国纲要，但现在是“两头热”，一头中央要加快改革步伐，一头是老百姓希望得到改革的实惠，然而中间一层的一些干部素质较低，再加上一些腐败分子从中作梗，所以中央的改革措施落实难度很大。他听了没直接接话题，但机智地说：中间一层只能让时间来淘汰，他们的阻力也是改革的代价。我又补充说，中央要召开一次思想理论的务虚会对干部进行培训指导，因为现在这批干部大多是大学生、部队中过来的，总体学历是比以前的干部提高了，但政治素质、思想理论修养不见得有提高。当年十一届三中全会能在全国引起那么大的影响，还是要归功于“理论务虚会”打碎了思想精神上的枷锁，才有后来风起云涌、持续近 30 年的改革。龙部长接着说，“有道理”！

听了龙部长有关“创新”的演讲，我从自己 20 年来的实践体会到，现在的创新与当年的时空背景不同了、起点也不同了，当年单打独斗式的创新已转向了“产业链的创新”、“行业的创新”和“辐射式创新”。“创新”要成为一个民族的意识，才有持续的创新过程和一个协同创新的环境及辐射式的连环创新。我认为当前“一带一路”战略的落实恰是一个万众创新的实践的机遇，而不是简单复制我们 20 年所走过的低水平上的产业转移和复制，如照搬过去 20 年的老办法，是走不出一条“新丝路”来的。所以历史给了我们一个机遇，而我们应以什么样的心态、什么样的思路、什么样的方式面对这样千载难逢的机遇，这是值得国人认真思考的，特别是值得各级政府及各类企业领导者深思。

所谓“产业链创新”主要是当下的任何产业以通信、信息为桥梁已紧密相连，产业链上每一环的创新必然会带动上下链之间的不同程度的创新。而行业创新是指所有行业在互联网大行其道的今天必须适应这种趋势，未来企业间与互联网结合的程度只是时间上有差别而已，任何一个行业都要适应互联网时代的生活、生产方式的改变，且必然会通过行业中某些代表性企业的创新从而发生行业性创新，如果跟不上这一趋势，必然被淘汰出局，这种行业创新有时是颠覆性的，甚至是以自己的消亡为创新的新技术开辟发展之路。辐射性创新则是由创新产品在制造过程中特别是在应用过程中连带推动其他产业的创新发展，创新的辐射力所产生的能量有时是很难估量的，如电子商务的发展，辐射的面让人始料不及，从 PC 到移动客户端的下单过程、从物流到支付、从金融到生活方式，这种蝴蝶效应就是受到电子商务创新的辐射而产生，其创新辐射可覆盖整个社会生活各个领域。

综上所述，创新是“意识、意念、创意而发端并推动的社会文明的进步”，我们如能在一带一路的建设中以创新为驱动力，那么将来中华民族对人类文明史的贡献必定为世人所瞩目。所以“创新”在这个历史关头无论是对内还是对外其意义之重要可见一斑，然而国人是否认识到这一点还需要引导，龙部长的演讲为我们打开了思想之窗。

2015 年 5 月 7 日

再读《共产党宣言》

今天是2012年5月6日，我在写文章时为确认一段文字的准确性，又翻开了《共产党宣言》，忽然跃出一个念头：此时此刻的世间还有谁与我同一天在翻阅《共产党宣言》？

为一个名为“未来宝”的养老项目写策划书时，在文章的结尾部分，我在写未来社会的发展原则时，联想到了马克思和恩格斯著名的《共产党宣言》第三节结尾时的一句，我认为的至理名言：“代替那存在着阶级和阶级对立的资产阶级旧社会的，将是这样一个联合体，在那里每个人的自由发展是一切人的自由发展的条件。”这段话是我40年来一直在实践中想去探索的路，我在多年经营企业的实践中朦朦胧胧地感到，先哲们的理想是有道理的，也不是不可实践的，所以多年以来我在自己的实验田里努力在现有的生产方式下寻找生存之道的同时，对理想中的生产方式也试着探索。那么多年来，我从不搞公司下面再设分公司的做法，而是以在自愿的前提下把社会中在事业和业务上的志同道合者自愿地组织起来，以项目制方式来推进共同事业的发展，大家组成一个以自己企业的自由发展和与合伙人的企业共同发展为条件而自由联系起来的联合体。

实践告诉我这样的方式是可行的，我一有机会就在可能的范围里去实践它。我绝不会死搬书本上的什么主义，我坚信我的人格和我对这个世界的感觉，走自己的路，走到无法走下去为止。

我庆幸自己不是一个理想主义者，而是一个有理想色彩的实践主义者。

2012 年 5 月 6 日

共享平台、分享经济
是未来经济发展的必然趋势

今年两会上由“摩拜”单车而引发的共享经济的话题成为代表们热议的焦点，其中三个观点比较对立：第一种观点，“摩拜”单车不仅是为城市居民提供了最后 1 公里出行方便的接力手段，更重要的是一种新的经济模式的发端；第二种观点，这种经济运行模式是一种烧钱的浪费模式，不能持久，更严重的是对城市管理带来了问题，是一种资源的浪费；第三种观点，这种经营模式是一种新事物，初期因管理跟不上带来一些麻烦实属正常，希望城管部门加强管理，引导产生一种新的管理模式，目前的问题是过渡性问题，相信社会会有新的管理方式应运而生。

纵观这一现象，我认为任何一种经济模式的出现和管理模式的产生，都只能从其背后的最终的经济动因中去寻找答案并设计推出相应的解决问题的方法。

共享平台、分享经济，这一类新型的经营模式背后的最终动因还是可以在人们的经济利益中找到蛛丝马迹。

由于互联网的发展及与人们日常生活的结合越来越密切，近两三年里智能手机的出现，为人们利用 IT 新技术不断改善和改变日常生活方式提供了新的手段。如电子支付已作为国家民生经济中25%的支付行为，这种消费支付行为还将高速发展，要不了多少时间，绝大部分零售支付会通过电子商务实现无纸化支付，这种趋势不可逆转。而“摩拜”及部分城市“摩汽”的出现正是基于智能手机的出现，把消费与支付连接起来，这样就产生了新的经济模式，这种模式的特点就是“共享平台”与微支付的“按需分配”经济模式的结合，而“摩拜”这类经营模式是依附在“共享平台”上的“分享经济”。这种便捷的消费行为已势不可挡，它催生了未来生活方式的一种趋势，也意味着“共享平台”“分享经济”时代的到来，不过，我们还需要有一个适应过程。

在社会学意义上，“共享平台、分享经济”让资源得到充分利用。如不必每家都买车，从消费的性价比来说是有利于消费者的；从环境保护来说可以减少二氧化碳排放。总之，一种新的经济形态的出现，有它的合理性。“共享平台、分享经济”从深层意义上看，也许我们看到了未来理想中的含有共产主义社会“按需分配”的经济形态的萌芽。

一种新的经济形态的产生，只能从传统经济形态中破壳而出，我们正面临着随IT技术发展而出现的新的经济形态，我们站在一个新时代的门槛上，要求它一出现就尽善尽美是苛求，不管它是否成熟，我们都应该欢迎它，帮助它完善、完美！

2017年3月12日

“黄浦江”——一个梦系魂绕的“生命符号”

“黄浦江”是上海这座城市的母亲河，每个上海人对黄浦江的情感是一辈子的牵挂，我对黄浦江又是格外的情深。因为老家离黄浦江边的直线距离在 300 米左右，小时候常去黄浦江看轮船。在童年时“黄浦江”三个字就已烙在灵魂之中，并随黄浦江水溶入四海之中了。

对黄浦江最早有印象的记忆，是我姑姑带着我去外滩黄浦江边看“苏联兵舰”。大概是 1956 年国庆节前后，当时苏联兵舰开进黄浦江，停泊在金陵路一段，拉起彩旗、彩灯，晚上与浦西万国建筑群的节日彩灯交相辉映，把外滩照得通明，从外白渡桥到十六铺码头人山人海，市民们都出来看节日彩灯、苏联兵舰。这是我对黄浦江最早的记忆，一辈子难忘。

慢慢长大，我去黄浦江边的机会也增多了，记忆中逐步增添了一些有意义和有影响的事件。“文化大革命”时期，“风雷”号远洋轮火灾也是一桩很有影响的事件。因为家离复兴路江边近，我经常从家所在的弄堂里出来，走到黄浦江边，尽情地吹拂江风，大大小小的轮船来来往往，一派繁忙景象，十六铺码头更是黄浦江边的一个亮点。我甚至可以在家里也能从船的汽笛声中辨别是大船还是拖轮。如那沉闷的汽笛声一般都是大轮船，特别是外国来的大轮船，声音特别厚重，而一般拖轮的汽笛声短促而音高，所以我养成了听船的汽笛声的好奇心。而碰到持续性的汽笛声，特别是夹杂着很多船只先后一起打长声的汽笛声，一般是出事了。“风雷”号万吨轮的火灾，我就是从汽笛声中辨出黄浦江上有异常情况，和邻居家的小伙伴都到三楼晒台上并爬上屋顶向黄浦江方向看去，滚滚浓烟就印证了我的判断。

中学毕业后，我分到浦东的化工厂上班，每天乘摆渡要来回各一次，那时对黄浦江在物理空间尺度上有点数了，董家渡码头的江面宽度在 300 米左右。在工厂里我被分到卡车上当搬运工，每天就随车通过南码头和民生路汽车渡穿梭于浦江两岸。特别是在排队过江的等候时间，我常到江边去看看江景，辨辨往来船只的国籍，从船的进出感受上海的经济发展。现在的人很难想象当年上班时推着自行车过摆渡时潮水般的车龙。最大的一次事故就是陆家嘴摆渡口，在一个大雾天因上班人群推挤，上海滩出了第一次重大的“踩踏事故”，造成 16 人被踩踏死亡。

我在化肥公司和化工局工作时，办公大楼距离黄浦江很近，到江边不到 200 米。每天上午机关 9 点上班，而我 6 点半到单位把自行车停好后就去九江路外滩的平台上打太极拳。当年外滩的早晨满是打拳人，我断断续续坚持了五六年，印象很深刻的是一位老者，看到我无论寒暑都坚持在外滩跟在很多老人后面学太极拳，他常常走到我面前为我纠正姿势。我们打的是杨式简化太极拳，拳路比较短，共 24 式，每人根据自己的时间打一套或两套、更多都可以。当年在外滩打拳的人很多，不时有老外加入进来，那一段时间我学了太极拳，也锻炼了身体。1980 年去中央团校学习时，我还当了太极拳的“教头”，就得益于我在外滩的打拳基础。

后来我爱人调到了北京路的上海人民广播电台工作，我又为外滩1号（曾经为英国领事馆的外滩源）的整修提出过一个建议方案，而女儿工作后又在AIA的外滩17号上班，因此外滩更是常去的地方。

近几年，陈毅广场2015年元月跨年活动造成了踩踏事故，有35位青年人失去了宝贵的生命，这起事故将是上海永久的痛。虽然这个跨年活动我们没参加现场通信保障，但我很是自责，如果那天我们的卫星通信车作为通信保障的现场备份，也许会发一个“紧急救援”的信号。然而，没有“如果”，事故发生给外滩带来了不光彩的记录。

总之，黄浦江养育了上海人，为整个国家经济也做出了历史贡献，我们要爱护母亲河，爱护黄浦江这个享誉中外的“符号”。黄浦江是每一个上海人心中沉甸甸的“符号”，上海人无论到哪里，都会在心中系着这个梦系魂绕的符号。

2016年2月20日

米力趣事二三

时间真快，一眨眼米力已四岁半了。米力的出生给我们老两口的晚年生活带来了阳光、快乐、幸福！在外婆的带养下，我看着小米力一天天长大，心里真有说不出的甜蜜。敏芝三岁半以前是阿娘带的，当时我也忙于工作，在 0 ～ 3 岁这一段姆妈和赛飞带，我虽十分喜欢，但在她这一段成长中能记起来的趣事并不多。而米力则不同，只要我不出差，则是每天与我在一起，有更多的时间玩捉迷藏，在我们的“秘密基地”讲他喜欢听的、我随机编写的“小老虎”故事，晚上在阳台上一起观察从浦东国际机场起飞的在黑暗中移动的航班……祖孙二人有时闹得哈哈大笑，有时两人在“秘密基地”

我与米力

的地板上打滚，一直到外婆到处找我们躲在哪里。

米力从下地能走路的第一天（一岁过两天），我就带着他在小区的草地上走走、跳跳、奔跑。看他第一次在草地上踢小足球，心里真是喜滋滋的。

慢慢长大，小米力好动脑、喜欢问问题的特点渐渐显露。我印象深刻的是在他不到四岁的时候，电视机里在讲“暗物质”，有一次我跟他说，我们能看到的世界上的东西只有很少的一点点，大部分是看不到的，我们能看到东西是因为太阳光照在物体上反射到我们眼睛里来，所以我们能看到草地、小树等，没有太阳什么都看不到。我也是把他当大小孩一样一本正经给他讲的，结果他马上反问我一句：“外公，太阳升起来我们能看到东西，那么暗物质只要有太阳升起来了，我们也可以看到了！”他这一回答真的是让我一惊，我是不觉得他能听懂什么而随意讲的，想不到他按我说的逻辑推理说，“太阳升起来了，那么暗物质也应看到了”。我心里真是开心得不得了，因为他在认真听并根据自己的逻辑推理而形成反问，而我在那么小的时候还不可能有这样的逻辑思维。

上星期我回家，他外婆在烧晚饭，小米力正在吃一种法国的软糖。我问他好吃吗？他说好吃！我接着说这种糖好吃但不能多吃的，因为这种五颜六色的糖果都是化学的色素调出来的，不能多吃的。结果他马上说：“外公，那么我吃的药也是五颜六色的，那也不能多吃是吗？”我看着他稚嫩的脸庞、好奇的眼光，心里又是一阵兴奋，马上转告外婆说：小米力真是聪明！外婆说，你平时不要看他只是自己玩，其实他耳朵一直在听我的讲话，他自己会组织语言，突然会蹦出一句你意想不到的话来的！

上星期，我们一起在谈飞机时，他做了个手势说飞机起飞了！他这个手势是将飞机几乎垂直起飞向上的，我马上想纠正他说，垂直起飞的是火箭而不是飞机，民航机是平平地慢慢地加速起飞的。结果他又讲出了让我大跌眼镜的话，他说外公，战斗机可以这样（比画着用手势垂直爬升），并说在电视上他看到过。我想起来了，最近电视上一直播放珠海航展上的军机飞行表演，确是几乎垂直爬升！被他一说，我又哑口无言了！

看来小米力对周围的新事物的观察力很强，想象力有深度！善于逻辑推理，有自己的灵气。每每想到这些趣事，我总是很高兴，心想真是青出于蓝而胜于蓝！！！

北京

2016 年 12 月 21 日冬至

香港三伯与我家血浓于水的关系

“香港三伯”是我们家三代人口中的一个被誉为“乐善事”的大善人。香港三伯（以下称三伯）的母亲是我们浙江澥浦余严村余家的姑娘，聪慧、坚强而贤能。当年因家境贫寒又从小失去父母而远嫁澥浦里山的路下徐的郎家坪顾家。她在那里生育了三男一女，27岁时丈夫病故，此后一个人挑起了家庭生计。艰辛的生活逼得她不得不离开婆家，回到了澥浦余家的娘家。走到村口时她泪如雨下，是我祖父去村口接了她，因而她一直把此事记在心里，也因此她同我爷爷（堂兄妹）和我祖母之间的关系在家属里也非同一般。

三伯告诉我，他与娘舅（我祖父）的关系也是一辈子难忘的。1948年，三伯去香港闯码头时，我父亲已在上海南京路上的邵万生工作了，相对而言经济情况好于三伯一些。我父亲因有家室，所以未与三伯结伴而行，而是给了他一点点盘缠（路费）。三伯到台湾做糖生意被骗失败，骨子里倔强的他不服输，又闯到了香港，在香港的亲戚家寄人篱下，开始了孤身奋斗，慢慢积累生活资本，后来与上海浦东的裘莉小姐（我叫三妈）结婚。那时三伯的母亲亲赴香港主婚，婚后三天其母执意要回上海，为他们小二口（也即俗称的小两口）让出自己生活的空间，所以三伯一直跟我讲起他母亲（我也叫阿娘）的聪慧。阿娘从香港回上海是乘飞机的，她老人家与我也讲起她第一次乘飞机的感受，并一直鼓励我好好学习，有机会也去香港发展。

我十九岁那年右腿的胫骨和腓骨之间长了骨刺，当时医生说要开刀，我母亲忧心重重，去向三伯的母亲讨教该怎么办。三伯的母亲叫我母亲不要担心，让我手术后去她那里养伤口。我祖母也跟我母亲讲，我们是善良人家，菩萨会保佑的。当时我祖母和三伯的母亲一起住在天潼路，她们也算是姑嫂关系，两个人都抽烟，都视我为掌上之珠。那一段时光也是我一生中最值得怀念的少年时光，因为在两位老人的关心和照顾下，我的伤口恢复得很好。三伯的经济情况好转，他母亲的生活质量也大为改善。他常寄邮包、汇款来上海给母亲以尽孝心。而我祖母来上海后因祖父失业，经济反而拮据了，在这种情况下，三伯的母亲反过来接济兄嫂了，特别是三伯母，也很敬重我的母亲。在众亲戚中，我母亲落落大方、大家闺秀的仪态，也赢得了三伯、三伯母的好感。我们两家关系也不错，他们夫妇俩“阿德哥、阿德嫂”亲切地叫我父母。特别是在三年自然灾害时期，三伯从香港为上海亲戚寄来 KENIN 奶粉，总少不了我们家的一份。每次他们夫妇来上海看望亲戚，也总是请我父母赴宴。当然，我母亲也为此事烦恼，因为她是大家闺秀出身，弟妹相邀必须出席，但礼数也要周到，考虑到三伯、三伯母喜欢火腿肉，她就是自己省吃俭用，也要留出钱来让我父亲在邵万生买上好的整只火腿寄往香港，以示两家的情谊。这样的关系一直维持到她去世。

现在我父亲虚岁九十六岁，三伯小我父亲一岁，我父亲身体尚好，三伯还上半天班，三伯母是越剧发烧友，与好友听听越剧、搓搓麻将，晚年生活很幸福。

我每次去香港时，总是去德辅道中 333 号的“新记药业”三伯的办公室坐坐，与他聊家事，聊聊大陆的变化。他跟我讲，上海的亲戚现在只有我常来看他，他很高兴。他看见我事业有成，也常常说：“阿拉舅家门里的人才啊！”我说：“三伯您才是舅家门里的商才呢！”他听后哈哈大笑。有时，他会安排我在饭馆小酌一番，叔侄两代人叙叙两房亲戚的百年友情。

我的祖父与父母辈接济过三伯一家，我更念三伯、三伯母在自然灾害时对我们家的厚爱，但再下一代就没有这种血浓于水的亲情了，因为孙辈们都各自生活，来往甚少。我时常在想，中华民族进入现代文明社会后，传统的血亲关系反而淡化了，这对整个民族的未来来说是一件不幸的事。

三年困难时期常从香港寄奶粉给我们的三伯

老家拆了，儿孙散了，关系淡了，中华民族血脉相传的传统淹没在现代文明之中，是幸还是不幸呢？但不管怎样，在我心中，三伯与我家三代人百年里血浓于水的关系早已融入我们这一代的血脉之中了。

我去香港时去看望他老人家，就是为了让这一血脉承续！

2017 年 8 月 7 日

踏瑞雪访福井

自当年第一次踏上日本这个与我们一衣带水的邻国，已过去二十六年了。虽然这二十多年中因工作原因多次到过日本，但都没这次来日本的这种感恩的心情。

这次因“风险人流”监控管理项目与在东京的日本富士公司、核心技术公司进行交流，我选择了从大阪入境，原因就是要在好友坚华兄的陪同下去福井看望我二十六年前的日本语老师儿玉玲二。

二十多年中曾经与儿玉老师有过几次通话，但后来我手机中存的电话号码因手机的更替而丢了，这样就与儿玉老师失去了联系。去年从甜爱路的老房子搬家，我在整理书柜里的书籍和文件时，找到了老师当年给我的一张明信片，上面还依旧清晰地印着老师家的地址和电话。于是我托了坚华兄到日本帮助联系，想不到坚华兄很认真，很快就与儿玉老师联系上了，这就促成了我这次来日本从大阪入境，想去福井看望年事已高的儿玉老师的心愿。

到达大阪的第二天清晨，我就早早起床为出发做准备了，越是快要见到老师了，越是动情，二十年前老师在上海教的日本语我没有学好，但水平足够让我在日本东京街头独自自由地坐地铁而不担心迷路、自由购物，还可以讨价还价，这都是当年老师在课堂上教我们的在日本入乡随俗的小技巧。

坚华兄准时到达我下榻的南海瑞士酒店大堂，我们就一起上了去福井的新干线。三月中旬的日本虽已是初春，但外面的气温还在 -1 至 4 度左右，不时下起大雪，雪花之大之密是我从未见过的。冒着茫茫大雪，我们到了福井车站。福井车站还是二十六年前的老样子，但依旧干净、整洁。出租车司机见我们是远道而来的乘客，分外客气，得知地址后，没转几个弯道就到了儿玉老师家附近。由于通道窄小，我们在外面的马路上下了车，然后根据地址一家一家找过去。其实老师已早早地在等我了，我打了一个电话，电话铃响后我回头一看，就在身后的小巷内，大雪中老师和他的夫人站在家门口，我一眼认出了老师，便三步并两步走了过去。

老师的夫人手中撑着一把大伞，为我和老师挡住了密密的雪花，我和老师相拥问好。二十六年了，老师八十六了，但看上去还很健康，后来才从老师的夫人那里得知，老师患有帕金森症。我和坚华跟着老师进了正屋，在传统的日式榻榻米上落座。老师的夫人当年是很典型、漂亮的日本家庭主妇，如今也已垂垂老矣，几乎看不出当年的模样，想必二十六年来为生活操劳，她肯定也是很幸苦的。

踏瑞雪访福井

在浓浓的茶香中，我向老师汇报了我当年从福井公司回国后二十六年里的工作，并带来了自己的作品，让他为自己学生的进步而高兴。我将带来的一幅我写的“寿”字送给老师，祝他健康长寿，老师看后很高兴，一定要把这个“寿”字挂在家里最重要的地方，即“南无阿弥陀佛”的条幅下面，并一起拍照留念。我们边聊边回忆当年老师在上海教我们日本语时的一些学习情境，老师的眼睛里闪烁着愉快的光芒，我们一起沉浸在幸福的回忆之中。

大概过了一个小时，因临近回大阪的车程，所以我向老师道谢后准备起身告别，老师和夫人一定要留我们吃饭，但我并不想麻烦她老人家，说下次有机会再来看他们。老师的夫人看过我外孙的照片很是喜欢，她叮嘱我下次有机会一定带小外孙来玩，我频频点头，我是真想有机会带小外孙来看老师的。

老师和夫人坚持送我们到门口，这时大雪还未停下，夫人还是打着大伞，到了门口发现，她已把出租车叫好并付了车费，我们觉得很不好意思，可二老的盛情又难以推却，便只能顺着老师的心意了。

当我要上车时，老师和夫人紧紧地拥抱着我，我们相互在饱含泪花的凝视中道别。我关上车门摇下了车窗，示意他们快点回去，外面很冷。他们却坚持要驾驶员开车。这样，驾驶员把车启动了，车拐出巷子那一瞬间，我看到了他们二老还矗立在大雪中的身影。

儿玉老师的反应是慢了一点，这与老师的病有关，但他的夫人说，老师一讲起在上海的工作和他的学生，精神就会好起来，很多朋友、街坊邻居都为他有一批这么好的学生而夸赞他。

中日两国人民应该是友好的，越底层越友好，因为大家对生活最实际的需求都是一样的，那就是要安稳地过好日子！这是相通的。

工作感想

没当过兵的我，却上过前线
——30 年前上法卡山

我们这一代的男孩子都有过当兵的梦，可是因外婆的政治问题，我这辈子是当不成兵的。当兵的梦碎了，但一路走来，无论是在中学、大学还是在各个工作岗位上，凡是与部队有关的人和事，我都十分关注并且热情地投入，尽力为军队做一些有益的事，也许这是我对军队的情结，以弥补我无法当兵之缺憾。

当初在化工局担任团干部期间，我在全系统团员青年中发起了“万人签名”运动，很多青年还制作了各种精美贺卡并写上鼓励将士的话语送到局团委。当时我们无法联系上前线军队，只是通过报纸上的宣传了解到此战役是在广西军区的防地，于是就把收集起来的万人签名卡装入一个精美的有机玻璃盒送到虹桥机场，与机场管理员商量办法送到广西军区。机场管理员非常支持，当时正好有一班飞桂林的飞机，故让我们直送至飞机的机舱口交给货仓管理员，就这样完成了送出的工作。

想不到没几天，局党委接到中央军委转来的电话，要我带队选五六个人上前线慰问边防战士，这样，我第一次与军队发生了正式联系。我挑了班子里的宣传委员司徒国基、基层团干部韩正再加上

在法卡山前沿阵地

两个新长征突击手程燕萍和陈怡红，从新闻单位又挑了电视台的赵书敬和电台的徐正烈，一行七人就出发了。由于广西军分区驻扎在桂林，这样我们第一站到了桂林然后再过南宁到凭祥，再从凭祥转乘吉普，在荷枪实弹的警卫战士护送下上了法卡山。当时法卡山战斗是在间隙期间，大规模的冲突已过去，但冷枪、冷炮还会有，驻军对我们这一行访问团还是特别加以保护的，以防不测。

每当车子经过烈士墓地，我总有点惆怅，年轻的生命为保卫祖国安宁长眠异乡，这也使我对生命的意义有了新的诠释。也许没上过战场的人并不会理解，为什么一个老兵会为自己的战友守一辈子的坟地，这种胜似亲兄弟的感情是烈火烧铸出来的，是不掺半点杂念的。我有幸上了一次前线，这对我心灵的震撼是一辈子难以平复的，所以每当碰到困难，我对自己说这算不了什么，因为已看到过更惊人的付出。人生在世，有什么名利值得计较呢？更何况我是学哲学的，对“虚无”的领会要比他人深入一些。

带队上自卫反击战法卡山营地慰问官兵（右三为作者）

30 年前上过前线后，我对军队、战士一直有感情，所到之处的工作岗位，只要业务与军队沾边，对战士有益的实事，我就努力为他们做一点。

在有机氟研究所当党委书记时，我叮嘱偏氟涂料组加快对耐高温又耐低温的涂料的研发，为空军战机早点提供服务，而聚四氯乙烯当年是为歼 10 配套线缆。我到卫星通信系统后，又为军队建设了全军远程医学信息网，为武警部队提供了大、中专远程教育网，我搞卫星高清电影就是为新疆边防连队送上文化娱乐生活。总之，只要部队需要，我就会动脑筋出点子推动项目进展。最近，我看到德军和日本自卫队的水壶，受到启发，在设计一款防污染的新颖水壶供部队参考。

在法卡山英雄团的事迹陈列室

去年听屠志峰讲，我们当年送法卡山的“万人签名”盒还在军事博物馆展出。10 月我去北京时，周六专程去军博看一看，结果没找到。后来，碰到一位年纪稍大一些的工作人员，他建议我去后面的藏馆看看，我到了后楼，结果后楼还在修缮，不让我进，只能下次有机会再来吧。在主楼的展厅，我发现我的全军远程医学信息网照片在展览厅里有展示，还看到了“神仙湾”哨所的照片。因为我们为“神仙湾”哨所安装高清卫星电影还是最近的事，所以，虽然没有任何图片和解说词，可我心里还是暖洋洋的，因为在这世界最高海拔的兵站上有我事业的痕迹。

我想，我这辈子从军不成，劳军应该还是有功的。一个国家没有伟大的军队，一切是不踏实的，今年 60 周年阅兵，全民再穷也不能忘了军队，再苦也不能苦战士，有全军将士身躯筑成的铜墙铁壁，才有国家的未来。

因为我上过前线，我才有这番感受！

2009 年 2 月 5 日

朱镕基一语中的

1994 年 4 月，办公室突然接到金桥开发公司的通知，有中央领导要来公司视察。由于当时我们公司是刚成立不久的高科技卫星通信公司，金桥开发区内虽然很多大项目正在建设，但建成投产的并不多，我们公司经常会被安排请领导、外宾参观，所以我也不以为意。但是在去金桥上班的路上，从沿途的设岗情况看得出，今天来金桥视察的领导很重要，到了公司后才知道，朱镕基同志将来公司视察。我们也没做什么准备，反正公司总是那么干干净净的。当时业务不多，机房比较空，我与金桥接待的同志商定安排在圆厅向总理汇报公司情况。

上午 10 点左右，安检人员一批批抵达公司，10 点 20 分，总理车队抵达公司，我连忙上前向朱总理问好，朱总理说："好！"并带头走了进来。我握过很多领导的手，但与朱总理握手的那一瞬间，亲切之情油然而生，他的手是那么软而且热乎乎的，并不像想象中的大人物的手那样大而有力。我邀请总理到会议厅就座，总理说："不坐了，抓紧时间，有什么东西看看？"

这时金桥公司接待的同志也马上说，总理在这里只有十分钟时间，快、快！我说："那好，请总理先上我们机房看看。"我边说边向办公室的同志挥手示意，让他们赶快准备好笔和纸，等一下争取让朱总理题几个字，同时引领朱总理上了二楼的机房。起先朱总理一言不发只是听我讲，我按平时接待的方式，如数家珍地讲了什么是 VSAT，VSAT 有哪些用途，为什么把 VSAT 建在金桥？……这时，我一看表已经超过十分钟了，接待的同志还在催快点。这时朱总理看出我想听他说些什么，当时在二楼的演示室有几块介绍 VSAT 的示意图，朱总理看了以后说："东西是好东西，但要有人识货。"他边说边从控制室走了出来，他问我："现在有用户吗？"我说："刚开始只有东方航空公司的订票系统、《新民晚报》的传版，还有期货信息等。"边说着，我边在前面引导总理走下楼梯。在下楼梯的过程中，朱总理反复说，"东西是好东西，要有人识货"，突然他又加上一句，"我看要到 2000 年以后才会有发展"，当时我也反应不过来总理讲这句话的意思。接下来，同志们已准备好纸和笔，我说："能否请总理为我们题个词？"朱总理笑着说，"看了，说了，不题词了"，我马上说："那么是否请朱总理签个名？"朱总理很爽快地说："好！那就签个名。"他走到准备好的签字台前，大笔一挥写下"朱镕基"三个字，然后问身边的工作人员："下一站看什么？"我后面的没听到，只是看了一下表，朱总理在公司停留了 25 分钟，远远超出原定的十分钟的安排。最后，我送朱总理到门口并握手道别。

自那以后，我们向来参观的人们介绍朱总理留下的三句话时，大家都连连点头称赞说，讲话开门见山、一语中的。特别是到了 2000 年，六年过去了，公司出现连续两年盈利的时候，我更是深感朱总理有眼光。说实在的，我在 SVC 能扛十年，也正因为有两个人的两句话，一个就是朱总理以上的话，还有一个就是当时 GE SPENS 总裁 Rema 的一句："要搞卫星通信，没有十年的思想准备你就趁早离开。"十年过去了，这两位的两句话让我在 SVC 留了超过二十年，朱总理当时的话语经常成为我在困难时把握自己、把握公司的精神支撑。

发票抽奖项目一波三折

2000 年，有一次钟家麟来沪。闲聊之余，我问及他在广州做些什么，他谈了发票抽奖项目，我眼睛一亮，因为发票抽奖与彩票的原理一样，用随机的原理抽出得奖者，如果用实时联网的办法，效果应是很好的。我把自己的想法向施德容、谢玲丽两位领导谈起并问他们对此事是否感兴趣，是否有机会与财政局局长谈谈。大概是业务分工之故，此事一直没有引起他们两位的兴趣，我也只能作罢了，但心里一直惦记着此事。

在伟达的转让过程中认识了金因惠，一次小金给我介绍一个在波音公司工作过、对卫星通信很在行的朋友认识，表示可与其谈谈，看能否有可合作的。于是，在一个星期六，我在金桥接待了小金介绍来的陈磊先生。

与陈磊先生一见如故，大家谈得很投机，他对我从事的 VSAT 也做了分析，不愧为同行，他一针见血地说到卫星通信的现状。当然，他对我能在这样困难的环境中坚持下来也大加赞赏。他说你很想做点事，看看我有什么可帮你的。我说：“发票抽奖是一个好项目，利国利民，是税管的重要环节。”他听我说完说：“这个项目真是好项目。”并希望我能准备一份材料，于是我也把钟家麟介绍给他，上报的材料由他来负责。想不到陈先生很负责，很快组织力量南下广州与钟接触并形成了材料。

有一天，民政局计财处武树甲来找我了，说财政局要我去介绍一下彩票及开奖节目。财政局副局长蒋卓庆组织了一大群人来接待我，听取了我们彩票投注系统和开奖流程的介绍及对发票项目的设计。由于财政对这样的系统不熟，他们安排有关人员立即到 VSAT 参观并了解组织的流程。那天晚上 9 点多了，蒋卓庆一行来 SVC 视察，工作到很晚。我安排孙健跟王伟谈思路，由王伟负责软件开发，孙健组织验收，短短的一个多月，上海发票抽奖活动登场了。当时只是在餐饮和装潢两个行业推行。从公开报道的素材可以看到，这一年比上一年同期税收增加 50%，到 2003 年市财政结算出来后，全年市财政积余 1.3 亿元。搁我看，如果没有抽奖项目，市财政就得赤字了。

一个好的项目，要推动有很多困难，特别是涉及行政部门的话，阻力会很大，这就是行政部门的特点，应该说蒋副局长的有力推进是重要因素。后来听王伟说蒋因推进此事有功，在这次班子调整过程中，升调到杨浦区当区长了。我和彩票中心、SVC 尽管没有任何好处，但我心里是很踏实的，因为 2002 年我又推动了一个项目。

由美国休斯网络孙观圻先生重现江湖说开去
——中国卫星应用大会十年庆

1998年我国卫星通信业界在网络泡沫时代来临、发展前途不明的境况下经过呼吁，在原信息产业部和中国通信协会的支持下，“中国卫星应用大会”正式在京成立。时至今日，已整整过去十个年头了。这十年来，我国卫星通信业界发展之路坎坷，一批批志士仁人为我国卫星应用事业前赴后继，付出了青春年华和黄金时代，其结果不是泪洒战场，就是退出江湖。是中国卫星应用事业生不逢时，还是卫星应用不适应中国市场？是政府对这一产业的扶植不够，还是业界本身没有找到合适的定位？……一串串问题在向我国卫星应用界发出拷问。

在我国卫星应用发展过程中，应该说美国休斯网络公司有过不可磨灭的作用，特别是20世纪中叶VSAT技术（一种小口径卫星通信系统）的出现，它在跨区域点对多点的双向通信上优越的组网性能被各界接受（特别是超市、证券、加油站的应用），这与休斯公司在中国的推广有密切关系。

90年代初，中国股市的大发展使得原有的地面通信满足不了证券交易点（跨区域性应用）的通信需求。在休斯公司的推动和改革开放的大背景下，VSAT 这项技术在中国应用得到启动。这一技术的出色应用弥补了当时地面线的缺陷，也反过来成为中国股市大发展的保障。这一应用现象触动了 VSAT 技术应用在我国的大发展。一时间，出现了我国 VSAT 卫星通信业的爆发性发展。

90 年代初这把火烧起来（准确地说，应该是 1993 年由上海维赛特网络系统有限公司获得我国首张 VSAT 经营许可证起），到 1998 年，我国引进的 VSAT 卫星系统已达几十套，而美国休斯公司占了 70%。美国休斯公司在第一拨的发展中是一个收获者，因为在中国销售了 30 多套卫星系统。在中国，其卫星主站数量超过了在美国的主站数量。

1998 年中国卫星应用大会应运而生。其用意也是为了中国卫星应用事业再添助力，另辟蹊径。转眼间又是十年过去了。在中国卫星应用大会成立至今，中国卫星应用界，特别是卫星通信业，不仅没有找到真正的新径，而且这十年里由于地面线路的发展，广域网通信状况大有改善的情况下，卫星通信的应用更是雪上加霜，不少 VSAT 企业，无论是非电信企业的经营性卫星公司还是委办的专网卫星公司，甚至电信业自有的专业卫星经营公司纷纷退出江湖。中国 VSAT 卫星通信市场萎缩，进入了自 1993 年以来的低谷。美国休斯公司由于种种原因也撤出中国，孙观圻先生 2006 年也退出了中国的 VSAT 业界。中国卫星应用大会在为我国卫星应用事业大声疾呼，然而卫星应用大会还是在讲技术、讲供应商设备的氛围下年年召开。

今年枫叶又红了，金秋十月，中国卫星应用大会在北京迎来了庆祝十周年的活动。今年的卫星通信应用大会好像吹来了卫星通信应用的一股新风，这大概是汶川大地震的缘故吧！一时间，应急通信系统、应急技术，设备供应商又大行其道了，特别是静中通、动中通、背包式飞行站、折叠式小口径天线，充斥了会场的展厅。

VSAT 卫星通信在应急应用方面有其独特之处，但是不是它的主要发展方向呢？这是一个业界应认真思考的问题。我认为不要被这一特殊现象误导，使中国卫星通信史发展又走入一个误区。也许汶川大地震是带给我国卫星应用的一个信号，但不应是我国卫星应用业的全部，如果再这样头脑发热，那么我国卫星通信业界又会出现新的十年困惑。

今年的卫星应用大会是值得回味的，庆祝大会留给我们的是什么呢？我认为，美国休斯网络公司孙观圻先生重现江湖无疑是国际卫星界在卫星应用领域的一个重要信号。这不是因为孙观圻先生在大会上肯定了我及维赛特公司几年探索的原因，而是因为孙先生介绍了美国休斯公司这几年来的转型过程，我认为值得深思，这也可以说是我这 16 年来苦苦思考探索的过程。我国其他 VSAT 通信业的先驱者一样承受了十多年的煎熬，也许这是我们这一代人受愚公移山精神的影响，认定目标、执着追求的缘故吧！不受各种诱惑而锲

创意策划组建的“应急通信保障车队”

而不舍，所以还留下了卫星应用界可以传承的薪火。在奋斗中，我从想象应用、创意应用、推动应用为公司的生存抓住转机。可以说，16 年的探索和思考还没有像美国休斯公司这样实现了转型，因为我没有强大的资本支持，但在我看来，我的探索和休斯公司的探索有殊途同归的趋势。孙先生在美国休斯向 VPN 虚拟通信服务的转型使休斯公司不仅保住了在卫星业界的地位，而且拓展了发展领域，这与我跳出卫星通信业做卫星通信服务业异曲同工。孙先生在大会上的发言不长，但我认为这是这十年来卫星大会的一个亮点。

从 1993 年到 2006 年，我与孙观圻先生在生意场上是客商关系，但不是简单的客户与供应商的关系，在他退出休斯后的三年间，休斯公司在中国的市场份额已被 VSAT 挤占。但我与他的接触却反而多了起来。每次到北京，我们都会花上一两小时畅谈世界和国内的卫星应用状态和趋势，特别是他退出休斯后。但我认为他没有退出 VSAT 卫星界，他是我国第一批供应商，我是第一个运营商。也许对中国卫星通信应用前途的伤感把我们联系得更紧了，我们对卫星界的看法就不受各自的身份约束了。我很了解美国休斯公司及全球业界的动态，他也知道我的探索方向。当我又巩固了一个应用阵地时，他也会给我鼓励，我为他“退而不出”卫星通信业界而感动。我们大概是惺惺相惜吧！在卫星通信的冬天里互相取暖。

我认为中国卫星通信业界不缺营运公司，而缺乏应用推广的营销公司。他也看到休斯公司在中国单纯靠卖系统卖终端的局限，我认为现在不缺技术、设备，而缺应用的实例。他也认为应用要有耐心去开发，应用不会从石头缝中跳出来。我们都认为每年应用大会将技术、推销设备作为大会主导内容，而我们在卫星应用事业上要办实事，大会在导向上支持不够有力。最近，他来我公司参观，我们又说了很多，这次十周年的年会上，他又正式代表美国休斯公司

初建成的卫星地球站

重现江湖，我为他高兴。我还是我，我悟到了我这几年的探索也是走了 VPN 的路的感觉。我们公司在民政部公务网和会议网的组网上其实也是一个典型的 VPN 实例。

这 16 年对我来说，我付出了黄金岁月，要是我们公司在 VSAT 应用低谷中能走出来，我想我也对得起中国卫星通信应用事业了，也对得起自己这 16 年的付出，而我与孙先生将在新的应用上有新的合作，这种合作也许使卫星界在新的应用上走上新台阶！当然能不能给卫星应用带来重振雄风的一天，我们还拭目以待，但是我们在卫星通信应用之路上都会坚定地走下去。

2008 年 10 月 24 日 于北京

苍天不负有心人
——记“幸福彩”频道的开播

我这个长期从事彩票发行工作的人一直有一个奢望，即能办一个彩票的专业频道。因为现代彩票业与 IT 业、媒体业的紧密结合，已成为一个必然的发展趋势。所以多年来，我一直在追求 IT 与彩票的结合，其间颇有收获，在此基础上再与媒体，特别是视频媒体结合，也是我进一步的目标。如果这个结合成功将为彩票的发展又拓展一个新领域，不仅使 IT 有了用武之地，也使彩票发行多了一种新的平台。

近两年来，我花了很大的精力去争取，直至 2004 年 11 月，一个叫“幸福彩”的频道总算得到广电总局的批准。在没有批准时去跑批文，批准后又得筹措开办经费，因为一个频道的支撑不是几百万的费用能运作起来的，所以足足有半年时间花在寻找投资者上。正在我烦恼的时候，豪升公司的成先生看到我倾心的努力，颇为感动，他也为我奔走融资，如今算是有了点眉目。然而资金没到以前，批文的大限来临，还好，在文广互动张总的推动下，我们紧急启动。双方约定拿出各自现有的有限资源来筹备开播工作。我在后无退路、前有不明投资者的情况下，只能与文广互动公司咬牙坚持，豁出去了。花了仅一个月的时间，从编、播、导人员的召集，栏目设计一直到基本设备配置等，一切都得从头做起。好在有过做“喜从天降”的经验、又有过“爱心飞扬”栏目的教训，所以总算得到人助、天助。在紧要关头，刘健挑起现场摄制大梁，马少骅进行彩票内容组织，朱梅、麦嘉亮现场协调，SiTV 张越、小景统筹，朱佳靓担当主持人，一个不成熟但很有生气的频道班底悄然形成。不知底细的外人，还以为我们是一支文广系统的正牌军。这一过程金辉是见证人和参与者，他参加了全过程。

国务院法制办丁司长、北京大学彩票研究所王薛红所长考察公司

数字电视本身在探索中，而彩票频道更是史无前例。我这个人就喜欢“知其不可为而为之”，正如十年前我这个卫星通信的外行，竟然在 100 天里把中国第一个经营性 VSAT 卫星网建了起来，而且十年下来不离不弃，还在为这项事业奔走。正是这种“知其不可为而为之”的精神又让我闯进了数字电视领域。我想，有自己的执着，只要努力，苍天是不负有心人的，我也会在数字电视领域走出一片

新天地。

周太彤副市长、徐麟局长、高菊兰副局长视察“幸福彩”演播室

“幸福彩”频道呱呱坠地了，它的成长不仅需要关爱呵护，更需要管教，不管不教不成才，我的目标就是争中国第一，因此溺爱不行。现在全体工作人员都非常投入，我深为感动。大家都是这个“新生儿”的“接生婆”，应共同承担抚育的责任。明年的今天，“幸福彩”频道将是一个立足中国数字频道之林的精彩频道，我们付出的努力都是为了这一天的到来。

用我们的热情、汗水加心血，“幸福彩”频道一定更精彩！

2005 年 6 月 10 日

一次特别的卫星应用研讨会

我进入卫星通信这个行业的圈子已整整20年了。20年来，每年都有全国性的卫星应用年会，这样的年会开始几年还有新鲜感，随着时间的推移，每年的应用大会成了负担，如果去参加就会觉得食而无味，不去参加又担心有什么新知识会错过！所以只要时间上安排得过来，我还是去听听，至少见见一些老朋友。

那么多年来这样的大会已是一种程式，致辞、演讲、摸奖，等等。我是从来不坚持到尾，所以也从来没有什么奖项可得，但是我通过参会收获了一些资料，而最有价值的是可与杨千里部长——这位我国卫星通信界的泰斗级专家保持联系，从他那里可得到一些行业真正的动态，对我开拓思路是很有帮助的。

今年的大会上我跟杨部长说，SVC已经20年了，做了不少探索，然而这个行业还是处于低谷状态，是否可以召开一次卫星应用研讨会，会上把SVC20年来所走过的路让专家、学者、官员审视、了解一下，看看这个行业还有什么更好的办法，跟上经济社会发展的大趋势。因此与杨部长还提议召开一次“001号20年风雨路”为主题的VSAT卫星通信应用研讨会，自己担任主讲人。

今天这样一次特别的研讨会在杨部长的关心和支持下，经过中国卫星大会工作人员的精心准备，在北京总装备部的远望楼召开了。

刘董、胡炜主任、朱晓明院长祝我生日快乐

准备会议出席人数控制在 50 人左右，后来因圈内不少朋友得知后纷纷表示要来参加，最后人数突破了 90 人，使会议气氛有济济一堂之感。

中国卫星应用大会杨千里主席赠送“中国卫星通信 VSAT-001 号许可证 SVC20 年风雨路创建人、见证人余建国”的铜牌

我做了 85 分钟的演讲，受到了朋友们广泛的认同，那就是“20 年不容易”！中国 VSAT 卫星通信行业最高潮时有过 130 来张许可证，

现在名义上还有 33 张在运营，其实真正商业性的经营卫星通信公司只不过三五家，然而我们 SVC 算是佼佼者，这使我压力更大，这个行业还有没有前途？ SVC 未来之路怎么走？这个研讨会的真正意义也就是引出对我国这个行业前途的思考，对 SVC 来说更是坚定自己的目标，不舍不弃，努力下去。所以这个会的初衷得到了回报，是很值得开的。这是一次特别形式的 VSAT 卫星通信应用研讨会，我想与会者对这样一次特别会议一定会留下一个深刻的印象。

2013 年 12 月 10 日于北京

20 年，熬出头了！

李庆安来电，我给中央写的有关建设国家安全卫星通信网络系统的建议方案经他修改上报后，经领导研究决定同意了。这也是我的人生中又一个好消息，我理应激动一番，因为我为我国卫星通信所付出的 20 年的代价值了，然而我却没有丝毫兴奋之情，平静得很，好像冥冥之中这一天就是在悄悄地、无声地接近我，今天只不过是跟我打了一个招呼，就是“通过了”！

“通过了”这三个字，意味着对我 20 年的考试打了分，表示“认可”！ 20 年来，我立誓在中国卫星通信应用事业中争一流，我不去当官、不去搞个人发财，为维赛特公司的生存和中国卫星通信应用事业发展忍辱负重，甚至把自己“质押”出去做电脑彩票！外人也许不明白，而陈老秘（陈群林）看透了我：“老余你是业余搞彩票，你不忘你的卫星。”而谢玲丽、施德容、徐麟、马伊里和施小琳及历任局长在支持我搞彩票的同时也都非常理解我的“卫星情”，他们从不同的角度支持我继续我的卫星应用事业梦，一直到民政部财让、学举、立国三位部长对我的充分信任并交任务给我，让我在为民政服务中扩大卫星应用领域。更不用说刘振元、朱晓明等董事长在我最困难的时候对我的鼎力相助，更有胡炜主任从公司的创立策划到每个发展的关键阶段都为我指导方向，他也会批评我说，“只考虑社会效益、不考虑个人利益，这是不符合现代市场经济规则的”，他的这种爱之深责之切只有我能感受到。前几天我把我上报方案的初衷也向他讲了，他一方面赞成我继续为我国卫星事业做贡献，另一方面还是叮嘱我今后要真正走市场化，企业效益、个人利益、国家利益都要考虑，才算成功。下周由胡炜领导的公共关系协会在朱晓明的中欧国际工商学院为我们召开“中国·VSAT 001 号，卫星通信应用探索再出发的研讨会”，好像也是命中注定，我选了这个题目做会标，意味着卫星通信应用事业在一个新台阶上又要出发了。

研讨会

“有多少人能 20 年扛一件事走过来，而且是对个人没多少利益的事！”这是刘市长对我的评价，我是认了这条路也就认了这个使命。坚持做一件自己认定的事一直到做好，这是我的风格！

就卫星通信应用来说，20 年我只是迈出了探索的第一步，我们不算什么成功，离规模应用还很远，所以需要再出发。20 年的探索给我们的只是上了一个台阶，再上一个台阶我想不要用 20 年了，我们自己要苦干实干还要巧干要借国家的力量。因为我在这个行业 20 年的实践证明，这种卫星基础建设和敏感行业的应用必须在国家的支持下才能做起来，当然，不是说“躺在国家身上”干，是国家要给资源不要让企业自购卫星资源去干，否则会经营压力过大应用发展不起来，反过来国家卫星资源没有应用也被放空了而浪费掉，国家应利用资源支持运营企业把应用事业发展起来，这样才能双赢。所以未来要实干，但要换思路、换方法，若再像传统国企的干法，是干不好的。

汶川救援应急通信保障指挥中心

今天也许是我在新台阶上的又一个起点，也许将成为我国卫星通信应用事业的一个转折点，但愿如此！我相信只要奋斗，机会是给有准备的人的，我要抓住机遇顺势而为，为我国卫星通信应用事业再添一份彩。

2014 年 2 月 18 日

锦江俱乐部的历史性见面

谢玲丽在一个深夜来电后，安排了我与施德容的第一次见面，那天的见面在锦江俱乐部的咖啡厅。

施德容稍晚到了几分钟，我们一见面，谢玲丽做了介绍后，施德容就开门见山，与我谈起了上海一定要搞电脑彩票，说这是一个历史性的机会，并希望邀我到民政的彩票中心去承担这次全国的试点工作，同时提出如果科技投资公司愿意，民政把科投在 SVC 的股份也买下来，要我把整个队伍带过去搞彩票，这样还可让我把卫星通信事业继续做下去，不过就是要我辛苦一点。

其实自谢玲丽深夜来电后，我也反复权衡了。一方面 SVC 面临无核心业务收入的困境，彩票试点虽然有风险，但这是由政府主导的垄断性项目，一旦试点成功，上海福彩可以摆脱在全国排名倒数的窘境，同时 SVC 可以得到喘气的机会。所以我毫不犹豫地答应了，愿意到民政来挑这个担子，同时对施德容对我与 SVC 的感情的理解表示感谢。

这是我与施德容的第一次见面，给我的印象是干事的领导人，我需要这样实干的领导给予信任和任务并充分授权，这样我就能放手大干一番。后来的合作证明了我的判断是对的，施德容就是一个敢想敢做的人。所以在他手下工作的几年里心情舒畅，又做得出事情，他很体恤下属，有几件事我印象特深。一是为了确保我的工作安排不受干扰，项目能如期投入运行，他告诉我局里的会议除了他通知我要参加的外，其他人通知的会议可以都不参加；为了解决项目资金问题，他游说上国投刘总，结果筹到 3 个亿资金；在系统上全热线还是准热线问题上，他和我想法完全一样，一定要一步到位上全热线，并到世界上用国际招标招最好的系统供应商。同时，为抢市场份额，在全热线还未上马之前，用国内的准热线系统应急过渡等，我与他几乎在所有重大问题上意见完全一致。当然，有的是我听他的，也有的是他尊重我的，而谢玲丽又在其中发挥“桥”的作用。所以后来我们不仅成功建设了我国第一家全热线电脑彩票系统，也完成了西藏彩票系统的建设，并把电脑彩票销售系统拓展到了柬埔寨。

一晃十年过去了，当年试点时全国福利电脑彩票年总量不到 5 亿，今年已超 1000 亿。没有施德容的力争来上海试点，没有我在他领导下心情舒畅地工作，至少这一现状也许会推迟几年。

十年过去了，他离开民政也有六七年了，但这项事业的发展已成燎原之势，回想起来，我们那次见面在我国福利彩票发展史上也可算作一次历史性的见面。

《世博邮彩联票》诞生记

借 2010 年上海世博会召开之机，历经两年半多时间的创意、策划、协调、实施的《世博邮彩联票》终于在 2010 年 10 月 9 日世博会闭幕前的一周面市了，压在我心中的一块石头也终于落地了。因为虽然发行的只是我原创意的十分之一品种，但它的突破性、首创性已被彩票史和邮票史定格，我的梦实现了。

世界博览会个性化邮票彩票——场馆系列邮彩 · 中国馆

世博邮彩联票

我自 1999 年有缘承担中国电脑福利彩票试点工作而进入公益彩票事业，十年间也曾建设了中国第一套全热线电脑彩票投注系统，援助了西藏电脑福利彩票，援建了柬埔寨电脑财富彩票，之后又组织实施了中国第一套福利彩票网点即开系统和无纸化彩票投注平台建设……然而，我最为满意的策划就是成功创意和策划了《世博邮彩联票》，因为它不仅成为我在彩票业从业期间的工作亮点，也是我圆满退出彩票业的最后句点。

《世博邮彩联票》是一个创新的项目，是传统彩票和邮票结合的一项突破性工作，所以难免需要有一个参与各方统一认识的过程。同时，对世博会而言更是一个只能成功不能有闪失的举国之事。邮彩联票这一举世之创会不会给世博会带来负面影响，也曾一度使我困惑。然而，整个过程中从政策到技术，从许可到规则，每个环节都有需要协调的事务，好在各个环节的所有相关领导和工作人员，都抱着支持新生事物的态度，特别是集邮总公司的邓慧国、林刚两位领导的支持，才得以使《世博邮彩联票》最后能面市。

《世博邮彩联票》发行量虽然只有 3 万套，发行量不大，但影响却不小，最近中国邮政博物馆的领导表示有意收藏我们的原创策划书及由设计师王建刚、郭承辉设计的样稿。他们两位又策划了一个“设计师版”送我，我说那我还得弄一个“创意版”了。经过与他们两位商量，再补一个“创意者典藏版”，把原来的相关资料整理全，以示这项“创举过程”的完整性，并将其呈现给爱好者收藏。

最后，我原准备附上一串长长的“感谢”名单，因为是他们给我鼓励、支持、帮助，是他们在不同的环节付出，他们都是整个创意得以实现的成员，应该说我是这个团队的一分子，我只是做了我应该做的分内事。

但是这名单可长达七八十人，还可能破百。所以我只能列出主要单位做代表了。

感谢财政部、中彩中心、中国邮政总公司、世博局、上海财政局、上海邮政总公司、邮政印刷厂、彩票印刷厂、天一公司的各位领导和相关工作人员的支持。

2011 年 2 月 22 日

从“网络”走入彩票，从“文化”走出彩票

我这十年有机会进入彩票领域是因为“网络”。1993 年我从科委的上海科技投资公司被派往维赛特公司主持小口径卫星通信地球站建设工作起，开始“染网”。当年维赛特公司在注册时被犯难，工商管理局说“网络”算什么，不能以“网络”为后缀作为公司的名称。后来好说歹说，还托机关领导去打招呼才给我们批下来，也因为如此，我应该是我国第一批网络公司的 CEO 了。

用卫星网络组成一张覆盖全国的无线广域网在当时是超前的，由于它的超前性，因此它的业务不是一年半载可以发展起来的。直到 1998 年年底谢玲丽找我说，能不能用卫星网络做彩票，我这才有了用武之地。在当年，电脑彩票已开始流行联网，我主持通过国际招标建设的第一套电脑彩票全热线销售系统，就是利用了我们的天地复合网络平台，这样也使我进入了彩票领域，因此在这一领域里也确立了自己在彩票界的地位和公司在网络运行方面的地位。

我在主持上海福利彩票工作的十年里，除把电脑全热线销售系统建成外，还推动了刮刮票联网销售和电话网络投注建设，在 2006 年又开发了互联网投注的无纸化系统，最近又推动了有线电视网络

上的投注建设并通过了广电总局的验收，可以说我把网络在彩票投注领域里的应用推向了一个又一个高潮。是网络让我走进了彩票领域，是网络开启了我国电脑网络彩票发行的新一轮高潮。然而在十年之后的今天我从文化走出了彩票。

十年之中在完成一系列网络系统的开发与彩票发行的目标后，我发现彩票与文化有密切的关系。最近，在北大彩票研究所的国际学术论坛上我发表了“彩票与文化、娱乐”的学术演讲并获得了好评。我从文化走出彩票，一方面是我到了法定退休年龄，另一方面，我在任十年间，网络与彩票结合，想做的都做了，彩票与文化的内在关系使我看到了这一领域的又一亮点，特别是彩票与主题文化、影视文化、公益文化这三方面的结合，我自己有很深的实践经验与体会。

十年间我做了十套生肖主题彩票，这是与中国传统文化相结合的案例。然而，彩票的主题与现实生活、社会需要的结合又使我策划了生态环保主题、汽车主题、关爱老人主题、人口发展主题、身残志不残的特奥主题等不同的主题文化彩票。我觉得只要有与时俱进的眼光，就不断有不同的社会生活主题可以通过彩票方式深入公民意识中，这对公益文化的传播也是一个有益之举。

彩票与影视文化的结合也是我这十年工作中的一个亮点。从平面媒体到多媒体，从卫星电视到有线电视，从电影到广播，现在又从手机到网上视频，都是彩票文化的舞台。我推动开发的有影响的节目从“喜从天降”到“爱心飞扬天天彩”，从“星空龙彩”到“维彩视频”，从“喜来堂”到高铁“一路彩”，总之，凡能为我所用的传播渠道都是彩票文化的传播渠道，现代影视文化手段更是对推动彩票销售起到了独特作用。

而公益文化则是彩票文化的归宿。在我国，彩票也是“有奖募捐券”，它是公益捐赠的一种形式，因此把彩票文化的导向引向“扬善播爱”的慈善公益文化，这也是在彩票发行过程中将其与文化结合的一个亮点。这十年中，通过主题彩票文化与公益理念相结合，通过举办各种活动倡导互助帮困的风气，通过特定对象帮困传播关爱弱势群体的风尚，更多的是用发行彩票所取得的公益金举办一些公益项目，展现了彩票与公益文化相结合的高度和力度。

2010 年世博会在上海举行，是上海向世人展现新上海形象的好时机，这也给了我在退休之前的最后一个机会。我抓住了彩票与世博文化相结合的契机，把世博历史、把“让生活更美好”的未来生活理念融入彩票的主题“精彩世博、美好家园”之中，在形式上策划了世界上第一套“邮彩联票”，把彩票文化和邮票文化又结合了起来，受到彩票界和集邮界的高度好评。

社会公众评价是一个指标，但是我心里自己总有一杆秤，那就是不负一世人生为社会谋福祉，这才是我的人生哲学。文化渗透力是无孔不入的，就看你能不能感觉到，自己有没有能力去推一把。从“文化”走出彩票的一瞬间，回眸彩票与文化结合，总感觉到还有许多有益有趣的事还没做，将遗憾留给来者吧。

游走在“彩票”与“文化·艺术”之间
——彩票与文化浅谈

我在彩票发行管理岗位上工作了十年，从中国电脑福利彩票的试点而起，随2010年创意“世博邮彩”而终。这十年我国的彩票发行规模已远远超出当初的预期，已名列世界前茅，然而，在彩票与文化、艺术的结合上、探索上，还处于初级阶段，与发行规模还不相匹配。我也曾努力，希望能通过研究、讨论，有来者继续探索下去。

一、彩票与“文化”、“艺术”有必然的联系

彩票作为一种特殊商品，具有一般商品的普遍特性。因此在交换、交易过程中，免不了要进行商业包装、市场营销、广告传播，因此，在这些环节上必然会有文化的元素显现出来。

彩票作为一种概率游戏，必然具有趣味性、对参与者有吸引力，使其在游戏过程中能受到参与者的持续性关注，在它的趣味性、吸引力中也会有文化娱乐元素表现出来。

彩票作为筹集公益资金的一个手段，必然具有相应的公益理念的宣导，而各种传播的渠道涉及文化、娱乐、宣传、广告内容，也会将彩票的公益文化及社会价值观融入其中。

因此，彩票与文化、艺术的关系，对彩票而言是一种与生俱来的关系。但这种关系度在各种文化、各民族、各个国家及地区间在各个时期是不同的。

二、彩票与“文化”、“艺术”的结合，是一个自然的过程

彩票与“文化”、“艺术”的结合是必然的，即有彩票就会有与它相关的独特的文化元素，所以说在时间横轴上彩票与文化、艺术是一致的；但在空间的纵轴上，这种结合的程度差异性很大。这种差异性反映在，发行彩票的历史长短和社会对彩票的认可度推动结合的主观能动性的大小。

从时间上而言，彩票发行历史长的国家地区，相对而言对彩票在文化艺术上的结合有比较切身的感受，能激发技术人员、管理人员主动地去推动这种结合的面；而历史短的国家和地区，对这种结合在认识上的局限性而导致能动性差，往往任其自由地结合。从空间上而言，地区性的交流对彩票与文化、艺术的结合的推动也是很重要的因素。特别是如今 IT 技术的发展缩短了空间的距离，地区与地区、国家与国家的交流无时无刻不在，这样相互影响，也使彩票与文化、艺术的结合上更为便利、更为迅速，这将加速这一结合的速度和拓宽结合的面。我在十年中学习参考各国彩票与文化艺术结合的经验，从主题彩票切入，并发行了各类主题彩票几十种，每一种主题彩票中都含有丰富的文化元素。同时，十年间我组织了数千小时的彩票节目，在电视、网络上进行传播，并有上千期的平面媒体使彩票文化得到社会的认可。再者，我注重公益金使用的宣传，通过各种媒体，将中国福利彩票“扬善播爱”的公益理念广泛传播。

十年中的这种结合，虽是点点滴滴的，但这个过程是很自然的，这与我们团队的主观能动性也是分不开的。

三、彩票与“文化”、“艺术”的结合是一门学问

与世界一些著名的彩票发行、运营商相比，我们这种结合还有很大差距，因为我认为彩票发行是一门专业知识的学问，单从一个侧面讲彩票与文化、艺术结合这样的题目是有局限性的，只有把彩票当作一门专业学问来对待时，才能较全面、客观、科学地来阐述它们间的关系。“彩票专业”是一门综合性很强的学问，彩票的专业知识涉及社会学、数学、电子学、通信工程学、市场学、心理学、传播学、创意与设计、印刷学、公益文化等相关领域。所以只有当把实践的经验进行总结并上升到理论高度来认识它时，它的本质才会更清楚，彩票与文化、艺术间的关系也是这样。

我们国家发行彩票的历史还很短，这方面经验还很欠缺，但这不妨碍我们吸取世界各国、各地区同行在这方面的实践所取得的经验。随着全球范围这种结合的研究探索不断升华，将能丰富这一专业的学问。因此我认为彩票像文化、艺术那样的专业作为一门学问的出现，也将是必然的。在彩票发行业的从业人员，主动去推动这种结合，那么将来彩票发行工作会更加丰富多彩。

四、十年彩票与“文化”、“艺术”结合探索与实践

1. 主题文化：中国传统生肖文化

2. 影视文化：《喜从天降》、《爱心飞扬天天彩》、《维彩视频》

3. 公益文化：《彩票报》、《理财周刊》

4. 主题票

◆ 生肖《鼠、牛、虎、马、羊、猴、鸡、狗、猪》

◆ 养老《家家有老人、人人都会老》

◆ 生态《让上海更美丽》

◆ 婚庆《百年好合》

◆ 双救《自救互救》

◆ 计生《关爱女孩》

◆ 世博《邮彩联票》

◆ 世游《邮彩联票》

◆《 F1 赛车彩票》

◆《沙滩排球》

2011 年 9 月 10 日

我最满意的彩票之一
——庚寅年生肖老虎彩票

2010年是我在上海福利彩票发行中心工作的最后一年，因为这一年我满60岁，到达法定退休年龄，庚寅虎年也是我的本命年。为此我在牛年就开始了生肖虎票的创意，并让王建刚对我的创意进行了设计。

一、外形——“虎头虎脑”造型的异型彩票

异型彩票以前王建刚已设计过，所以异型虎票我认为更能展示老虎的憨态。

二、多彩——以老虎的虎纹为黄黑色

老虎的标志色是酱黄色和黑线条相间的，有王者风范又有生动的黑色活线条，凸显老虎的生气。对20张彩票的颜色我一一审定，使老虎票色彩向社会流行色靠近。

三、主题——以老虎与如今现代社会的关系

在生态环境不断恶化的自然环境中，以老虎艰难生存为主线，

但老虎不畏艰苦，还得为众多小动物求“动物保护法”的保护而撑起保护伞，凸显老虎不为私利的英雄本色。当然，在艰难的生活中，老虎也把现代社会生活幽默一把，展现老虎淡定地面对生存环境的态度。

庚寅年生肖老虎彩票

四、说明文

老虎票用老虎以拟人的网络言语以示老虎不是不食人间烟火，老虎求得与青年人对现实的共鸣，以显示老虎与时俱进的一面。

老虎票面世后，得到广泛的好评，而且老少皆宜，不少朋友在翻阅这 20 张彩票时，会发出会心的一笑，特别是成了虎相属性的朋友的珍藏之选。一直到兔年时我已离开了彩票中心，还不时有朋友来电询问老虎票哪里还有卖的。

我在彩票业十年，做了三件自己很满意的事，第一件是把中国电脑网络彩票成功对接无纸化的互联网彩票，第二件是老虎生肖票，第三件是创意并策划了世博会邮彩联票。为什么我很得意老虎票，原因由此可见了。

项目炼人，大项目才培育得出“大用之才”

在中国福利电脑彩票试点领导小组成立的同时，成立了电脑彩票项目办公室。我是“项目办”主任，具体负责电脑彩票热线系统的技术招标及项目的实施工作。

施德容安排我为“项目办”主任，是有他的考虑的。因为当初上海彩票中心主任是王柏泉，按民政机关事业单位的做法，我是正处级，所以我当副主任兼党支部书记，同时担任项目办主任，这样，协调各方面工作比较方便。后来招标工作实际也证明了这样的安排是有利的。施德容从民政局里的信息中心调了孙建，办公室调了王琦，谢玲丽把自己的秘书廖江沙调过来当我的助手，我从维赛特调了庄坚、郑勇、乔丽、陆建光等一批骨干，从人才市场上招了蔡军、朱明生等人，组成了项目办的基本队伍。这样一个来自各方的项目小组，在我的领导下开始了项目的实施工作。

在“项目办”我排出了一个项目进展接点表挂在墙上，把各个环节按接点要求，分工责任人都上墙明示，由各负责人自行安排好工作，按工作“节奏”形成合力，有力推进了项目的落实。现在回想起来，当时那么多的工作有条不紊，最后如期按项目总要求完成并投入运行，是难能可贵的。我感到这种简易而有效的流程、节点管理而形成的工作秩序，是西方项目管理的精髓。虽然我之前也负责过大项目，但这次完全不一样，因为项目资金达两亿多，人员来自各方面如技术、业务、通信、网络，总之，“钱多、人多、头绪多”的项目对我而言还是头一次碰到。最后，我们要按合同要求提出的各种条件，满足系统开通的要求如期使系统上线投入运行。真是亏得有这样一个管理方法，才能确保项目如期建成，我也在这过程中遇到了很多原来不熟悉，甚至从来没有遇到过的困难和问题，并从中使自己学到很多新知识。

全热线福彩电脑系统签字仪式

所以项目是锻炼人的好机会，大项目才培养得出大用之才。

2011 年 8 月 7 日

希尔顿午餐会

在民政局党组会后，施德容、谢玲丽要我约一下我们维赛特公司的刘振元董事长，要听听他的意见，以便尽快推进我到民政去主持电脑福利彩票开发工作。

那天，由办公室主任夏荣在静安希尔顿酒店安排了一个午餐，参加者有施德容、谢玲丽、刘董事长和我。

那时刘董从副市长岗位上退下来虽已有七八年了，但因为他在副市长岗位上历经了两届市政府班子领导，最多时分管八个口子，在上海干部中是很有影响的，又是一个名副其实的半导体技术专家，市政府班子里第一位博士学历的副市长，所以施、谢他们对他还是很尊敬的。饭局上施原原本本讲了要我去民政参与电脑福利彩票开发工作的原委，及此项目对全国福利事业的意义等，谢玲丽又把与我的朋友的关系也向刘董做了介绍。刘董是一个很开明的专家型领导，不需多说他就明白我这一去的意义所在。当年也是他把我从化工局调到科委的科技投资公司从事卫星通信公司工作的，他也知道我在操作层面上的能力。他这时唯一考虑的是把我从科投调任民政后，科投是否有人来接我卫星通信这一摊子的工作。所以他当时表示支持我去民政开拓新的事业，回去与科投班子商量一下。这时施德容建议，如果这样的话，民政想办法在我调过去的同时，把科投在维赛特的股份也买下来，这样一来解决了我去民政的问题，同时让我又可继续从事我的卫星通信事业。这时刘市长表示，反正科投在维赛特的投资是市政府国有资产，转让到民政局去，民政局也是市政府的单位，大家都是国家的，只是要建国辛苦一点了。我表示如这样安排，也比较合我的心意，因为虽然小口径卫星通信这一领域我是国家第一个运营者，但当时经营上很困难，我对这个项目还是很有感情，也全是在刘董的支持下走过来，今后如能把彩票发展起来，用彩票上的服务费来支持维赛特，这样也许可以双赢，让维赛特也能走出经营上的困境。最后，刘董说既然这样，大家想法很明确了，他回去做做工作推进这样的安排，尽快让建国到民政去，主持电脑福利彩票的开发工作。

那天的餐会上决定了后来上海民政在中国福利彩票发行中执全国牛耳的地位，也扭转了多年来上海福利彩票在全国发行处于垫底状态的局面。同时也让维赛特从困境里走了出来，成为全国小口径卫星通信经营企业的一面旗帜。当然，后来我把卫星通信与民政系统的救灾、养老、视频会议、双拥等工作结合起来，对促进我国民政工作的传统工作方式的转型起了极为重要的作用，这一点也成了不争的事实。

静安希尔顿的午餐会，在这一关键时刻上起的作用和其意义是可以写入中国卫星通信发展和中国电脑福利彩票的历史的。

施德容的洞察力及操作能力

得到民政部决定在上海发起第七次电脑彩票试点工作的消息后，各方面有关系、有实力的企业纷纷出动，通过部里、国务院一些高层领导出面给上海市领导打招呼希望参与这一项目。施德容最早引起警觉，因为他不是排斥这些单位参与，问题是他们的参与会把关系搞复杂，如让一方参加了也就得罪其他方，会将上海处于很为难的境地。为此他与我谈起这一状况，我也觉得在这种情况下尽快做决定、尽快启动，让各个方面无空子可钻，才可把这一波“热”平息下去。施德容也采取了“一招”，对有意来参与的各方，请他们来参观维赛特公司，言下之意就是我们已找了这样一家单位作为运行、技术合作单位，你们自己掂量一下。因此所有来参观的单位都被维赛特拥有卫星通信及强大的地面通信网络镇住了。最后，大部分公司都没有理由和能力来参加这一场竞争，也就无言而退了。

施德容是脱身了，我的压力来了。因为维赛特无疑是在竞争中的胜出方，有些单位就转向通过与维赛特的合作想来分一杯羹，其中瑞德公司就是一家。多年以后瑞德公司的中介人方总一直对我“耿耿于怀”，当然他也是一个明白人，一看维赛特什么条件都具备不需要外人，也就告退了。后来我们合作未成，但为此事我俩还成了好朋友。

我不得不佩服施德容敏锐的洞察力和果断出手的魄力以及与各方面周旋的智慧、策略的运用自如，在他的运行下才摆脱了羁绊，使项目顺利推进了，后来的事实证明他推出了一个宏大的事业，以至当初还没有这样高的预期。

后来还得知，德容是向徐匡迪市长说明情况，在得到匡迪市长理解下以最快速度与刘市长领导的科技公司所属的维赛特公司签约，这样才能使这件大事形成闭环。

现在想来，要不是施德容坚持不懈的努力，也许当初复杂的情况会发展为另一种趋势。

2011 年 8 月 7 日

当年一个梦想竟成真

1975年前后，我在市化肥公司团委工作，常下基层去与一些团干部聊聊。而去上海农药厂团委时我常会与当时在厂宣传组工作的王德培聊聊时政、谈谈哲学、讲讲未来志向。因为我俩对哲学都有感觉，他也非常健谈，所以我俩很谈得来。我记得当时我们有个共同的梦想——办一个中国的“兰德公司”。

在当初，我们都是涉世不深的毛头青年，但在为国家、为人民服务方面，我俩的志向是共同的——想办一个“兰德公司”！

虽然是一个梦想，但德培是很着意于去实践的。他是从体制内慢慢走出来的两栖人物。既得益于对体制的认识和对改革的了解，又有自己的见解，所以“兰德公司”这一梦想在他脚下慢慢走出来了，他创办的《福卡信息》成为大中企业领导争相订阅的内刊。现在他在学术理论界是跨度很大的标杆性人物。我是走向了体制内创业，我虽未远离理论兴趣及思考，也不减当年的热情，但对德培兄的探索我是很敬佩的。

我当年家住虹口甜爱路时，他家在宝山路附近，离我家很近，所以我来他往，我们有了更多的交流和见面的机会，然而，有一件事他对我一直耿耿于怀。那就是有一次我出差在外，他到我家来，当时又没手机电话，也没有相约，我太太有个习惯，家里不接待单位的同事，要是来人不熟悉的，我不在就不让来人进门，所以那天德培兄就吃了一碗闭门羹。之后德培兄总提起此事，说我太太在门栅里面看了一眼就说“小余不在”，把他当贼一样堵在门外，没请他进屋。后来此事他常挂在嘴边，所以一说及此事我只能赔礼了！

王德培来有机氟材料研究所看我

德培兄是一个极其敏捷、脑子好用、记忆力强、学识广博、言辞犀利的人，我身边的同事和朋友中与他能并列的只有王仲伟，王仲伟在政治嗅觉上更胜一筹。在我工作过的上海化工系统能说会道、敢作敢为，这两位无对手，黄奇帆另当别论。所以，至今只要是德培兄有电视论坛，我有空就会看看老朋友仍保持着的当年的理论激情和探索的方向。而我太太现在也是他的粉丝了。我常与太太说，人家王德培一直记着那天他被拒之门外一事，而我太太总是笑呵呵地说，被我拒之门外的王德培不算什么，顾传训市长的太太来我家一样被我拒之门外的。确实如此，当年顾传训市长是我们天原化工厂的老领导，他女儿结婚我请西西郭帮她做了一件婚纱礼服，而他太太小丁又是我在天原当领导时的技术人员，所以小丁带了一些礼物来我家谢我，结果我不在家，她遭遇了王德培一样的待遇。

我太太是正派的人，不喜欢人家送礼、串门谈单位的事。所以那么多年我领导岗位一个一个换，她从没有托我办过一件事，甚至我当市福彩中心主任时，她弟媳让她向我要个销售站都被她回绝了，为此还开罪了弟媳。也正因为有这样的贤内助帮我把关，我在工作中少了很多麻烦。而她对待德培、小丁的态度，我想德培他也是会理解的。

现在的福卡公司在社会上是很有影响的咨询企业，而德培的事业还在发展，祝他的公司真正成为中国的“兰德公司”。

一顿自助餐定大局

谢玲丽的举荐、施德容的鼓励使我决定投入民政事业从事福利彩票工作。但是他们上面还有中国福彩中心领导这一关要过，因为我这次出来是承担电脑福利彩票的试点，不只是为上海的彩票发行，更是关系到全国电脑彩票的发展大局。谢玲丽在北京向中彩中心领导已介绍过我的基本情况，但是中彩领导还得“面试”一下。正好中彩副秘书长王绍贤来上海，施德容就安排我与他见面，这次与王副秘书长的见面（系统内部都叫他王老秘），使我与王老秘除了工作上领导与被领导的关系外，友情一直维持至今。

王老秘是一个很直爽的领导，但脾气有点暴躁，然而，与他相处我觉得还是很轻松的。他看到我有一股为国家卫星通信事业奋斗的劲，因此也是比较尊重我的，所以我与他相处一是尊重领导，二是不卑不亢，这样关系反倒很好处理。周边的人都说过：全国上下的主任都被他骂过，就是老余你没被他骂过。所以那天在香格里拉的一顿自助餐，我俩一见如故。他当场说：“好好干，一定要把这件事干出名堂来。”在后来与他的接触中，才知道我们因为都是学哲学出身的，所以在行事的逻辑方向上不会出现大相径庭的情况，也正因为如此，我们就很谈得来。那次自助餐时间尽管很短，但决定了我后来十年转入民政事业，也决定了我国福利彩票从传统手工发行转向用IT、网络技术来引领新一轮电脑彩票发展的大局。

十年过去了，当年的电脑彩票年销量不足5亿，而如今福彩的电脑彩票已发展到年销量过1000亿的“天量”。现在想想，要是那次与中彩中心领导谈不拢，那么电脑彩票发展或许是另一种局面了。

2011年6月28日

一个双赢的电话

1999年10月1日深夜12点，突然接到谢玲丽从北京打来的电话，问我能否利用卫星通信网发行彩票？当时谢玲丽与我认识已有十多年的时间了，她到民政局前后，我们俩已经好久没联系了。而这个深夜来电的结果，不仅成为中国福利彩票高速发展的一个转折点，也成为中国卫星通信事业（VSAT）得以发展的一个重要环节，一个电话开拓一个“双赢”的局面。

1999年中国彩票发行已有十年历史了，但是基本上停留在以大奖组形式发行纸质刮刮乐彩票，虽然在国内已有人探索用电脑网络来发行彩票，但不仅刚起步，更主要的是一种不基于全热线式、准热线的发行方式，以数据批处理的非即时方式来完成交易过程，这种方式不但效率低，更主要的是不安全、不可靠，不良分子容易利用其缺点在发行过程中作弊。全国早先试点的几个省份也无大的进展，不少地方甚至出现了退机情况，在这种情况下，中彩中心领导下决心进行第七次试点，而上海以施德容为首的民政局，试图挑战这一历史任务。谢与我又是挚友，知道我在从事卫星网络的IT企业，于是询问我这个项目的可行性，和是否愿意加入民政局来接受这一挑战。当时我也苦于维赛特网络必须要有一个主干业务来支撑的局面，因此回答说阿根廷就是用卫星网络做彩票的，我也很有兴趣来参与这一有意义的项目。就这样，我一步踩进了民政的圈子，挑起了我国电脑福利彩票再试点的重任。

当我跨进这一圈子时，给我一瓢冷水的是第一次区募办主任会议。一些区募办主任习惯于传统彩票发行方式，对电脑彩票有莫名的恐惧感，当我提出一年要发 10 个亿，大家都面面相觑，认为以前十年一共才卖了 3.9 个亿，你一年要卖 10 个亿是“异想天开”！这种情况也不便多辩，心想只能让事实来说话。十年之后到我退休之时，这十年中上海发行了 150 多个亿，平均每年超过 15 亿。也正因为如此，维赛特在服务费中取得了 1.5% 的服务费，VSAT 公司也就生存下来了。十年来我把原来公司 4500 万的债务全部还清，所有卫星系统设备全部更新，成了我国在这一领域中极少数生存下来的卫星通信企业，现在回过头来看，当初谢玲丽的一个电话给了我一个机会，而我给两个行业带来了两个惊奇。有时人生就是这样，一个机会就能改变自己，也可改变周遭世界，这样的机会说成机缘更为贴切。人生转折性的机缘更是不可多得，一个电话的机缘给了我两个机会，我已够幸运了。知我者谢玲丽也！

2011 年 6 月 22 日

和平饭店南楼与 GTECH 梁乃斌的第一次见面

彩票项目的推进速度很快，这时施德容带我见了 GTECH 中国区总联络人梁乃斌。这是我第一次正式与 GTECH 这样一家世界知名的电脑彩票系统供应商进行接触，也是我正式在彩票领域第一次试水。之前我不懂彩票，也没买过彩票，更不懂电脑彩票。与梁先生的接触，成为我在这一领域里工作十年在业务知识上的发端。梁先生与他们公司的小李给我介绍了公司为进入中国已做了十年准备，同时给我介绍了电脑彩票与传统彩票的区别，及电脑彩票在国际上的发展现状和趋势等。从此我开始留意并学习与电脑彩票工作相关的计算机、网络、概率、准热线、全热线、六合彩、百家乐等游戏规则，使我的彩票业务知识快速增长，为我后来从事这一工作打下了坚实的基础。后来在正式加入招标工作中发现，GTECH 也十分积极投入，有势在必得的把握。我去美国考察时他们请我参观了他们在罗德岛的公司总部，还用他们董事长的“挑战者”私人专机从罗德岛接我到纽约，并在世贸中心大厦盛情款待我们一行。但招标中他们在价格上高出 AWI 约 200 万美元及技术上的封闭性最后导致他们出局。我只能说我是从国家利益出发，好中选优，要把性价比放在第一位，此事确实让 GTECH 难堪了一把，但我仍不得不感谢梁先生给予我的有关彩票知识。我与他的关系一直保持至今，他在离开 GTECH 后我也退休了，我们的关系更近了。梁乃斌这位满头白发的美籍华人深深地留在我的心里。

2011 年 8 月 7 日

民族工商业者的新形象
——谈《天字号风云录》中的吴蕴初

我是学历史的，总感到传统上我们对中国近代的民族工商业者的评价已成为一种模式，即民主革命时期他们受帝国主义压迫和封建主义束缚，有一定的反帝、反封建的积极性一面，但又同帝国主义、封建主义有着千丝万缕的联系，有经济上、政治上软弱的一面。在社会主义革命时期，他们有剥削工人阶级取得高额利润的一面，又有拥护宪法、愿意接受社会主义改造的一面。总之，不论在民主革命时期，还是社会主义革命时期，他们都有两面性。特别是在社会主义革命时期，他们剥削工人阶级、投机取巧、巧取豪夺，过着花天酒地的寄生虫生活，《上海的早晨》似乎是他们最好的缩影。

然而，我在整理天原化工厂的史料过程中发现，天原创始人吴蕴初的一生经历，作为一个民族工商业者则有别于我们传统观念中的民族工商业者。因此，我认为让人们了解像吴蕴初这样一位爱国的工商业者，对于我们认识近代中国社会客观存在的建设祖国的爱国思潮是有着特殊意义的。《天字号风云录》中的吴蕴初就是以史实为依据，着意反映民族工商业者的新形象。

在天原化工厂引进的中国第一套离子膜电解装置车间向陈依依工程师讨教技术问题

吴蕴初出身贫寒，早年刻苦，他留洋学到的化学知识只能把在汉阳兵工厂做的炸药用作火柴上的火药之用，这对有爱国热情又是学化学的吴蕴初来说无疑是一个刺激。当然，当初他来到十里洋场的上海，也不过是为了攒些钱养家糊口，然而，他在事业上有所作为并拥有了一定经济实力之后，一种社会责任感激励着他为振兴民族工业有所建树。

抗战爆发又是一个强烈的刺激，使他感到国弱受人欺，为此而奋发建立中国的重化工工业。他为了自己的事业也为了国家的强盛自强不息，奋斗拼搏过，并建立起天原、天厨、天盛、天利等天字号企业。可他不满足，以“知其不可为而为之”的精神，做别人不敢做的事，办别人没有办过的厂。他想在云南开石油化工厂，在浙江开人造丝厂，在广州天原土地也买好，在海南岛天原已与张发奎签约，还想在新疆开设天山化工厂。他认为要立足于在国际上的竞争必须要有实力，因此他追求的就是中国的“杜邦”。为了他那梦中的杜邦，他把自己全部资产集中起来，让社会名人贤达组成蕴初资产管理委员会，用于发展中国的化学工业。他出资开办了中华化学研究所，为培养人才设立了清寒教育基金会，最后他把蕴初基金会的基金全部投入上海图书馆。在政治上，他赞成中国新民主主义革命的主张，敢冒风险与王若飞同志联名，请毛泽东同志会见了重庆工商界。在社会主义革命时期，他拥护中国共产党的政策，拥护宪法。从海外归来后，在华东军管会和市人民政府担任要职，他还将赴京参加化工部的领导工作，可他最后带着建设中国杜邦的遗愿离开了人世，身后把全部财产交给了国家，实现了“取之于社会，用之于社会”的诺言。

有吴蕴初那样经历的爱国民族工商业者也许不多见，但有吴蕴初那样的爱国心的民族工商业者应该说也不少，现在的不少海外华侨都有这种拳拳爱国之心，这也是难能可贵的。

对吴蕴初这样一位民族工商业者，爱祖国、建设祖国的主流，在中国近代工业发展史上应给予什么样的地位，这不仅是一个历史评价问题，而且对当前我们党团结一切可以团结的力量建设社会主义四个现代化也有着现实的意义。《天字号风云录》既反映了吴蕴初想发财之念，又刻画了他悟出国弱受人欺的真谛，转变成有民族民主主义意识倾向的社会进步人士，突破了我们传统上对民族工商业者在社会生活中的固定评价模式，我认为这一点就是全剧的成功之处。当然，像吴蕴初这样从旧社会过来的人，和他的同仁一样有局限性，但我们不能苛求一个为祖国富强、振兴民族而奋斗的党外人士，而应肯定他的主流。我们现代化建设需要的就是各界人士的主流，这样才能汇成我们伟大建设事业的洪流。

条星衫风波

上海印染内衣厂新设计、生产的“条星印花”衬衫，是今年全市服装展评会上最畅销的产品，消费者争相购买，短短几天就售出2.5万件。可是上级有关部门却突然通知该厂暂停销售与生产这种衬衫，说它带有“政治色彩”，社会影响不好。与此同时，市百一店、上海时装公司等也接到了“停止出售”的电话通知，中百一店临街大橱窗里模特儿身上的这种衬衫，马上也换了别的花样，对这件事，有关领导和生产单位至今认识不一。

“条星印花”衬衫的面料，是上海第一印染厂的青年设计员杨子辉为去年六一儿童节设计的作品。杨对笔者谈了他的设计构思：去年，国内外市场的面料花型流行条子和圆点，色彩流行三种信号色红、蓝、黄（三原色），同时奥运会刚过不久，社会上流行运动衫，运动衫的花型不少是同各个国家的标记融合的。从这些市场信息出发，杨以红白条子为背景，饰以不规则的蓝地白星，又以黄色为主，画上三个小朋友跳舞、唱歌、弹吉他的卡通图案。杨说，“当时我是从工艺美术的点、线、面，图形和色彩着眼的，也只是为了使消费者在视觉上一看就喜欢，丝毫没有政治上的企图”，面料设计出来后，被评为“儿童花布最畅销产品”，获得市纺织局优秀设计“百花奖”。

去年 11 月，印染内衣厂的同志到第一印染厂挑选面料，他们觉得这块布色彩鲜艳，当前社会上正出现“彩照热”，如果把它做成女式衬衫，女青年们也许会喜爱，就订了少量面料去打样。当时正值张海迪来沪做报告，她提出想买一件上海的衬衫，并选中了这件内衣印染厂的“条星印花”衬衫，穿上后当场拍了彩照并为该厂题词：“感谢你们给我送来了美丽的衬衫，它将会温暖着我的心，伴我走向更美好的明天！”不久，在东北地区试销这种衬衫，果然很抢手。摸准这一行情后，该厂就大批量生产，作为参加服装展评会的“拳头”产品。在纺织局初评时这件衬衫被选中了，到局领导审查时，觉得它的花型有点“风险”，经过研究，要求厂里只准销、不准展，但评奖名额保留，由该厂的其他花样衬衫代替，因此这件衬衫没有上展台。

“条星印花”衬衫畅销是因为：面料新，纯棉仿麻，透气性好，经过树脂处理也较为挺括；花型别致，色彩艳丽；价格低廉，每件售价仅 6.2 元。

条星印花

对此有关部门的领导已做出初步结论，认为这种衬衫不是国外来样加工，纯属自行设计，说明设计思想很不端正，需要加以教育。并指示印染内衣厂，对尚未出售的5000件衬衫，加染深色，削价处理，这批衬衫将成为“文革”后第一次重新进染缸的服装。

这种印花衬衫在展销会上引起轰动，继而又被禁销，社会各方面议论纷纷，反应不一。一些顾客投书新闻单位认为“中国人身上披上美国的星条旗成何体统？”、“穿这种衬衫有丧国格”，有的更是牵强附会地说：“星条花型代表美国自由国度，弹吉他小朋友上写着HAPPINESS（快乐、幸福），这不是在表示西方自由国度幸福快乐吗？”第一印染厂和印染内衣厂有相当一部分党员和群众则认为，这样的行政干预过于严重，对老百姓的穿着打扮不要再使用政治“显微镜”了；有的同志认为花布上确有星条旗的“元素”，但它的星星有的是十几颗，有的是二十几颗，很不规则，像美国国旗，但不等于就是美国国旗；今年是国际和平年，让这种衬衫流行也未尝不可，那种害怕国际影响不好的担心是多余的；也不能认为青年姑娘爱穿这种衬衫就是崇洋媚外，“有丧国格”的话更是无限上纲上线。

“条星印花”衬衫的停产和禁销，给与此有关的两家工厂在经营上都造成了压力。印染内衣厂厂长袁祥坤反映，目前有5000件成品在衬衫旺销季节一直睡在仓库里，一大笔资金无法周转，另外还有23万件供货合同无法履行，每天有电话、电报来催货，使厂领导忙于应付。由于这场衬衫风波，原定该厂今年在全市“一厂一品”表彰大会上的发言也被取消了。第一印染厂厂长钱孝玲是市党代会代表和人大代表，她说，如果这块面料是美国国旗，那么我厂还有许多产品，有的是白地红圆点，难道便是日本国旗？有的是红、白、蓝三色，难道是法国国旗？有的是“米”字格，那便是英国国旗？现在我们鼓励设计人员解放思想、大胆创新，所以这个问题是需要澄清的，不然设计人员又有了新的顾虑，不利于他们今后创新。该厂图案设计室主任严隽铨说，周总理生前对花样设计讲过三条原则，一不能反动，二不能黄色，三不能丑恶。这三条我们都够不上。最近新光内衣厂的同志来厂选中一块面料，印有“Q”“J”和草花，就想到扑克牌，又联想到不久前大规模禁赌活动，这面料是否会起反作用？选料同志要求印染厂把这些字母、花样都换掉。严主任说，这已近乎“谈虎色变”，设计人员不免心情有些紧张。

第一印染厂和印染内衣厂提出，有关领导对服装和布料花样设计中出现的类似问题以及不同的看法，能否归之于“设计思想不端正”？究竟该怎样处置？

有感于3M公司的“百洁布”

最近，一些新闻媒介接二连三地为美国3M公司在上海市场推出的“百洁布”做广告。小小“百洁布”在上海家庭主妇中引起不小的反响，不少人都在询问哪儿有卖“百洁布”的。美国3M公司是一家世界上颇有盛名的跨国性大公司，从事高技术产品的研究和开发，公司年销售达62亿美元，在美国是最大的四家化工公司之一。然而，这样一个大公司，怎么会去研究生产这种小小的家庭厨房必备品呢？对我们不少国营大企业来说，真是有点不可思议，我认为这一点正是值得我们企业家思考的问题。

“百洁布”的功能就是揩布，中国人历来对揩布的要求不高，旧毛巾、破布衫稍一加工即可成为揩布，世世代代就是这样传下来的。近年来，虽有各种用泡沫塑料做的擦块也进入了家庭厨房，但这些都是一些聚氨脂类树脂经发泡后的低档产品，而又大多出自乡镇企业。这种擦块在市场上已流行多年，生产厂家是否还在设法改进，不得而知。但是可以肯定，国内没有一个大企业会研究此类不起眼的小商品，一些从事高技术的研究部门和有名的大公司更是不会去研究开发这种产品。大公司高科技研究单位能不能、要不要做这类生活中的小东西，这也是衡量一个社会以技术为社会服务程度的标准。国外市场上各种小商品很丰富，很多很实用的生活小商品都是出自大公司、名企业。荷兰飞利浦公司推出的唱片防尘擦、松下公司的家用电线安全插、三菱公司防漏油的圆珠笔及3M公司的备忘贴纸，都是一些经济、实用、不起眼的小商品。这对我们的一些大企业是否也是一个启示？现在拥有实力的国内大企业、大公司能否也做一点便民、利民的小商品？这不仅可以提高自己的声誉、对社会做贡献，而且会有可观的经济效益。用日本人的生意经来说，小商品中有大生意，小改进中有大利润。

“百洁布”虽小，也凝聚着一定的技术成果，它是在聚氨酯中加入一定比例的氧化铝后一起进行发泡而成，聚氨酯发泡后柔软，氧化铝摩擦效果好，使得成型的“百洁布”有软硬劲，除污垢的功能特好，又不损坏物品表面的光泽度，是较理想的揩布。这构思不复杂，但没有一定的科学知识不行，有了科学知识不在小商品上动脑筋也不行。所以3M公司的“百洁布”给我们的启示是，大公司高技术单位要参与社会小商品的开发，这样社会发展就协调。不会出现像有些发达国家那样，卫星上天，人民生活用品质次、类少、奇缺的现象。但愿我们的一些大公司、名企业用自己的长处，在办大事中不忘为民办些小事，也为社会多增添一些现代生活色彩。

1991年2月12日

“清寒奖学金”助钱老入清华
——忆钱伟长为《天原厂史》题词

今日惊悉钱老谢世，这勾起我的一段回忆。

25年前我在上海天原化工厂工作，为庆祝天原厂成立60周年，我组织人马办了两件事：一是拍一部八集电视连续剧《天字号风云录》，二是编一本《天原厂史》。这两件事却离不开一个人，他就是天原化工厂的创始人，准确地说应该是天字号企业的创始人——吴蕴初先生。

我为电视剧起了《天字号风云录》之名，然后设法请刘海粟先生题片名，刘海粟先生欣然答应，送来了他的墨宝。我请钱老为《天原厂史》题词，钱老也很快送来了他的题词。这不仅因为吴蕴初先生是我国当代著名的爱国工商业者，更因为吴蕴初先生在刘海粟先生创办苏州美校、捉襟见肘时送了3000大洋做资助。而钱老因为家境清贫，1931年从苏州中学毕业后失业之际，恰逢吴蕴初先生设立的“清寒奖学金”每年资助12名品学兼优的青年上大学，钱老通过了清华大学考试后受到了“清寒奖学金”资助，才进入清华大学就读。所以吴蕴初先生也是有恩于钱老的，因此我一提出这个要求很快得到钱老的回音。钱老送来的题词是：“忠诚爱国，艰辛创业，是我国20年代以自己的科技创造建立民族工业的佼佼者，重视教育，在全国范围内设立清寒奖学金，为我国培养出一批优秀科技人才，其功绩应予弘扬。”

厂史印出来后，我专程前往当初的上海工业大学校长办公室送书，但那天不巧，钱老正好有活动外出，虽与钱老未曾谋面，可是后来钱老专门请秘书打来电话说书收到了并表示感谢。我感到，清贫未必是坏事，有志者事竟成；有钱未必是好事，好善乐施才是义，正是有吴先生这样的义举，才有钱伟长这样的国家栋梁。“清寒奖学金”后来随国民党去了台湾，据说现在还存在，而且享受过这个奖学金后成名的青年人还不少，下次去台湾时我很想去查查这一资料。

斯人已去，留下的余晖给来者一个榜样，企业家要取之于社会，用之于社会。而培养人才是大计，也是兴国之本，有钱的企业家应向吴先生这样的实业家们学习，清贫的青年也要像钱伟长先生那样励志向上、奋发有为。

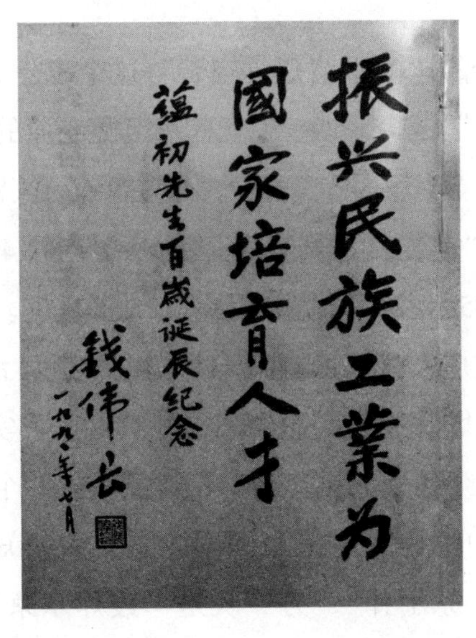

在北京国际电影节《空袭》电影新闻发布会上的演讲

25 年前我曾经拍过电视连续剧，拍过科教片，但是我不是这个圈子里的人。我是学历史、学哲学的，是《空袭》这部影片的主题对我有非常大的吸引力，所以我尽自己最大的力量努力成为这部影片的推动者。

我分别看了美方给我的剧本和韩总给我的故事梗概后，有三句话的体会。

第一，大部分的国人不清楚“空袭”这个事件，往往把“轰炸东京”与“空袭东京”混为一谈，甚至有些历史专业的教授谈起“二战”史时也分不清楚“轰炸东京”与“空袭东京”的区别。其实这两个事件时间跨度很大：“空袭东京”是发生在 1942 年的 4 月 18 日，而“轰炸东京”是在 1945 年 3 月 10 日至 5 月 25 日之间。我们很多国人甚至把日本人轰炸重庆及武汉的空战等都与“空袭”混为一谈。所以拍这个《空袭》的电影有助于我们大家来了解这段真实的历史。

第二，很多人不了解“空袭”这个行动在整个反法西斯战争暨第二次世界大战中的历史地位和作用。很多人都知道美军的两次大行动，一次是扔“原子弹”，另一次是“轰炸东京”。而忽视了“空袭东京”一役的意义，其实“空袭”则是太平洋战争和整个第二次世界大战中一个很重要的战略转折点的战役。美军空袭以后，日本对美军飞机的出发地做出了错误判断，日本人反复研究飞机从哪儿飞来。他们认为在成功偷袭珍珠港后美国没有从海上对日本本土进行袭击的能力。因为航空母舰上没有轰炸机，如从夏威夷飞来，距离遥远，当时的美军轰炸机航程不可能飞那么远，最后研究结果认为最有可能的就是“中途岛”。所以为了要让日本本土长久地得到安全保障，日本必须拿下“中途岛”，于是日本组织发动了“中途岛之战”，想不到“中途岛之战”成为日本失败的战略性转折点，“中途岛之战”后日本损兵折将，再也无法实施原来的“北进计划”，即原与希特勒合围苏联的战略计划发生变化。如果当初日本人“北进”跟希特勒合围苏联的战略得逞的话，那么第二次世界大战的结局也许是另外一种格局了。所以现在世界史学界已有把“空袭东京”作为第二次世界大战战略反攻开始的历史转折去研究的趋势，而我们国内史学界好像还没有充分注意到这一点。

在托尼比弗利山庄的家中讨论《空袭》

第三，“不知道”。不知道中国人民在“空袭”过程中为了营救美国飞行员付出了什么样的代价。刚才短片中提到日本的人员损失不大，美国通过空袭行动实现了振奋精神的目的，而中国人民在营救美国飞行员过程中付出的代价，相信在座的很多人是不清楚的。美军当年在这次行动中牺牲了 5 个人，空袭对东京及附近地区一共造成死亡人数 50 人，而我们中国人因营救了美国飞行员而遭到日军报复性的屠杀，被杀戮的人员数目惊人。日本人为了报复中国人，发动了“浙赣战役”，在这个战役中，我们有记录的遇难同胞达 25 万，军人 5 万，共计 30 万人，相当于我们整个第二次世界大战当中遇难同胞 2500 万的 1% 还多，我们付出的代价如与美国人两颗原子弹致日本伤亡的人数相比，一个是 8.6 万,一个是 8.9 万，总共 20 万不到，加上轰炸东京 10 万，也只是 30 万。所以在这次战役中，中国人民付出的代价超过了两颗原子弹的伤亡人数。因此，我认为“空袭”这个主题在 70 年后不能被遗忘，不仅要在历史上永远记载这一事件，还要让全世界的人民知道，在反法西斯战争的战略转折的这一行动中中国人民付出了巨大的代价。所以拍摄这部影片不仅是以这种方式来纪念和怀念我们的遇难同胞，也是为了后人不忘和平的

北京国际电影节上发言

代价。我认为这个题材虽然是沉重的历史话题，但也是为未来的和平而祈祷。

我非常感谢托尼先生、唐娜女士、休斯先生以及中方的制作团队，为了这部影片我们一起努力并已经准备了两年多的时间。我相信有这么强大的队伍，我们一定会拍出世界上一流的电影，给历史一个交代，这对遇难同胞和对牺牲的美军飞行员是最好的纪念，我与在座的每一位一样期待着这部大片、巨作的面世！

2016 年 4 月 20 日

5 月 16 日对我的意义

在我国，5 月 16 日是一个带有特殊含义的日子，今年 5 月 16 日，对我和我们公司来说也是一个带有特殊意义的日子。

昨天，我在北京参加了由国家海洋局组织的“国家科技兴海产业示范基地”工作汇报暨入驻企业座谈会。这个座谈会的起因是两年前国家海洋局与上海市政府共同在上海临港新区挂牌成立了“国家海洋科技上海产业示范基地”，两年来，在国家海洋局的指导下，在上海市政府的领导和临港科技公司的积极推动下，入区的招商工作有了突破性进展。为加强落实国家海洋战略的实施，会议专题听取了临港公司和部分入区企业的汇报，我作为五家入驻企业代表之一在会议上做了交流发言。

我的五分钟的发言（实际时间大致八分钟），在会上受到了关注和好评。我从我们公司“想海、入海、谋海”的三个角度阐述 20 年来的经历，这其实也是我在卫星通信应用领域里从天上到地上、从陆上到海上、从国内到海外探索三部曲的第二篇章。

至少有七年了，我们公司作为徐咏明在海上开发卫星通信应用市场的平台，同他们一起进行了艰难的探索。在一般情况下，不是所有人都有这个能力和胆识来做这个事的，好在我对新事物的敏感性和徐咏明的不达目的不罢休的劲头，使我们顶住压力坚持下来，才有了今天在会议上发言的资格。

在今天，仍有不少涉海企业以为只有外国卫星公司才能提供海上通信业务，其实我们已积累了近十年的经验，其中的酸甜苦辣我们也算是尝遍了。特别是徐咏明和他们的这支队伍“认定目标、百折不挠、勇往向前”，我也很佩服一个叫娇燕的女孩子常跟船出海做测试，她大概是我国海上执法船跟去钓鱼岛维权保障的第一位女性。有这样的精神状态的队伍，我们的海洋卫星通信应用怎么会做不起来？

最近利好消息接二连三地传来，浙江海洋局、海事局将在6月8日正式与我们的战略合作团队签约，在年内安装70条执法船和100条渔船，在今天的会议上我也结识了不少“涉海”企业，它们也有意与我们开展合作。最重要的是“中星11号”海洋波束也将投入运行，从资源上来说我们国家拥有了自己的卫星资源，这对于海洋渔业、海上执法、海上维权都有着重大意义，使我们这样的企业又有了发展的机遇。

昨晚“中卫通”的吴京华打电话给我，要约我商量与中卫通合作共同开发海洋卫星通信的应用方案，昨晚还与闫总、国安局张总就临港海洋产业基地内建设全球卫星通信运行基地的方案召开了专题会议。一切顺利的话，我国第一个民营的经营全球卫星通信的企业将落户上海临港，我想这也许是对我二十多年坚持从事卫星通信的一个回报。

历史给了我这个机会，我也应顺势而为，我为我的“海洋梦”取了一个“三宝海富网”海上互联网项目的名称。“三宝”意义为“宝船、宝岛、宝藏”，与郑和这位“三保太监”的“三保”谐音，而“海富”则为海上财富，也与海上互联网的“海互”谐音。今年下半年国家海洋科技工作会议将在上海召开，我们要从各方面做好准备，以我们的“谋海”精神、以我们的“实绩”来证明我们的实力，来共同迎接我国海洋时代的来临。

现代科技离不开信息和信息技术，信息离不开传输，海洋信息传输离不开卫星，历史又给了我一个机遇！

大海，我来了，我们来了，中华儿女来了！

2014 年 5 月 19 日

万豪午茶——与陈锦智聊天

此次来港主要是与老股东就 SVC 股权交易之事做一个说明，因为距上次来港已有四个月了，理应可以完成转让的手续，但因民政方面的原因，转让之事一直推进缓慢。现在已进入 2014 年了，新股东的 1500 万定金已打入 SVC 账户，还有 2000 万已挂账，4 月底前因财务要做年度报表，如再不能完成转让，他们在股东会上难以交代，而老股东为转让也整整做了三年的努力，我自退休起就不断物色对象，要找一个我认为对 SVC 未来发展有利、又满足彩票股东条件和新股东的要求的，是很难的。这三年多一共签过保密协议的有九家，有意向的不下十五六家，最后一家从上手谈开始已有大半年了，所以到最后关头了，我还必须向老股东做一番解释，让他们再耐心一点。

陈总听了我的介绍后表示理解，因为他们与国内政府部门也打过不少交道，与国内企业合作有很多难以想象的问题，他看到我在推进此事，还是满意的。谈过了 SVC 转让之事，他也话锋一转，谈谈香港，我则洗耳恭听。

他讲他不是共产党员，但看不惯香港所谓的民主派一直吵吵闹闹的，他说“基本法”已定了，香港的地位是有法律效力的，一些民主派拿出过去英国殖民地时代的区旗上街游行这是不对的，如果这些人不喜欢香港，可以去英国，香港是中国的不是英国的，这是一个原则问题。

我在想陈总言之有理，反而国内有些精英人士不如陈总，中央给香港的港人治港不是让港人独立。

老陈又讲，香港民主派也没什么人物，民主派只能给香港带来混乱，这是大家不愿看到的。当然，特首有些事也没处理好，加剧了与内地人的矛盾，比如“奶粉事件”这种简单的事，澳门就处理得很好，在确保香港婴儿有奶粉的前提下，不要对内地人限购，限购也限不住，反而失去了很多生意，也得罪了内地来买奶粉的平民百姓。

其实老百姓要稳定的生活，生活稳定了，对中央政府的认同感就会提高，但这是有一个历史过程的，只要能保持持久的稳定，慢慢会改变香港人的想法，民主派是没有市场的，“港独”更无出路。

2014 年 1 月 7 日于香港

获奖感想

金秋时节，应世界彩票协会、北大彩票研究所、澳门博彩协会之邀赴京参加颁奖大会。此次我作为获奖者领授“多元文化融合”奖。

我离开彩票岗位已近两年了，还评我这个奖确属意外。我问北大彩票研究所执行所长王薛红女士缘由，王所长说因为我在主题彩票、彩票电视节目，特别是世博会期间策划的世博会邮彩联票是全球第一枚“邮彩票”，广泛获得好评，所以当之无愧。听后我十分感慨，因为在工作岗位上时我从未想到要获此殊荣，但细细回想自己也确实在彩票文化方面费尽心机。下面以一串数据为证：十年间我策划了十套主题生肖彩票和“让天更蓝水更清”的环保主题彩票，“家家有老人，人人都会老”养老彩票，国际红十字会日的“自救互救”双救主题彩票等，加起来也有十多种。电视节目有连续五年在卫视上播出的《喜从天降》综艺节目 200 多期，连续两年的《爱心飞扬天天彩》节目 100 多期，连续播出八年的“幸福彩”有线电视频道。此外还有《彩经报》和一部彩票主题的电影……总之，把彩票与文化艺术相结合的实践，是慢慢从不自觉走向自觉的过程。

大会安排由世界彩票协会荣誉主席 Reidar Nordby 给我颁奖并

与之合影。在合影后我致获奖感言，我说：第一，感谢主办方在我离开彩票岗位两年后还发奖给我；第二，我感到彩票只有数字会很乏味；第三，彩票可以成为多元文化、时尚文化和公益文化结合的载体。

今年能获此奖既是我个人的努力，也包含着很多同志的合作支持，特别是王建刚把我很多文化创意的概念变成了彩票，还有中福彩的领导、中国集邮总公司领导的支持，我也在此感谢他们！

虽然我未走从政之路，但在技术、文化、管理之路上收获颇丰，我在彩票界、卫星通信界也算是公认的成功者而值得欣慰。是我们这代人年轻时期的梦想、理想成就了我的事业！

2012 年 11 月 16 日于北京

马伊里就是有自己的风格

我与马伊里认识是在2008年她来接徐麟局长班的那个时候。以前不认识她，但我朋友圈里熟悉她的人中对她有各种评价，可以说是毁誉参半。第一次是赵开国调到金桥公司工作时，他对我说过她很强势。后来，和一些民政的老干部接触时间长了，他们也跟我说她是一个很有想法的人。总之，马伊里给我先入为主的印象是一位能力较强的领导干部。

2008年来接徐麟班后，我跟她的接触多了起来，在她领导下，我们第一次的配合是从汶川大地震的抗震救灾工作开始的。在大灾来临之际，政治敏感性强的她一手指挥了应急救灾远征汶川的组织工作。说实在的，当初如果没有她的力推，也许我只能做点民政部局部的应急救灾工作，由于她的观点、思路、运作能力，我的作用也被推至“难以为而为之”的高度。确实，一个人的潜力只有在合适的环境下才会超常发挥，我自认如没有她，自己在那场抗震救灾抢险工作中的表现就不会有超常发挥。她当领导的这段时间对我的支持关心，我终生难忘。

去年她也正式退出工作岗位，从事公益事业去了，我们不再是领导和被领导的关系了，但我对她更为敬重，不是因为她当过我领导，而是因为安排她去大国企当闲差弄个什么董事长、监事长的，她不去，去干了自己喜欢又自己能干的事，她去了“公益新天地”专心做她倾心的事业。她那善于思考的头脑、敢于作为的风格、勤于奋笔疾书的习惯仍保留着，我们只要一见面，一打开话匣子，就有说不完的话，相近、相似的观点会不断擦出耀眼的火花。

上海民政局马伊里局长来应急通信保障中心慰问

离上次相见又是半年过去了，今天我又去了“公益新天地”看她，我在寒风里干等了她一小时，因为她在公益项目评审会上忙碌。她还是那样一派旋风式的工作作风，我看她精神状态真的不错，这使我想起一位大家说过的话，“生命是自己活出来的”。马伊里就是这样一个活出自己风采的女领导干部，在她面前一切风言风语好似微风拂面，走自己的路才能活出精彩人生，而不是活在别人的谗言之中。

马伊里就是这样一个有自己风格的女人、女干部、女领导干部。

关于《费尔巴哈论通信集》的前前后后

1974 年夏天，正值“文化大革命”的中后期，“批林批孔”运动一波波兴起，为了“壮大”工人阶级队伍力量，市委委托复旦大学开办了工人哲学培训班。我起初在基层担任团总支书记，1973 年我想去清华大学当工农兵学员，因工作关系组织上没让我上清华大学，这次有了一个短训班，算是组织上对我的补偿，安排我去复旦大学进了这个培训班学哲学。这个班级学员由市造船系统和化工系统青年干部组成。培训班一开学就赶上了“批林批孔”运动，先是批“极左”，后又说“极左”就是“极右”，不谙政治斗争规律的我一头扎进了以哲学为背景的政治斗争的圈子。

开学后学校“批林批孔”轰轰烈烈，不少同学回单位参加运动，而我是一本正经想求学的，便坚持听课。我认真听每一堂课，做的课堂笔记也是整整齐齐，星期天也多是留在学校的图书馆看书，图书卡被记满后就再去换新的。值得庆幸的是，当时给我们上课的老师大部分是从“牛棚”里解放出来不久的一批老教授，校方让他们从批判的角度给我们上中哲史、欧哲史、中外思想史等课程。这种批判要找对应的靶子，这样，几千年的文明史中无论中外先哲，只要是不合当时政治需求的观点，都要挖出来点评并批判一番，因此从古希腊亚里士多德到德国古典哲学的黑格尔、费尔巴哈，从古代中国孔、孟、老、庄之儒、道到近代胡适，无一不剖析并狠批一番。然而，这个批判的过程有时倒引起了我的反思，觉得那些先哲的理论、观点并非一无是处，这就引发了我对他们的理论从正面进行思考和评价。为我们上课的老师大都是很有造诣的名师大家，我记得给我们上课的老师有中哲史的严溟北，近代史的胡曲园、尹大义教授，年轻一点的有国际共运史的苏东水、金顺尧、王森洋老师，他们的授课给我打开了一条通向未来成功的思想方法之路，即历史地看问题、辩证地看世界、从发展性和多样性看待世间万事万物。我有时对一句晦涩的哲学名言，要想好多天才解其中之意，但一旦明白了先哲深邃的道理，心中就油然而生一种难以名状的喜悦。

在复旦的日子

女朋友在复旦

学习紧张了就觉得时间飞快，到 1975 年寒假我们要结业了，为了做好结业论文学校要我们以小组为单位，在马列教研室的组织下，针对《费尔巴哈论》，从批判的角度批费尔巴哈的机械唯物主义，并计划出一本学习《费尔巴哈论》的《通信集》。我们小组的任务是“19 世纪三大科学发现为马克思主义的产生奠定了自然科学基础”，主要由我执笔。全班 24 篇文章出来后，已到了结业的时候，大家在拍了集体照后要分别回单位了，大概因我在编写过程中认真刻苦，学校要我多留半年，边工作边编写《通信集》的 24 篇文章。在编写此书的过程中我又遇上了上海人民出版社的美学大家蒋冰海老师，后来王淼洋老师也参与了编辑，这样，此书最后的编辑是由这两位老师和我三人完成。由于蒋冰海老师的引导启发，我懂得了哲学、美学、政治上的很多理论，也因此，我们在修改文章过程中不免对当时的政治生态的不满产生了共鸣。在那个年代，讨论不同于中央的观点可谓“犯上作乱”，但是思想闸门一旦开放，是难以锁住的，科学的思辨方法反倒成为我们认识当时政治问题的切入点。这样，全书的稿子前前后后反复修改，一直到1976年9月，在打倒“四人帮”后的10月正式出版了，第一版就印了十万册。

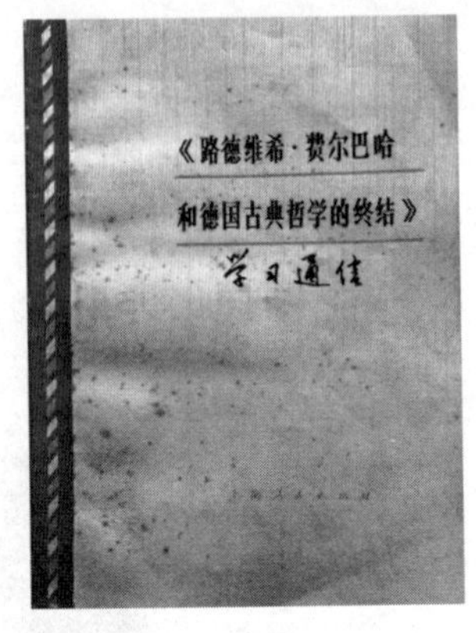

回顾我之后所走过的人生道路、所做过并成功的事业，无不与我这一段在复旦大学的学习经历和编写这本书过程中学到的很多哲学基本理论有关，特别是先哲们的精神遗产对我的影响，已成为我终身受用的财富，四十多年工作经历中的思想、工作无不烙下这些所学知识的印记。《通信集》中的一些观点现在看来也还是说得过去的，其中有些现在说来也是很有用的，当然，免不了那个时代的政治烙印的局限性。也许现在复旦大学的图书馆里已找不到这本书了，但在我心中一直会有这本书，且将伴我终身。

2010年7月10日

“应用”两字何等沉重！——十八载，VSAT 卫星通信应用探索之路

距上次“中国卫星通信应用大会”年会上的演讲已过去六年了，今年我又站在了这个中国卫星通信应用最高级别的年会上并再次做了演讲。上次我演讲的题目是“天地复合，应用无限”，这是我 12 年实践的体会。而这次我演讲的题目是“卫星通信的互联互通”，这是我又花了整整六年时间的探索总结。所以加起来我为 VSAT 卫星通信的应用一共花去了 18 年的时间，这 18 年正是我职业生涯中的“金色时代”，也是我人生中最专注地从事一项持久性事业的一段“黄金岁月”。

VSAT 卫星通信项目是 20 世纪 90 年代初，作为上海通信产业战略发展中的重要部分而部署的一个重点项目，我当时被上海市科技投资公司委派出任 SVC 的总经理负责实施该项目。对一个在化工行业已工作了 26 年的人来说，转向新兴的 IT 行业、从事从未涉及的 VSAT 卫星通信业务，无疑是职业生涯中的一次重大挑战，何况我此前的工作经历主要是在政府机关、大型国企、大型研究所担任党政领导职务，突然要转而从事一项完全不熟悉又是一个当时在国

际上也是全新的领域，压力确实是大多数人难以想象和理解的。我认为人类本身是由挑战不可知而发展来的，虽然我工作过的岗位无论政治工作还是行政工作都是有绩可述的，但我自知在政治领域发展不是我的长处，我的长处是我有思想、有组织能力，行政执行力尤为见长。凭着对自己行政能力的信心，我一头扎进了这块我国当年尚未开垦的处女之地。而民族工商业者吴蕴初先生“知其不可为而为之”的精神激励着我，促使我勇于面向未知领域，通过实践去“知其然”。

一块稻田两条河

1993 年，在刘振元副市长、朱晓明副董事长的支持下向银行借了 4200 万元，由我负债并启动了该项目。现在回想起来，其实当时我也不知将来是否有能力来还债，但因为过河之卒已无退路，只有向前杀出一条血路来。现在才知 VSAT 卫星通信的应用之路是何等艰难，那是我花了 18 年的心血才杀出的一条血路，但是可以做证的，只有我们的支持者及和我一起奋斗过来的员工。而与我同时起来的我们的兄弟部队，我国第一批 VAST 卫星通信公司、卫星公司的老总，大部分还没发展起来就倒闭或转向其他业务了。所以说，我国在VSAT卫星通信“应用”路上付出的代价太多太大了。

我国早已能制造卫星、发射卫星，宇宙飞船登月也不是一个大难题，现在正向航太、深空领域发展，然而，就是卫星应用这个坎迈不过去。如今我国天上的卫星资源是18年前的十多倍，已达80多颗，超过法国的一倍，但在应用上却不及法国的八分之一，与美国比只是美国的八十分之一，我这个人民族自尊心强、责任感重，想通过我的努力缩短这一距离，并舍得投入自己的全部。然而，光有精神是无济于事的，只有埋头苦干由小事做起，一个站一个站、一张网一张网累积，所以也深悟不积跬步，无以至千里的哲理。

当时，在建设起卫星地球站后，我抛弃其他诱惑，全身心投入应用开发工作，通过近12年的建设，拥有天网以外能接入电信、联通、网通、铁通、中国移动、国家电力、广电及科技网的“天地复合网”，加上我们自己开发的车载卫星混成通信平台，使公司成为一个“超级通信接点”。有了这样强大系统功能的“超级接点”，我们做“应用”就其“路由”来说就能得心应手了。第一个六年打基础，我们把应用依托在网络的互联互通上；第二个六年，我们利用互联互通的天地复合，平行推动充分为应用而探索；在又经过了六年后的今天，回过头来看，更认识到网络互联互通是应用得以发展的一个关键条件。当今世界在技术上可以说已经很完备，你要什么样的网络“环境”都能马上搭建出来，但要做什么样的应用就不是那么容易了，我们是在互联互通、应用探索的路上摸索了 18 年才走出一条路，这 18 年的代价是何等沉重，人生有几个 18 年！

今天的维赛特已站在我国 VSAT 卫星通信领域的制高点，然而要达到世界水平，也许还要一个两个 18 年，一代一代的公司员工要有思想准备。

12 米 C 波段卫星天线安装

总之在没有网络时要有网络，有了网络时就要走出“孤网”，只有摆脱了“孤网”，才能真正推动网络的应用。卫星网络也走不出这样的宿命，这就是我在这次卫星大会上演讲的主题。

我走下讲台后，中国通信协会的记者就来采访我，要我深入谈几个问题，我只能有感而发，并在接受完采访后匆匆离开了会场，去见民政部救灾司邹司长。我又将开始新一轮的应用探索，即如何为国家建一个经济、实用、可靠的救灾应急通信网。这个网络的思路就是充分利用互联互通的物理平台，把卫星通信在救灾减灾领域的应用深化下去，使它成为我国一张有特色的应急通信网络。

18 年的应用探索之路，对我国 VSAT 通信行业来说是何等沉重之路。

18 年的应用探索之路，对我们公司来说是何等艰苦之路。

18 年的应用探索之路，对我个人来说又是何等煎熬之路。

“忍常人难忍之忍”的精神支撑着我，公司一队人的坚持才有我们公司的今天，今年的卫星应用大会是否会成为公司的又一个转折？这个行业能否出现转折点？这还难以预料，但我已迈过了自己心理上的坎，开始向高峰冲击。

也许再过一个六年后，我会去国际卫星大会上演讲，题目是“中国卫星通信的应用之路探索”，时间将会证明一切！

2010 年 8 月 29 日北京广电大厦

与民政部窦玉沛副部长在国际救灾论坛上合影

有感于有机氟研究所五十周年庆

我与有机氟研究所有一段情，一段短短的情。因为我在那里担任过三年多的党委书记，虽然时间不长，但在我的人生经历上却烙有深深的印记，在这个所的历史上也留下了我的痕迹。

1990 年 3 月，市化工局领导找我谈话。那时，我在天原化工厂任党委副书记、副厂长并已工作了六年多，已经很熟悉那里的业务和环境了。当时我刚组织完 60 周年厂庆活动，就接受了这次工作调动的谈话，心里确实不好受，因为在天原的六年间，各方面的关系都很顺了，再加上天原面临发展瓶颈，是否要走出“天山路 500 号”成为上下议论的话题，我也写了很多关于天原厂发展的文章，准备带领大家走出天山路 500 号。此时组织谈话和一纸调令已同时下达，我也没有什么可以选择的了。组织上对我说，有机氟所知识分子多，你善于同知识分子打交道，而且那里目前比较困难，年初以来三个月烧了三场火，干部之间关系也不够协调，希望你去打开局面。我有敢于迎接挑战的特点和不畏惧艰难的个性，因组织上的好话和自己迎接挑战的冲动，答应去有机氟所。但我向刘运樟书记也提出了个条件，给我三年时间，做好了我也不留，做不好我也自己离开。其实我这也给自己在化工系统断了后路。

我准备 4 月 1 日去报到，其间我到局档案室去翻阅该所的各种资料与人事档案，为自己一个人进去杀出一条路来做准备。现在回想起来，三年的时间我也是做了三件事：一是把班子团结起来，二是把干部调动起来，三是找出发展之路。

首先我到所长滕明广家拜访，当时因班子不团结，他也有点情绪不想干了。我对他说，我们一起来试试看，我来所工作，我们两人就算共事一番、朋友一场，共同努力一把，能改变面貌最好，不能改变也算是对组织有交代了。滕也是一个有事业心的专业人员，对业务很熟，就是因为在行政管理上受各方制约而烦恼。

我推动的中国第一辆氟利昂替代品试验车

首先要把干部队伍组织起来。研究所与工厂不同，几乎是每个研究室都有自己的山头，中层问题解决了，山头间的协调才能迎刃而解。我通过下去调研、召开班组长以上干部会议、个别谈心，很快理顺了干部间的关系，为后来整个研究所发展解决了人的问题。

其次是通过抓突出矛盾找转机。我通过调研发现全所上下当时对全氟离子膜项目的意见比较大，就以抓此事为突破口。

第一，恢复离子膜攻关项目。离子膜技术是世界先进的膜分离技术中的一项关键技术，有机氟所是全国攻关组的龙头原料单位，原料不出来，制膜技术就无从谈起。这个项目前后攻关时间已达20年，全国有近百个单位参与攻关，就在攻关到了最后阶段，卡在有机氟所就是出不来合格的原料。我通过从源头开始摸底，发现不是技术问题而是人际关系问题，即技术人员为研究成果上的排名先后互不买账，这时我就拿出做党委书记的硬的一套来了。我对所有参与攻关的人员说："以前的问题不追究了，如以后再有因人为意气用事影响国家科研攻关大局，那么有一个算一个，以破坏国家攻关项目论处。"真的来硬的，技术人员也就乖了，当然，其中有不少细致的工作要做。我又去化工部找了顾秀莲部长，争取了80万元的补充攻关费用，这样，全所上下齐动员，奋战三个月，终于把合格原料拿了出来，对攻关项目也有了个交代。关键是通过这一回合把人的思想统一了起来，把全所员工精神也吊了起来。这头开好了，接下来我就以邓小平视察南方时的讲话精神为准绳，乘全国改革开放动力，抓住扩大股份制试点的机会，引领有机氟所走上了"二步并作一步"改制的道路。所谓"二步并作一步"即研究所改制为公司同时上市，从资本市场获得发展资金，虽然这个过程中内外都有阻力，但这些阻力并无恶意。首先是来自化工局的阻力，局领导认为化工局那么多大厂还没有上市，怎么可能让研究所上市。有机氟所是否能上市，内部少数干部也风言风语，他们认为上市风险不小，特别是要翻掉研究所牌子，大家感情上不舍。于是我分两头做工作，一头是借市科委体改办的力量，当初由祝福民、顾文兴两处长请刘市长来所调研，刘市长调研后说："全市一百多个研究所的发展都没走出路子，有机氟所有不少好的应用产品，不妨试一试，试坏了也不过是一个所。”有了这样一句话，当天晚上付卫国局长通过秦炳泉总工给我打电话，同意我们上市。

“三爱富”成立大会

上面的问题解决了，我召开了全体干部的务虚会，通过七次会议统一大家思想，这样全所形成了一股共同推进上市的力量。当时整个上市工作还处在试点阶段，很多人也不太明白是怎么回事，什么是原始股也搞不懂。虽然有一些人热情很高，但大部分人还是很茫然。这样，原始股上市后能否被认购完，我心中也没有数，我也是边干边熟悉。心想只要让职工得实惠，研究所有发展前景，大方向不会错。

在股票盘子的设计过程中，我把社会股放大，20% 的内部职工股给职工每人的份额也多，企业股比例较低，未来上市后的小盘股流动性就会好，现在回头看，这样的设计思路是对的。

经过紧张的筹备，很快一切手续具备，于 1992 年 6 月 28 日正式成立三爱富新材料股份制公司。“三爱富”也是我起的名，我想有机氟所的研究领域主要是氟塑料、氟橡胶、氟精细化学品，都是“F”打头，即构成“3F”，引申出的意义是“职工爱富、企业爱富、国家爱富”，也就是“三爱富”，我的解释得到当时谭竹洲部长的好评，就这样“三爱富”这个名称跃上了交易所的交易大屏。

上市完成认购后募得了资金，我与滕所长一起策划投资方向，大家一致同意投资我们在常熟的原料基地即常熟制冷剂厂，同时还买了银海大厦、厦门信源大厦的几套房间和外高桥的仓库。之后20年的发展证明投资常熟制冷剂厂是一项成功之举，现该厂每年向公司贡献纯利达一个亿，成为三爱富的主要利润来源。今年我的救灾指挥车试车去常熟时，我也顺路去该厂看了看，张平忠厂长叹道：自己是最清楚有机氟所怎么会有今天的。他反复讲，没有我不可能有今天的有机氟所。我认为过奖了，我只是在关键时刻与大家一起做了一件具有决定性意义的事。当然，有机氟所的员工们也给予了我肯定，在我离开研究所十年后，在四十周年庆典上全所上下公开推荐了“有机氟所突出贡献人物”，共17人，我是唯一一名党政领导干部，其他都是专业技术人员，我当时也很感动，冒雨参加了庆功会。我想，自己在有机氟所的三年时间不长，大家对我有这么高度的肯定，我实在有点难以领受，但就我自己而言，这三年的经历是我一生中的一个亮点。

“不可为而为之”之我实践

当年我在组织拍摄八集电视剧《天字号风云录》时，对吴蕴初先生为他儿子吴志超赴美留学时的赠言“不可为而为之”，还停留在字面的理解上。然而，在30年后通过自己的实践，不仅体会到当年吴老先生对子女的一片苦心，自己在这30年的人生事业高峰中也享受着“不可为而为之”鞭策下的“正果”。所以了解我的人尤其是在天原厂工作时身边的人，特别是我的秘书周国强，他们可以佐证“不可为而为之”在我的事业轨迹中的烙印。

30年间，我换了多个行业，在不同领域的工作经历给了我不同的收获，但最大的收获就是一以贯之，以“不可为而为之”的精神去探索、去实践，让我在各种环境下都有不同的收获。所以老师给了我知识，吴老先生给了我去大胆实践的精神力量，当然，组织上给了我机会，更确切地说是一批不同时期的贵人慧眼识我。

我在有机氟研究所当党委书记时，将研究所整体改制成中国第一家科研院所上市公司，当时，局里领导的意思是整个化工局大厂还没上市，有机氟怎么可能上市。我到科技投资公司后，让我去维赛特公司，要求100天建成卫星公司，公司总经理说，“维赛特搞得起来西边出太阳”；我到福利彩票去时，提出一年彩票要发行十个亿，一些老民政说这是“异想天开”。二十多年过去了，我的“痴心妄想”却一一实现，不但有机氟所成功上市，卫星地球站如期建成并投入运行，福利彩票在我任位前的十年共计不到 3.9 个亿，而我在任十年间发行了 150 多个亿，平均每年超过 15 个亿。若问是什么在精神上支撑着我，那就是“不可为而为之”的至理名言，当然，还有母亲的祈祷、朋友的鼓励、同事的相助。我想，特别具有挑战精神的人，他们身上大概都会有这种“不可为而为之”的基因。

公司卫星地球站“百天建成”时与西西郭合影留念

2011 年 6 月 5 日

经营管理中的点滴哲学思考

到今年我正好满40年工龄，其中有35年在从事管理工作，而在从事过的各种行业和不同岗位上，我都是“排头兵”，有人问我：有什么秘籍、利器？我想，如果要有的话就是：努力+思考，百倍努力+思考。概括起来就是：努力+哲学思考。“努力”就是勤奋、进取、不懈怠，也即凡事不甘落后、受挫不气馁、坚持不移志；“哲学思考”就是在工作中无论碰到顺境还是逆境都要细细想一想，用哲学的观点加以思考，在边实践边思考的过程中获得“顿悟”，这种“悟”往往难以言传而只能意会。做任何事只知其然，不知其所以然，那么这样的成功是带有偶然性的，所以我总是想在实践中努力去揭示事物背后必然性的东西，也就是对“知其所以然”的求索。正因为如此，在我从事过的行业和岗位上所留下来的实践痕迹都有我哲学思考的烙印，我把自己悟到的这些点滴体会汇集起来，再加以哲学思考，这就是我的“实践—认识—再实践”的过程。

一、时间与空间

一个企业像人一样在时空中存在，但每个企业与人一样，对时空的感受是不一样的，特别是对空间的拥有和利用也是有很大的落差。人生的时间长度相差不多，平均在七八十岁，也即不过三万来天，70 万小时，但是人生在空间上的拥有和利用度差距很大。有人浪迹天涯、上天入地甚至遨游太空，而有的人终身不离家乡、隅居一角，这在很大程度上取决于每个人的个人因素。企业也是如此。一般情况下，企业的平均寿命在七八年，一些民营小企业只有两三年，相对来说，一个企业生存时间越长，它对空间的利用度就相对越高，因此企业首先要为生存而奋斗，有了时间长度就有可能去争得更大的发展空间，用时间换取生存空间，然后再是提升对空间的“有效利用”，这就需要企业走出去，获得国内外的市场份额，将之转化成自己的市场空间。从时间上说“剩者为王”，从空间上来说“大者为首”。

二、小胜与大胜

抗日战争中毛泽东通过以小胜换大胜、以时间换取空间的策略，把握了抗日战争的战略主动权，没有一场一场小的胜仗的积累，就不会有战胜日寇的信心，小胜仗是为战略反攻在量上的积累。做一个企业也是这样，不能因小生意而不为，生意虽小，但是做一笔是一笔。后来的竞争者要赶上来，也是需要一步一步地赶上来，大胜是积小胜而来，积小胜的过程也是以时间换空间的过程。在一个行业里要站住脚，必须面对每笔小生意，认认真真做好每笔生意，服务好每一个客户，为找大生意、大客户做好经营理念上和方法上的准备。

三、速度与时间

速度对企业而言就是工作节奏，一般情况下快节奏与高效率成正相关关系，因为节奏快就会在有限的时间里成就更多的事。所有企业都是八小时工作制，在时间长度上是一样的，但因节奏快慢而工作效率大不一样。一个有效率的企业一年的工作成效可抵效率低的企业两三年的工作量，时间越长差距也就越大。因此企业要十分重视节奏感，在有节奏的同时注重效率，即在充分利用时间的前提下加快工作节奏。现在是“快鱼吃慢鱼的时代”，快鱼就是要有速度，先机也是靠速度争来的。

我设计的“应急通信保障车”上的“混成通信平台”

四、内容与形式

一个企业的核心业务就是其主营业务，也可比作“内容”，如果为核心业务而核心业务，也就是为“内容”而“内容”，这不是经营高手。因为内容要在一定的形式下展开，所谓形式，如经营手段、方法、包装、形象，还可延伸到相关的增值服务上。没有有效形式，企业经营一般是刻板、呆滞、守旧的，但形式要为内容服务，如果形式不为内容服务或把形式当作内容，这种情形不是说不可以，在特殊环境下这样做也无可厚非，但如果走到这一步，企业的内容和形式就要做调整，否则就会出现本末倒置的情形，企业会无所适从，客户也不清楚企业的方向，就会为你原有业务的稳定而担心。只有形式围绕着企业的内容即核心业务转，核心业务才可稳固、增强、发展，形式上的东西如“绿叶”衬托“红花”才能实现其价值。

五、静与动

企业经营的外在环境经常是变化的，所以企业必须面对复杂多变的国内外经济走势，这是外在的“动”，每个企业都必须应对。对这种“动”，首先是“静”以观之，即静观其变而后发制人，这种静是一种相对的静不是静坐傻等，而是要在动态的信息中发现商机，趋利避害，同时为应对环境变化要有招数，这种招数形式上也会产生“大动”，如减产、裁员、断尾，看上去动得很厉害，但是作为企业内在的标准却很清晰，还是“静”得很。不为外界所扰，虽在动中但心静如水。所以静与动的分寸把握是一种水平，更是一种艺术。我的体会是，任何情况下，以静为主，以动为静，在静中窥测大动，以静致远，去把握企业的发展。

六、隐与显

一个企业在剧烈的市场竞争中，能隐的时候隐蔽一下，该显的时候才露一手，不要太露，太露会成为行业的目标，这就是“木秀于林，风必摧之”。在隐的时候不是不要做事，反而要多做事，多干实事，把事干好！这样在要露的时候才显实力。现在流行讲故事、上市圈钱，没有故事也编故事，这样的做法对企业没有好处，从社会的角度来看也是不道德的，对企业而言，风险很大。很多编故事的风投者上市圈钱，赚取佣金，捞一把就溜，这是他们的生存方式，所以特别是做实业的，千万要小心，不要被编故事者骗了，没有实力可显的时候，大肆渲染自己，最后首当其冲被大势卷走。一个要做大的企业，要有耐心，要有韧劲，潜心深藏，像核潜艇一样，能长时间潜居深海、不显山露水，一旦条件成熟露出水面时，就是一个庞然大物。而这样的核潜艇越是大浪来时，越是深潜避浪，这是保护自己的最好的做法。

七、点与面

企业有多个产品构成的一个业务面。做规划就是做战略策划，也就是做面上的布局，业务面由多个产品“点”构成，产品“点”有先有后、有重有轻，所以一个企业除了在面上的战略布局外，重要的是抓住每个时期不同点上的产品。一个时期的“点”不能太多，多个业务并举容易分散资源，要在多点业务中挑出重要产品，集中力量打歼灭战，也就是战术上要打好每个“点”的业务，在多项业务中挑出最有可能突破的业务“点”快速出击，夺下每一个点，逐渐形成一个业务面，从而为夺取企业战略目标打下基础。

八、上与下

企业一般有行政上级或业务领导部门，这些且为“上”；“下”是指相关管理部门。在现有的体制下必须面对现实，所以要“尊上和下”，因为上面有很多商业“先机”，所以与上要沟通，求得理解、支持；而下面又有很多的关卡，企业要“通关”，必须求得配合、协助。有时，通过“上”的理解，做“下”的工作就相对容易了。当然，必要时“由上制下”也是不可忽视的。企业在经营过程中，只看眼下的业务那是不够的，要在把握关系中求生存、利用关系中求发展、建立关系中与同行互动，上上下下的关系都要处理好。

九、虚与实

一般都认为企业是实业，那么就要干实事，干实事就不要来虚的。企业与人一样存在于虚与实之间，人每天要吃饭，这是实；但人还要有精神生活、要信仰，这是虚。一个人没有精神生活就如同行尸走肉，所以一个企业要有“愿景”，一个没有愿景的企业是不可靠、不实在的企业，当然，不干实事、要倒闭的企业有愿景也没用。所以，企业要“实中有虚、实而带虚，不能虚而不实”。

十、内与外

企业要有内功与外功两面，首先要有内功，内功包括了技术、产品、人员、管理、文化。一个企业不练内功是无法应对市场竞争的，所以只有练好内功才能存在。外功包括了形象、公关、广告等，没有外功也不行，练不好外功就不能推销和展现自己的业务，当然，内与外相比内功为主，内功为上。有的企业广告册、名片精美，街头广告铺天盖地，却没有实在的产品或服务，这样的企业是走不远的。

经营管理者实际上是因经营理念的不同而出现企业管理方法上的迥异，没有什么模式是唯一的最佳经营模式，行业不同、产品不同，各种企业都有自己的生存之道。我认为不要过分相信什么管理上的大师，所谓“大师”也就是在不同环境下把经营管理拿在可控范围之内，朝一个既定的目标健康发展，其中要有一个一以贯之的经营理念，这个“理念”的核心就是经营管理者的“哲学思维”对现存的一切进行的哲学思考的概括。

2009 年 1 月 10 日

勿忘国耻　警钟长鸣
——抗战胜利70周年主题纪念彩票由来

两年前，一个偶然的机会从朋友那里得到一个信息，在中国银行上海分行的金库里雪藏了近70年的一批当年为庆祝抗战胜利而由上海滩文人墨客以欢庆胜利、和平是福为题材而作的国画面世了，当我看到这批画时，第一个职业反应就是能不能用这批画设计抗战胜利70周年纪念的纪念彩票，目的是通过彩票这个介质，传播“勿忘国耻、警钟长鸣”的理念，促进人们对今天的和平来之不易的认识。

在民政部、财政部、中国集邮总公司、中国福利彩票发行管理中心的支持下，经过一年半的创意、策划、审批、印制等各环节各方人士的共同努力，还有我的牵线，组织、协调，终于在9月3日阅兵前正式在上海首发了。

此套抗战纪念彩票面世后受到了社会广泛好评，特别是珍藏册部分所具有的历史价值、文化价值、收藏价值，是我国彩票发行史上的一个重要事件。在其策划发行过程中，还有许多感人的故事，使我感到用“和平是福”做主题，传播了人类永恒的美好追求，但要保卫和平也是一代代中国人的责任，在和平环境下使祖国富强起来、人民富裕起来、世界正义力量联合起来，才能不让历史悲剧重演。抗战胜利纪念彩票的发行，只是我为和平事业尽的一份力，希望通过9月3日阅兵提醒全体中华儿女不忘国耻、齐心奋斗努力，使中华民族成为维护世界和平的一支强大的正义力量。

我们为世界和平共同祈福！

“和平是福”珍藏册

2015年9月8日

欢庆胜利 勿忘国耻 风云叵测 警钟长鸣

七十年前，中国人民与世界反法西斯正义力量同仇敌忾、互相支持，经过艰苦卓绝的浴血奋战，以巨大的牺牲迎来了对法西斯反击战争的胜利。在这一光辉的历史时刻，由画坛名家朱屺瞻先生筹划，在上海邀请了三十五位文人墨客，以“和平是福”为主题，由每位献上一幅纪念抗日战争胜利的册画以作纪念，永世传承。

七十年来，中国人民经过艰苦奋斗、奋发图强，终于昂首于世界民族之林。然而，当年“无条件投降”的日本如今却军国主义阴魂不散，中国人民和世界正义力量面对死灰复燃的军国主义思想和行为，不能不警钟长鸣，警惕法西斯还魂。在世界反法西斯战争胜利七十周年纪念日之际，全国军民在欢庆胜利的同时进行一次“勿忘国耻”的心灵感召，是十分必要的。

“和平是福”这一主题彩票的发行也是为了让世世代代的中国人在欢庆胜利的同时勿忘国耻、风云叵测、警钟长鸣，同时明白只有全体人民投入到中华民族复兴的伟大事业中去，强国富民，壮大自己力量，才能有效地防止历史悲剧的重演。让我们共同为世界和平祈福！

和平是福——人类永恒的美好追求！

余建国

2015 年 7 月 15 日

数字未来与未来数字
——对“数字”的思考

今天下午与九三学社中央委员张学栋老师相约在万豪酒店会面。因为我策划的“和平是福”纪念抗战胜利70周年福利彩票珍藏册9月18日正式在京沪两地上市，我来京参加签售活动，带来了我的作品作为纪念品送给他。由此，我们就切入了我俩共同感兴趣的有关“数字”的话题。

张老师的跨学科、跨专业、跨行业的“三跨”概念深深地感染了我，因为我的经历也是如此特色，而且，是“三跨”造就了我。同时我俩对“数字”的敏感性都是从文科思维角度出发的，这是难得的知音。因为经历了“文化大革命”的一代人，会花精力去考察它的客观存在以及对未来世界的深层次影响力，去客观分析数字对现今这个世界未来走向的推动力的人为数不多。经过在数字通信领域20多年的从业体会和感受，我对数字两字的敏感度是非常强烈的。我认为世界的一切都可以用数字来表现，甚至在黑洞中也有有序的数字存在。特别是最近我在与杭州健培公司总经理程国华的交流中得知，他们在医学数字显影成像技术中正致力于人体经络数字成像技术。目前市场上的各种电子数字技术设备，也为人们打开了认识数字世界的这扇窗提供了手段，人们借助这些工具，对千变万化的大千世界将会有一个全新的认识。所以我的“数字未来与未来数字”只是提出一个切入认识客观世界的新途径——数字。而当我们这一代人站在这个历史文化节点上的时候，有社会责任感的学者、专家就要去引导社会认识一个我们从来没有那么多的机会可以打开的新窗口，而用数字的方式虽已经被打开了，对数字化的思维进行思考的人却不多，大部分人只热衷于对数字化应用成果的享受中，所以“一个数字化的思维方式”被历史性地提出，需要有人去研究解释，并对人们对未来数字化世界与社会生产、社会生活、社会关系的新变化进行研究，为社会发展提供新的理论依据。

以上是一些零星的发散思考，我想未来会有人来研究。这个时代，社会缺乏学理又懂文、学文又通理的人才，更需要跨学科、跨专业、跨领域的“三跨人才”。我觉得未来在需要专才的同时更需要复合型人才，而且需要大量这方面的人才，过去“文理分科”的时代在已来临的数字时代面前落伍了。从小要在知识结构和育才方法上探讨新的教育方法，只有这样才能让我们在数字时代大格局中保持优势，才能在各领域里长驱直入，从而立于不败之地。

我想，今天与张老师的交流，未来社会的发展会印证我们的观念是不无道理的。

2015 年 9 月 20 日于北京万豪

安东尼说我内心的“鬼”

安东尼好久没来上海了，昨天约我见面。我从北京回到上海，就去他下榻的虹桥希尔顿酒店赴约。

一见面，安东尼就调侃自己“命大”。这次他在加拿大做了创伤性心脏探测，医生说他的心脏有一段主动脉 100% 堵塞，两年前他在香港的电梯里缺血性昏厥，差点儿“走”掉了，好在他的主动脉边上有一条血管备用道起了辅助作用，才救了他。他现在靠这个备用道向心脏供血，所以已无大碍，而一旦这个道也堵住，那么他只能“走”了。医生说他“幸运”，他归结为他做好事多，老天给他的回报。

他话锋一转对我说：你这个人心中有一个“内鬼”你知道吗？这个“内鬼”就是你很有责任心、很追求完美、很讲感情，让你对什么事都很在意并且非得做好，这个“鬼”也是一个“贪”字，想做很多的“事”。他开导我说，我们这个年纪应该明白了很多，我们改变不了的东西，不要太在意、太执着了，留点时间给自己、给家里，享受享受天伦之乐！

安东尼是我公司的股东，也是我十多年的好朋友，我们之间有过很多合作，但没有任何个人利益上的计较，为此他很佩服我，因此他能无所顾忌地“批我”，其实是真正关心我。安东尼说他也有过与我同样的毛病，早年是香港学运的左派分子，后来是香港中文大学的教师，后下海经商，几经磨难，虽事业有成，财富也有了，但最后还是被朋友出卖，因此他对世事看得比我透。他又有一张快嘴，所以他能这样地敲打我、试图敲醒我，也算是知己了。

其实这两年，我从彩票中心退休后就想慢慢退出江湖，因为有了小外孙，总想在家里过过清闲的日子。然而有时身不由己，身体还可以、思路还清晰，卫星通信之事一时放不下，又沾上了不少项目策划。平心而论，64 岁的人了，不能不服老，应该安排全退了，最近也在想总不能一直干下去，但退也有退的法子。以安东尼之见，SVC 股权转让之日就是我退出江湖之时，自己算算这个时间节点，应该成为一个转折点，但还不能与所有业务一刀两断。我有三个心愿：一是为 SVC 未来发展提出一个规划；二是为中国卫星通信产业开一个研讨会，对中国未来卫星发展前景进行一次讨论；三是把水舞间、互联网下海和互联网下乡三个项目推动起来。这样我就可以放下心中想做事的“鬼”，今后当个闲士云游世界。安东尼还补充了一句，“也不要写大文章之类，这些事我们这一辈无能为力的，听听音乐，写写孙辈的小故事就可以了”。

安东尼的一席肺腑之言，我不但真得听听，还要细细品品，让自己未来活得轻松一点，多留些时间给自己。

卫星事业发展应可持续

近年来我国的航天事业飞速发展，特别是继高轨道大卫星持续多年发展以后，中低轨道的小卫星也热了起来。现在我国在轨卫星有 130 多颗，占全球在轨卫星数量的 10% 以上，而且国内从军工企业到民营企业，一股“不言卫星不算高大上”的风被吹了起来。从正面看，这股热情也许将成为我国航空事业发展的又一波峰。但任何事情都要有度，就卫星事业而言这个度就是把卫星研发、制造、发射与卫星的应用取得相对的一定平衡，否则也是一种资源浪费。然而，近年假借卫星概念到处圈地，以航天航空卫星产业园为题材到股市炒概念、到地产市场炒地皮，从西到东到处是卫星、航天产业开发区、产业园，这样的发展是虚热、虚胖，最后会害了航天、航空、卫星产业的健康发展。

我国真正意义上的卫星市场化运营是从 1993 年邮电部颁发 001 号许可证开始的，之前卫星事业全部在军方或邮电部门。出现此许可证才是我国市场意义上的商业卫星应用起步的标志。当年 VSAT 的运营牌照也被恶炒过，然而后来的 20 多年间，真正在做卫星商业应用服务的企业少之又少，到如今，当年发过的 100 多张经营许可证，真正还在坚持商业化运营的估计十张都不到。几年前有资料说，中国在轨卫星资源的利用率不到美国的八十分之一，也就是说我国虽然发射了不少卫星，但真正的商业意义上的应用水平还是很低的，如果加上近年来我国发射的卫星数量虽然上去了，但应用水平还是停留在原地，那么在轨卫星的应用与美国的差距又拉大了。所以对如今中国卫星应用状态水平，业内人员都表示不尽如人意！在这样的背景下我们为保持卫星研发、制造、发射处于世界先进水平的同时，要把卫星的应用水平也赶上去，国家有关部门应有相应的政策。发改委、工信部前两年也颁布了一些政策，但在落实上，最终还是有利了航天航空卫星产业领域里炒概念、炒地皮、炒房产，真正与卫星应用相挂钩而且见成效的仍不多。在这样的情况下，发改委、工信部、财政部等相关委办应该总结一下原因，针对性地出台一些扶持应用的实质性、针对性政策措施，不能让卫星应用产业发展再走上歪路。

其实国际上也有卫星应用的问题，美国、澳大利亚等国在卫星应用上都有针对性政策，特别是对偏远地区民众的卫星通信服务，采取在电信级服务上纳入“普遍服务”政策对象，是给消费者补贴，而不是直接给运营企业补贴，这样真正有助于推动卫星应用的发展。我国偏远地区的互联网接入全靠光纤不现实，靠地面无线也有不足之处，而卫星则有这方面接入的优势，所以国家相关部门要有一个政策支持的细则，而不是原则，不必有对企业进行补贴的大政策，而应让利于消费者，特别是农村偏远地区的农民。

现在对卫星热要冷静分析一下，只有卫星应用热起来，卫星事业发展才会有更大的发展动力（军用卫星除外），否则，卫星上天，应用一地鸡毛，要不了几年，天上的卫星寿命到期后，我国在轨卫星资源也会大量减少，“轨位”资源也不保。

我的观点是：卫星要发展并且要可持续发展，可持续发展的根本在于卫星应用的发展，卫星应用发展要让消费者（企业、个人）用得上、用得起，在应用的初级阶段，要向消费者（企业、农村用户、个人）制定倾斜性政策，才能真正有利于卫星应用发展，才是支持我国卫星事业可持续发展的根本动力所在。

2017 年 3 月 24 日

·链接·

未来十年是卫星应用的好时机

【人物档案】

余建国，中国宇航学会卫星应用专业委员会通信专家组专家，北京大学彩票研究所特邀研究员，上海维赛特网络系统有限公司(SVC)董事长、总经理。其因创建中国001号甚小口径卫星通信网和

余建国

开通中国第一套全热线电脑福利彩票系统，汶川地震期间组建“上海市抗震救灾卫星突击队”并担任民政部救灾应急通信保障总指挥，被授予“上海市劳动模范”荣誉称号。

中国科技网讯（李浩） 国务院近日印发《“十三五”国家战略性新兴产业发展规划》，提出做大做强卫星及应用产业，围绕国家区域发展总体战略，推动“互联网＋天基信息应用”深入发展，打造空间信息消费全新产业链和商业模式。在国家卫星通信专家研讨会召开前夕，中国科技网记者专访了上海维赛特总经理余建国，重点探讨了中国商用卫星的应用创新。他表示在卫星通信领域，自己是从零开始的，23 年来一直从事卫星通信的应用工作，各种酸甜苦辣都尝过了。

卫星用途主要分为通信广播、定位导航、遥感扫描三大类，可以单用，也可以混合用。我国目前卫星转发器主要在 C 波段、Ku 波段上，下一步的发展重点会放在 Ka 波段，因为 Ka 波段将是大容量卫星，这对未来突破卫星应用领域瓶颈起着至关重要的作用。余建国介绍称，我国目前在轨卫星近百颗，数量虽然不少但利用率不算高，主要原因在于国内在卫星应用领域投入少、应用开发的企业也少。五年前有个数据，我们国家卫星资源的利用率只相当于美国的八十分之一。自己坚持了 23 年，走过了最艰苦的初创阶段，近几年才逐步进入了发展阶段。坚信随着国家经济、社会的整体发展，将来在轨运行的卫星会越来越多，而各行各业对卫星应用的客观需求也会越来越明显。想到在 1994 年，国家领导人在考察 SVC 时用三句话评价当时的卫星应用系统为“东西是好东西，但要有人识货，真正要发展是 2000 年以后的事”，现在看来，要坚持二十多年是很艰辛的。

VSAT 甚小口径卫星通信技术是国际上20世纪80年代中后期发展起来的新型卫星通信技术。从20世纪90年代初我国开始引进该项技术起，余建国所在的上海维赛特网络系统有限公司当时拿到了我们国家甚小口径通信卫星应用的001号许可证，经历了二十多年的发展历程，如今VSAT卫星通信技术已在应急救灾的通信保障、远程医学教学、高清视频会议、文娱节目传播、彩票投注等领域得到广泛应用。

在该项技术应用真正发挥作用的节点上，余建国提到了为民政部建设的视频会议网。该网链接了2000多个县。2008年汶川大地震，利用SVC卫星地球站，连接了移动、联通、电信、铁通、电力、科技网，加上天上的卫星，组成了"天地复合网"，解决了救灾现场通信的网络难题。物理网络问题解决了，后来却发现了新的问题：应用系统不通。各部门在现场各自所带的系统相互不通，造成了总指挥没法统一指挥。为解决此难题，维赛特专门研发了"混成通信平台"。只有天地复合、多应用系统混合，卫星网才能真正发挥救灾的指挥作用。该项目还获得政府500万元的奖励。

技术的积累、实战的经验、发展的思路，促使余建国带领维赛特不断创新。目前他还负责国家减灾中心应急通信保障工作的日常值班工作，在大型灾害发生时，哪里用卫星网、哪里用地面线、哪里用移动站，都由维赛特来组网，供国家减灾中心领导指挥时用。借助平台应用实战经验，维赛特还参与了互联网进校园行动，为偏远地区550所中小学建立了远程教育网。

23年来，余建国深耕在商业卫星应用领域，除了互联网进园校外，还做了互联网下海、互联网下乡的应用探索，也为国家一带一路的战略实施在信息化上做了准备。

"接下来十年是卫星应用的好时机"，余建国最后说，我国卫星应用发起趋势已势不可挡，对于我们这种有技术、有平台、有服务的企业来说机会来了。

（原文刊发于2016年12月31日中国科技网，略有修改）

与海明兄聊卫星通信的趋势

海明兄任亚洲卫星公司总裁也有20多年了，他、孙观圻和我可以说是在世界卫星通信领域的卫星资源、卫星通信系统、卫星运营商三者构成的产业链上共事时间最长的“三人组”。我们虽相继退休，但都还钟情于卫星通信事业，三个人从不同的角度全心关注、热心推动卫星通信产业的发展。以前我只要去香港，我俩凑个半小时也得见一面，聊聊卫星通信技术研究趋势和卫星通信事业的发展趋势。此次来京，正好是他退休后我们相约的第一次见面。

他按时来到我下榻的东方君悦酒店，我们边吃自助餐边聊卫星通信，今天我们重点聊了Ka波段通信的趋势。

20年前，我们VSAT系统先用C波段进行通信组网，Ku波段上来后因Ku波段天线小的优势，考虑到客户端安装方便，也上了Ku波段。我们公司23年间虽然发展慢，但始终坚持在这一领域的发展，所以是全国在这一领域仅剩下的几个硕果之一。

影响卫星通信发展的原因除了国家政策等因素外，转发器成本是一个重要因素，现在卫星转发器成本每兆每年约30万人民币，价格较高，除了专网、跨区域性大企业能承受外，一般客户是难以承受的，这也是卫星通信应用发展不起来的重要原因。同时，卫星资源在天上空烧，形成资源的大量浪费，而整个行业又挣扎在死亡边缘，形成一对矛盾。

直到几年前 Ka 波段的卫星和卫星通信系统技术的成熟及发达国家应用的领先发展，亚洲卫星公司也有两个转发器在轨试运行，而且亚太卫星公司也准备明年发 Ka 波段 30G 的大卫星，连徐咏明都想发 140G 的 Ka 卫星，所以这种趋势已露出 Ka 波段发展的苗头。当然，运营商更在等待 Ka 卫星上天，因为 Ka 卫星的容量远大于原来的 Ku 和 C 波段，这样转发器的成本可大幅下降，而对运营商来说，降低成本有利于应用推广。

今天与海明兄聊了以后，我对 Ka 的认识又进了一步。

1. 一颗 Ka 卫星上的转发器带宽可做到 300G！这对原来一颗卫星只有 3 ~ 4G 来说增加了 100 倍。

2. 也就是说理论上 Ka 波段转发器的成本只是 C、Ku 波段的百分之一，这就太吸引人了！

3. 美国还在准备发 1000G 的 Ka 波段卫星，这样未来卫星通信完全可与地面通信网竞争，特别是在偏远地区，光缆到不了户，地面通信质量不好，零星散居用户更有优势，还有移动的车载、机载通信，更是绝对优势。

在退休之后还能赶上一波转折性的发展机遇，也许是上苍对我 20 多年坚持不懈奋斗的回报吧！我感恩而且珍惜这样的机会，但饭还要一口一口吃，工作还得一步一步地来，先从调查研究下手吧！

我们的“三人组”一定会在这个发展转折关头再拼搏一番，为中国的卫星通信应用事业再发挥一次余热。

北京 2016 年 9 月 4 日

《空袭》存世活资料抢救行动

前天，香港沙龙影业主席汪长禹先生约我在静安希尔顿共进午餐。汪先生是香港影视界的大佬，他虽不是演艺人员，但对现代演艺业的成就而言是幕后英雄，是影视界 IT 设备租赁业的老前辈，早在 20 世纪七八十年代，就将科技引入制片。从李小龙的武打片到成龙的功夫片，很多动作、功夫片中，很多新技术、新设备、新概念的运用结合，他是一个里程碑式的人物。

我参与中美合拍片《空袭》的组创工作，并通过于建华认识了汪先生。我们俩在社会观、价值观、科技观和影视发展趋势观上不仅相近，而且很多方面是完全相同的，所以近两年来我们一有见面机会就聊聊天。尤其是《空袭》片的制片人、好莱坞著名制片托尼、唐娜、休斯，与汪先生也是老朋友。这样一来，我俩在影视圈的朋友圈中又有很多共同的好友，所以备感亲切。

我在与汪先生的接触中，发现他是一个爱港、爱国、爱影视的正直人士，我们俩又是同时代的人，所以有"知己"之感。每次虽见面时间不长，沟通却无任何障碍，谈业务或相互沟通，效率很高。我对他创导的影视业的孵化基地深为敬佩，所以他是我尊敬的兄长。

午餐时他告诉我，他在与唐娜的通话中，唐娜告诉他《空袭》的机组人员前两年还有四位在世，而今年只剩一位了！而且是当年空袭东京时杜立特机组的副驾驶。汪先生听后立马说要有纪录片做宣传，赶快派人去美国得州进行抢救性的采访安排，这是难得的存世见证者、亲历者，所有费用由他负责。这样就有了这次的“抢救行动”，也为《空袭》的面世增加了历史厚重感。我对汪先生说您这一举动是历史性的。他很谦虚，说他只是出于一种历史责任感，毫无任何获利念头。凭这一点我认为这位兄长不仅年纪上长我几岁，为人处世上也是我的楷模。

席间，我翻出手机中的一张照片，让他和他的两位手下人员辨识一下。对其中一张，我说是 1943 年冬在上海郊区龙华，有三个人被十字架反绑着跪在地上准备行刑枪决，他和在座的各位第一反应是国民党枪杀共产党。无论是看到这张照片的大陆人还是港澳台同胞都是这个反应，因为当时国民党对共产党员进步人士常在上海郊区的龙华行刑枪决。后来只能我来说出“谜底”！这三位是参与空袭东京的行动组机组人员，被日本人俘虏后关在上海提篮桥监狱，于 1943 年冬在龙华被日本宪兵执行枪决。这是“在中国人的土地上由日本人枪决的反法西斯的美国英雄”！这个历史不为大多数中国人所知，汪先生听了我的介绍连连点头称赞，说了不起，你怎么找到的！我说我们《空袭》摄制组美方人员从美国收获的日本人档案资料中找到的！大家都说“太难得了！太珍贵了”！我说，我还有其中一位名叫威廉的英雄写给他父母的遗书，并当场读了这封催人泪下的信，大家又一次震撼。我又讲了我安排的《空袭》的片头的思路和想法，大家又一致称好。当然，这样的安排还要与导演布鲁斯商量，他是最终的拍板者。

席间我们又聊了许多，大家一致认为《空袭》太值得拍了，该片不仅是为当年反法西斯战争中牺牲的中美两国军人和付出惨重代价的中美两国人民献礼，更重要的是让世人不要忘记法西斯给人类所带来的沉痛灾难，同时让中美两国人民知道我们曾有过“鲜血染成的战斗友谊”，两国人民应该为维护来之不易的世界和平多合作、多做贡献。所以，《空袭》不仅有历史意义，更有现实意义！祝拍摄组成功，向抢救这段史料做出努力的汪先生致敬！

2016 年 10 月 22 日

亲爱的爸爸妈妈：

明天他们将要处死我，但是看了这封信不要难过，爸妈都知道，我从小就想当一名飞行员，不是因为这场战争的话，我可能已经是航空公司的驾驶员吧……

明天以后我将永远见不到你们……爸爸妈妈，我要你们知道，这一切我并不后悔，我是自愿参加这次任务……我也很骄傲……我是一名军人，最终把我的生命献给了我的国家！……

爱你们的儿子　威廉

“一带一路”主题彩票之序言三篇

去年，我想“一带一路”已成为我国的国家发展之战略国策，自己能否也为之做点实事。我的实事无非是在两个方向上，一是卫星通信应用于一带一路，二是将彩票作为宣传一带一路国策的载体。在彩票方面，我策划了《以茶会友》等一个系列的主题彩票共 12 套。现将前三套序整理如下。

以茶会友

沙漠驼队、古道马帮，在古丝绸之路上烙下了穿越时空的东西方交往痕迹。每当提起古丝路，那悠扬的驼铃声仍余音绕耳，激起人们对穿行于广袤沙漠中的先辈们的无限崇敬——是他们开辟了这条商贸交往之路，进而推动了东西方文化交流，增进了各民族的联系和友谊，为全人类留下了

珍贵的历史遗产并至今仍为我们所享用。

如今“一带一路”倡议广受沿线国家政府与民众的欢迎，它不仅激发了人们对古丝绸之路复兴的期待与神往，更将推动东西方文明在新的历史高度上的交融与发展，树起人类文明史的又一座里程碑。为此，中国福利彩票发行管理中心发行以“茶”这一古丝绸之路标志性物品为主题的“一带一路”主题彩票，为扩大“一带一路”倡议在民间的影响助力。

古丝绸之路之凄美，“一带一路”之明媚，都在人类文明史上留下了浓重的一笔。愿“一带一路”为沿途各国共赢发展提供新的载体，成为 21 世纪人类献给未来的一份厚礼，这也是我策划“一带一路”主题票的初衷。

古道增锦绣，悠扬新丝路。

2016 年 11 月 14 日

以武论道

中国功夫是中国悠久的历史文化中沉淀下来的一坛香气四溢的美酒。它是先祖们为我们留下的“强身健体、防身除恶、以正克邪”法宝，同时是古丝绸之路上东西方文化交流中“以武会友、以武论道”，与各民族人民友好往来的媒介，更展现了中华民族“崇文”“尚武”，崇尚“文武两道”的民族精神。

流传至今的中国功夫门派众多，我们精挑一些在民间广为流传的代表性功夫，作为中国福利彩票“一带一路”主题系列彩票的题材之一，设计了“以武论道”即开型彩票，并汇编成珍藏册，供广大彩票、邮票收藏者收藏，在“一带一路”倡议实施中，它也将成为弘扬中国传统文化的载体，使这一中国文化精髓得以发扬光大！

2017 年 2 月 2 日

以时为事

中国节气是中国古代先民们在认识大自然过程中通过归纳总结各种自然现象而形成的一个指导人们以时节来为农事的“坐标系数”，即“以时为事”。

随着社稷的形成，节气也逐渐演变为以农事为准绳的家事、国事重要典礼制度中不可或缺的元素，并成为中国人生活中的文化现象。

节气由于与气象、星象、灾害症候、疫情等现象有着内在的联系，因此逐渐成为人们认识和改造自然的途径，在几千年的东西方文化交往中也慢慢地传入周边国家和地区。

2016 年 11 月，联合国将“中国节气”纳入世界非物质文化遗产，这是对中国劳动人民在认识自然界过程中为世界所做贡献的肯定。因此，中国福利彩票发行管理中心将“以时为事”编入“一带一路”主题系列彩票之中，对通过“一带一路”弘扬中国文化有着深远的历史意义。将“中国节气” 附以现代科学佐证也是全世界科学工作者的责任，更是中国科学工作者的义务。愿“中国节气”为人类美好生活服务。

2017 年 1 月 30 日

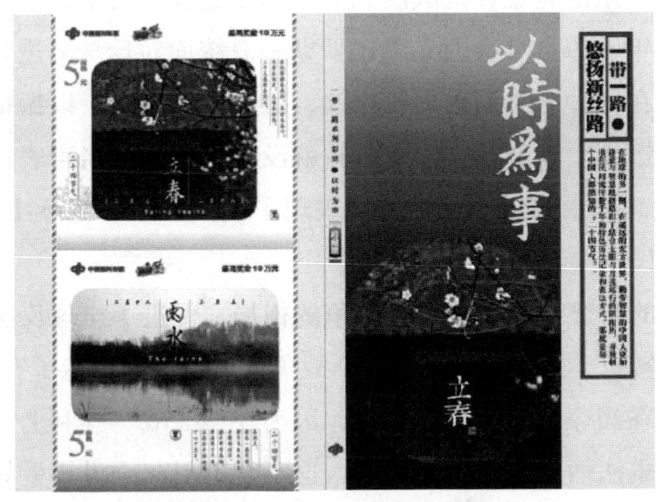

《空袭》一片的现实意义

去年高兵传过来一个项目，说美国 GMMG（美国娱乐管理公司）的制片人安东尼有意在抗战胜利七十周年之际，与中国一起拍摄一部反映当年（1942 年 4 月）美国罗斯福总统面对珍珠港遭到日本军队偷袭，在种种困难面前力排众议，决定空袭东京，以振奋全国军民士气的影片。罗斯福“没有营救就没有成功”的名言表现了英雄主义节气，推崇人道主义精神，表现了爱国主义、国际主义气概，而中国军民也参与了这一历史事件。

当年的空袭扭转了太平洋战争的格局，促进了全球反法西斯战争的战略转折，为同盟国反法西斯战争的最后胜利创造了有利条件，这一题材在当今也具有现实意义，因为在“二战”胜利七十年后的今天，日本法西斯阴魂还在回潮，这不得不引起全世界爱好和平的人民的警觉。

“忘记历史意味着背叛”，“否认侵略历史意味着人性泯灭”！日本政界否认历史事实，把自己打扮成“二战”的“受害者”，把侵略战争罪犯定格成为“护国英雄”，面对这样的行为，在这样的历史关头，《空袭》一片现实意义更大于历史意义。

我从事的虽然是卫星通信技术领域小口径卫星通信业务，但是我的专业是历史与哲学专业。这样题材的影片能面世，我觉得是一种历史和政治责任，也是一种义务。为了这第一部中美合拍的史诗性大片，我义不容辞。

在国内要拍第一部中美合拍片，从现有管理体制上的程序必须要去广播电视出版总局的电影局立项并取得许可证。好在八年前，在广电总局当时的司长张宏森的支持下，影酷获得了全国第一张数字院线许可证，而他现在升任电影总局局长，我通过王辛建、傅洪涛联系上张局后专门去拜访了他。

张局长一听这个主题，认为无论从历史意义、现实意义、政治意义上都是一个好题材，非常支持并表示尽力促成立项。在十天之后，该片的立项通知书和许可证就颁发下来了。看到立项通知书和许可证（2014 年 9 月 24 日），我才松了一口气，心里非常高兴，因为我又促成了一件很有意义的事。

第一部中美合拍片本身也是一件具有历史意义的事件。上周我去日本时从网上看到了一则消息，即美国媒体对日本政府把东条英机作为英雄在靖国神社供奉起来，把自己当作原子弹的受害者，社会舆论哗然。美方认为如果按日本舆论，美国罗斯福总统是罪犯？美国在“二战”中对日本是非正义方？这不是颠倒黑白了？所以在当下拍摄《空袭》意义不一般，必须将当年空袭的历史背景向世人做交代，把中美两国英雄共同浴血奋战，战胜日本法西斯的历史事实告诉后人，给世界一个警示，否认杀人罪行是人性泯灭！

2015 年 3 月 21 日

小卫星“热”中之忧

近年来卫星“被热起来”，有技术进步、市场需求及制造发射成本降低等诸方面的原因。特别是低轨道的小卫星星座的概念更是受到追捧，如今“一箭多星”的火箭发射技术进步，发射卫星如“天女散花”，一箭20星也是小菜一碟，为此各国竞相建设自己的卫星小星座，美国在近年内要发射3950颗，韩国说要发4000颗。

这个热中当然也有中国，从航天院所到中科院所、从国企到民企都摩拳擦掌，研制发射我国自主的小卫星星座。在有经济实力的条件下探索空间技术未来趋势，让我国在小卫星技术上有一席之地，这应该说是一件好事，可以提升我国在空间资源利用上的能力和水平，无论对军用、民用卫星技术的促进和发展都是有益的。

然而，在小卫星“热”中，我认为“热”只停留在研制、发射上是不够的，我们在卫星的应用方面还跟不上的话，就会造成新一轮虚热中的浪费。目前全球在轨卫星1000多颗，我国排在第三位，应该说卫星资源也不少，然而这些卫星资源的利用率还是比较低，多年前有一个数据，我国卫星资源利用率只有美国的1/80，如果我们近年卫星数量多了，应用还没有同步提升，那么这个比例还会扩大。看看我国VSAT卫星运营公司越来越少的现状，也不难得出这一结论。所以我认为对研制小卫星“热”不必去压制，但如果应用跟不上，热了一阵，它自然会降温的，这是市场规律。虽然这也是市场给了小卫星的机会，但能不能抓住市场机遇，又是另外一回事了。

我主张小卫星不要一头热，只有在小卫星的应用上也相应做些投入，为上天后的小卫星找出路，小卫星才热得有价值，如不注意在小卫星应用上做准备，那么会像其他产业一样，要不了多久又要“去产能化”了。所以小卫星不仅要热在水平上，更要热在应用上，不仅在技术上让我们不落伍，更重要的是对国家经济社会发展有促进、推动的作用，这才是投资者的利益所在，也是国家利益所在。

2016 年 7 月 1 日

生命感悟

夏威夷拜见老师

此次去洛杉矶与《空袭》的制片人托尼、当娜、休斯开会，回国途中途径夏威夷回上海，得以了却多年的愿望，去看望我三十五年前的导师，美国生命本质科学院院长柏忠言，同时拜望有“中国瑜伽之母”之称的蕙兰女士。

柏忠言老师是三十五年前冥冥之中安排给我、让我不得不见的导师。

那是 1980 年五六月间，上海市团市委在青年宫组织了一次报告会，由美国生命本质科学院院长柏忠言教授为青年干部作“西方社会病”的报告。这是老师在对西方社会的观察中所发现的“西方社会病”，也是人类社会发展过程中的普遍性问题。在西方社会发展的过程中，特别是六、七十年代兴起了“嬉皮士”运动（当年美国青年的“颓废运动”），当时人们物质生活丰富但精神生活匾乏，很多青年失去生活目标，进而试图通过吸毒摆脱生活现实的一种社会现象。柏忠言导师认为这是一个社会发展过程中物质生活和精神生活发展不平衡的情况下必然会出现的问题。为此他提出一个人必须要有正确的人生观，那就是：作为一个社会的人必须正确认识自己“我是谁”！只有认识自己是一个社会的人，身为社会大众的一分子就不能只追求个人的享受而应为社会大众服务，由此引导青年通过提升对生命意义的认识，成为一个有益于社会的人。途径之一则是通过对瑜伽的修行，认识自己“我是谁”！再通过“语音冥想”到达“业瑜伽”。所谓“业瑜伽”就是积极的人生就要有为大众服务的精神，从实践为大众谋大利的角度来实现自己的社会责任，这也是人生的价值。

我在回程时经过夏威夷，在洛杉矶出了一点儿意外。在酒店时我感到心脏有点不适，酒店用救护车送我去医院检查，虽无大碍，但着实惊了一把！然而一到夏威夷，心脏不适的症状一下子没了。更神奇的是，见到老师的第一面，他说：“听说你在洛杉矶心脏不适，这是一件好事！”老师开场白就以哲理先声夺人，说让我感受一下无常，真实地经历一次身躯被虚无。那时，我不由自主地两眼泪光闪烁，与老师相对凝视了许久。

接下来老师带我们来到他小屋旁的海边，指着海说，这里有一条鱼儿几乎每天从东面游过来，又从西边游回去，鱼对世界的认识就是这么一个空间，就算有一百多条也一样，它们对世界的认识是有局限的，哪怕你给每条鱼发个望远镜，它们对世界的认识也不会有什么飞跃！而后他话锋一转：“人也不就是这样！研究的东西其实也是很有限的，所以不要太固执，要放下。听说你也做了很多有意义的事，自己尽心尽力就可以了，不要太执著，有时间多来夏威夷休息休息，放松放松，在这儿一定要放下，放轻松。世间的很多事只能顺其自然。”他说，三十五年前自己到中国讲“我是谁”，现在将“我是谁”加上“语音冥想”，最后是“业瑜伽”也就是实践。他认为东西方文化是相通的，老子讲气，孔子讲与人为善，讲功，瑜伽的“业瑜伽”就是讲实践，讲人要为人类的整体服务，否则来世上一趟如行尸走肉。他又说，自己当年到中国讲授“西方社会病”，希望中国的青年人要明白自己是谁，否则物质丰富了，精神却颓废了！

我们在徐徐海风里聆听老师的讲解，当下没有仪规，随老师在花园里时而坐下，时而漫步。在那一刻老师的智慧之光时时一波一波冲击我的心灵之门。三十五年前老师为我单独讲课的情景又浮现在眼前，像是穿越了时空，如我们当年在锦江饭店、在中央团校一样的情景。只是老师老了，满头的白发，身材也不复当年，可他的灵性依然，能量依旧。

我倍感幸运，阔别三十五年后我们在夏威夷重逢。

2015 年 10 月 17 日于北京

我与张蕙兰

偶开的白花

快两个星期了，绵绵细雨时断时续。不知为什么近来烦恼、焦虑、忧郁，缠得我胸闷气急。多年未发的头眩病也犯了起来，至今仍恍恍惚惚的。

晚上 8 时 15 分左右，我拖着疲倦的身子推开了家门，里间屋子里传来哀乐声，妻子、女儿正在收看中央电视台辑录的耀邦同志追悼会实况，屋子里的气氛显得格外沉闷。我放下包，打开了阳台的铁门，紧靠着墙伫立着，凝视着深邃而昏黑的天际，不由得接连吸了几口裹着雨丝的凉凉的空气。

屋子里的灯光从窗帘的缝隙里透出来，落在阳台沿口的一只种着菖兰的花盆上。蓦然，我惊奇地发现盆中央直立着两枝超过了叶子高度一米的花茎，每枝花茎上绽出三只花蕾。其中一枝的顶端，一个花苞在雨中盛开，花朵在灯光下呈洁白色。顿时，一种惭愧之情油然而生。这盆栽了八年之久的菖兰，我从来没认认真真地施过肥、浇过水，至多是在浇其他花时把剩下的水不论多少一股脑儿倒在这盆花里。我怠慢它，大概起因于它是只花两毛钱从菜市场的地摊上随意买来的吧。

八年来，无论是酷暑还是寒冬，那盆菖兰用它那宽宽的浅绿色的叶子，把生命的气息和生活的温馨悄悄地注入了我那小小的三口之家。八年了，我不知道它会开花，我也从没期望它开花。只愿它那刚柔相间的叶子永远留住这缕绿色，因为绿色象征着生命、希望。

我细细地端详这株菖兰，歉疚之余又欣喜不已。俗话说，人非草木，孰能无情，其实草木也是有情有义的。菖兰啊菖兰，你为什么早不开晚不开偏偏在近日开，你又开得那么快、那么多、那么白。也许是偶然，却似乎知我心意。微弱的灯光下，淡淡的白花显得素雅、纯洁，我本想连盆搬进屋子，可是一想，还是不要去惊动它，它在黑暗中才更白更纯洁。我一转身退入屋内，关上铁门，透过窗子玻璃，怀着敬意和感激之情，久久地凝视着那洁白的花朵，那善解人意的菖兰。

1989 年 4 月 22 日

哪来的时间?

近年来，我自定了一个写作目标，即长短文章每年不得少于30篇（工作总结、讲话之类不计其内），这样差不多平均每两周写一篇。文章短则数百字，长不过5000字。总之，一年下来少说也有六七万字。体裁有通讯、情况报告、特约研究论文，还有少量杂文、随笔，内容涉及面较宽，有理论探讨、工作研究、社会问题反映等。大部分内容都是工作中碰到的新情况、新问题，和由这些新情况、新问题引出的思考。

一个朋友帮我把所写的文章按时间顺序装订起来，竟有四册“之巨”，看了这厚厚的四本合订本，一些朋友、同事都不约而同地向我提出一个问题：“你哪来那么多时间爬格子？”说实在的，日复一日这样一天天过来，我从来没有认真考虑过这个问题，真的要我回答这个问题，一下子答不上来。细细想来，我每天可以自由支配的时间真是少得可怜。早晨从虹口的家到吴泾的单位，单程就要两小时之多，一天足足四小时要花在路上，上班八小时，睡觉八小时，吃晚饭加上看电视新闻又得一个半小时，剩下的时间只是“边角料”了，没有多大用场可派。唯一留下、我支配较多的一天就是星期天了。从我每篇草稿的角上所记日期，就可以看出我的写作时间几乎都是星期天。而就是星期天对我来说也是够紧张的，平时从没有睡懒觉的习惯，星期天往往也是六点半起床。

因为平时不干家务，星期天总得加倍做点“补偿”。对我来说星期天是实行外勤“全额承包”。买菜是头等大事。因为一周的荤菜要备足，蔬菜也得备上两三天的，所以早上要跑两个菜场，一个是计划菜场，一个是自由市场。对我来说时间不多，不能把时间泡在排队上。因此必须实行“计划”与“市场”结合，并以商场为主，这样我们的消费要比别人高一点，但“买”来的是时间，这对我来说是十分重要的。两个菜场走下来已 8 点钟，这时才能进早餐，然后再处理一些零碎的家务，大概到 9 点半光景，可以告一个段落。9 点半以后的两个半小时对我来说是写作的“黄金时间”，这时我与女儿在同一张台子上摆开了架势，她复习功课，我开始“爬格子”。我的习惯是要么不写，要写则一气呵成。一般一篇文章不分两段时间写作，只要平时有准备，两小时中写四五千字的文章一般没问题。写出的稿子我往往要做冷处理，除了特急的文章，当日晚饭后即进行修改，大部分要放上一个星期左右。这样每星期基本上都有新文章写好，又有老文章改出来，我自知文笔不算好，但是笔头不能停。我坚信日积月累，笔头会“磨”出来的。星期天下午，我还能睡上两三小时，晚饭后稍抽点时间修改文章。这就是我星期天的时间表。

也有朋友对两小时的写作时间提出疑问，似乎在他们的眼里，写东西总得抽抽烟、捧杯茶喝喝，悠悠闲闲好自然，这样情绪放松的状态下，才能最有效地利用时间进行写作。然而我却从不吸一支烟，写作时也从不喝一口茶，我像平时工作一样紧张地写作，这已成为一种习惯，没有激情我决不下笔。所以一旦进入“角色”，我在有限的时间内进行有效的写作，对我来说吸烟、喝茶都会用去有限的时间。因此两小时对我来说，是实实足足的两小时。当然，一篇文章从构思、立题、选角度，一般已酝酿了一段时间，起码也得两三个星期，我对可作为内容的题材推敲多次，有的经推敲而定下来，有的则自我否定。但一旦确定可动笔的题材，我则储存在自己的记忆里，以便写作时“取”出来加工。我的构思过程主要是每天上下班路上的四小时，足够让我酝酿、构思、推敲了。

部分手稿

当然，每每遇到工作上的新情况、新问题，我则在笔记本上记上一笔，以备有时间细细推敲。每看一篇文章，每听一次报告，甚至一些同志的牢骚、怪话，都可能成为我写作的由来。所以虽然写作时间是两小时，准备其实不止两小时，有时需要几周，有时为了选一个题材和写作角度，而自己的知识还没积累到一定的程度，那么我只能把它搁起来，待成熟才下笔。因此，我有的题目已是封存多年，有的只是列了一个提纲。平时的准备过程也是时间的积累过程，所花费的直接写作时间是两小时，如果加上“隐性时间”则远远超过两小时。对我来说，时间没有特别恩惠于我，只不过我做了一个小小的安排，所以能有时间实现我的写作目标。

1991 年 2 月 10 日

远去的逸飞兄

与逸飞兄的相识是 1997 年夏天，他当时听胡炜讲起过维赛特公司有卫星传输的设备，通过秘书与我联系，在一个夏天的下午来到了金桥卫星地球站。

我与逸飞兄

逸飞大我几岁，当然是兄长了，我们初次见面就有相见恨晚的感觉。逸飞兄有大师的风范，却没有大师的架子。我先聆听了他在时尚、视觉、影视方面的观点，对于我的经历，逸飞兄也褒奖有余。当时我国卫星通信服务业务还处于低潮状态，特别是我的业务取向正从完成网络建设而进入信息服务领域，进而走向提供内容增值服务的方向。我的想法得到逸飞兄的赞肯。我们都认为未来物理网络不是问题，关键是向老百姓提供什么样的内容和服务，这样网络才有前途。那天相谈甚欢，我提出今后有条件时可以酝酿建立时尚频道，把时尚信息用专网联起来，形成一个全国性的时尚领域的培训专网，这个网就叫“逸飞时尚”。这个时尚频道的概念是否比东视的时尚频道早还是晚，我不得而知了，但是在维赛特后来的信息内容发展的规划中就多次出现过，并准备在条件成熟时正式筹办。后来双方工作都很忙，具体实施没有深入策划。那次会面之后，紧接着逸飞兄专门派秘书安排了在老锦江的中餐厅，我们俩又进行了一次题材广泛的深谈。

此后的几年中，虽然我们没有具体的合作项目，但在业务上特别是在艺术观念上还是经常沟通并相通的。我曾把周予的音乐风光片《李白》的第一集初稿送他指教。后来他跟我说，他忙于其他业务，没有精力顾及此片的拍摄，并请秘书把稿子退给了我。我在筹划“彩票频道”和“金色频道”时，一些构想性的思路在电话中与逸飞兄有过几次长谈，他不在我这个圈子里，具体也没提什么意见，只是鼓励性地说这两个频道不错，特别是老人的“金色频道”，这是积德的事情。在这两个频道批下来后我打电话告诉他，他说，这真不容易，你又可以大干一番了。

我们相识后的六七年里，几乎每年都会抽机会，余秋雨、胡炜、惠珊、张毅还有我在一起聚聚、聊聊天。我 2005 年元月最后一次见到他是在文广威海路大楼的大厅门口，我去黎瑞刚处谈合作，出来时在大厅门口听到有人叫“余厂长”。我想叫我余厂长的人是不会多的，回头一看是曹可凡，于是打了招呼。这时逸飞兄也走了过来，问我最近忙吗。他与曹可凡等着要上楼去，我们匆匆地在门口讲了几句，临别时逸飞兄还补了一句话：“余兄，什么时候我们再聚聚？”我说：“好呀！”说好等惠珊、张毅他们回沪后，我来安排，逸飞兄还说应该轮到他安排了，这竟成了我们之间永别的对白。那天赛飞听到噩耗，打电话给我时我心中蓦然一震。我跟张毅讲过这次等他回来，我们几个老朋友再聚聚，现在“六缺一”了。惠珊和张毅从台湾来电，说他们赶不上过来送逸飞兄了，由我代表吧。

逸飞远去了，耳熟能详的宁波腔、慢悠悠的节奏、和气相待的氛围随之也走了，逸飞留下的空白如今中国还不知由谁能在如此广泛的领域中替代得了。

生活还得继续，时尚还得流行，大视觉的概念已为更多人所接受了，我想这是对逸飞兄最好的告慰吧！他的努力、他的奋斗，会有人理解的！

高山仰止兮　低头思伟人——凭吊耀邦陵

耀邦同志离我们远去近20年了，20年来神州大地发生了天翻地覆的变化，中华民族又出现5000年来“中兴之光”。耀邦同志虽未看到这一盛世景象，但当年他力推的改革如今已结出硕果，耀邦同志生前追求的理想信念，历史已给了他一个交代。

十多年前，邓伟志老师给过我一张他在耀邦同志陵前的留念照，之后我就一直有去祭拜耀邦同志的心愿。最近趁着去庐山开会，江西的海滨兄特意安排与会人员去共青城凭吊耀邦陵。

耀邦墓坐落在背树面湖的一个小丘上。进入陵园，首先映入眼帘的不是高耸的雕像，而是共青城人种植的一行行果树，低头迎客的树枝上结满了尚未成熟的各种果子，艳阳下，蝉鸣声此起彼伏。正午时刻，我们在耀邦同志墓前举行了简单的祭扫仪式，送上了花环以表我们那个年代的共青团员发自内心的敬仰之意。我因有着十多年的专门从事共青团工作的经历，更是有一种难舍的政治历史情结。当年，在耀邦同志追悼会那天，我写过《偶开的白花》一文以寄托自己的哀思，如今在耀邦同志的墓前，我看到的是五彩绚丽盛开的鲜花，耀邦留给我们这一代人的政治遗产以及他的为人、品格，他的人生价值，随着时间的推移越发显现。

我缓步绕墓园一圈，最后停留在陵墓正前方，仰视耀邦的雕像，耀邦同志虚怀若谷、神情自若地凝视着这片他生前战斗过的土地，思念着他的战友、他的部下，关心着天下苍生的日常生活……

春上枝头

炙热的太阳烤得我全身上下大汗淋漓，止不住的泪水与满头大汗混为一体，我真想大喊一声：“耀邦同志，我来看你了！”

由于当天下午我和伯泉要赶回北京，我们一行在参观了耀邦同志纪念馆之后惜别了陵园。

凭吊耀邦陵

墓道上的果树虽然结满了果子，但是还未成熟；墓前的鲜花虽然盛开，但是还没有百花齐放；中国的大地已今非昔比，但还没有一统……我想耀邦还在嘱托着他的后人。

努力吧，耀邦的继承者们！

2006 年国庆节　上海

我心目中的“天”

这次出访南美是从上海飞往布宜诺斯艾利斯，途中经停巴黎，在空中的飞行时间算起来要有 25 小时，连续飞行 25 小时，对我来说是破自己的纪录了。高局、虹口区的陈区长和我，我们三个坐公务舱，因为她们二位是女性，又谈得投机，我只好闭目养神。不一会儿，我推起遮阳板，眺望窗外远处天地一线的天际，观察航路上的天象。从上海去巴黎的航路是从北京北上过内蒙古，入蒙古进俄罗斯，一路上天气都很好，湛蓝的天空中偶尔飘过几朵白云，白云下的城市、田野、山脉、湖泊尽收眼底。在飞越了乌拉尔山脉后，大地上隐隐见绿了，蓝天、绿地、白云……我的思绪也慢慢进入我心目中的“天”。

小时候我家住在集贤村 1 号，我们家天井的三面围墙特别高，足足超过二楼的窗口，所以我们在天井里看天，犹如井底之蛙。到了暑假里的大热天，每天傍晚，我带着弟妹们总是把天井里的水泥地冲得特别干净，我们用板刷加肥皂把小方格子的水泥地刷得发白，妈妈回家总夸我们，但不知道我们用了她的香皂。那个年头不要说香皂，普通肥皂也是要凭票买的，看到我们做家务，把家里整理得干干净净，妈妈也不好说什么了。我们拿 1.5 米见方的大洗衣板斜搁在天井通往大客堂的台阶上，一头高一头低，弟妹几个齐刷刷仰躺在洗衣板上，凝望天上变幻莫测的云彩。我们凭着童年天真的想象，一会儿是一群羊，一会儿狼来了，一会儿又是只大象、老虎什么的，大家七嘴八舌地诉说着自己的发现。有时，乌云来了要下雨了，我们会坚持到雨点落下来才罢休；有时，吃了晚饭后也躺着数天上的星星，看着闪闪的星星，大家争着以自己的名字命名，夜晚的星光是那么灿烂，童年时心中的天是云的天、鸟的天、星星的天，似乎在我童年的眼中天与自己并没有多大的关系。

稍大一点时，天热放假，去四马路的阿娘那里，闷热的夏天里，晚饭后，大家都拿着小板凳、竹椅子，聚在弄堂拐角听老人们讲故事。这时有关天上的故事多了，概念也慢慢多了起来，阿娘讲了天上有嫦娥，还讲了天上有过日本人的飞机，这时的我对天上的概念开始有点抽象了，因为我没有看见过嫦娥，也没有看到过日本飞机，只能跟着老人们的故事去想象。我记得在五年级的时候，妈妈单位里的庞得章舅舅来我家吃饭，带来一套《十万个为什么》送给我，看着十来册书还有五颜六色的封面，我着实兴奋了一阵子。后来我经常翻来看看，越看越有劲，真是爱不释手，对其中的各种为什么都很感兴趣，对有关“天”的为什么尤为感兴趣。这样，我慢慢开始对天、天上、天体知识有了点皮毛的认识。

我 1963 年进入莘庄中学读初中，学校里的航空模型兴趣小组立即吸引了我。课余时间我与班里的冯华琪热衷于航空模型飞机的制作，小则弹射类飞机，大一点到橡皮筋动力型滑翔机再到牵引性的滑翔机。从那个时候开始我对气象、风向、云层及流线型等的概念慢慢形成。直到代表学校在虹桥机场参加上海市中学生航空模型比赛，自己真的开始热爱上了天空，有时候想象着有朝一日能在天空中翱翔。

初中二年级，学校动员报名参加滑翔员，对我来说就是机会来了。我未经得父母同意就报了名，在经过一轮一轮的体检后，最后全校只有两名同学入选，我是其中一个。我还通过了在闸北幼儿师范学校住校的最终体检。班里欢送会也开了，班长的职务也交给了另一位同学，然而最后时刻班主任却找我谈话说，由于我外婆的政治问题我未被录取，这时的我真是有无地自容之感，好在班主任还是劝我不要泄气，接受组织考验。奇怪，这样一来反而激发了我对天、天上、天体的兴趣，我开始关心飞机，只要听到飞机的声音，就想多看一眼空中移动的飞机。因为我视力好，可以盯着飞机看好长时间，往往直至飞机在视线中消失。到了 1968 年，我被分配到厂里当搬运工，下班后无所事事，我就买《航空知识》杂志，并把每期中缝的飞机平面图“依样画葫芦”画下来，最厉害的是能把 747 的座位也一个个画出来，乃至后来 1980 年去中央团校学习时第一次坐上 747，我对 747 飞机的布局了如指掌。

对航空知识的兴趣让我同天空、天象、天体的知识结了缘，1974 年我到复旦参加哲学培训班学习，因学自然哲学又接触到了时间、空间、宇宙的概念，特别是时空概念，让我对“天”又有了哲学意义上的认识。不知是否是命运的安排，在我从事了 26 年化工行业的党政工作后，1993 年我竟然进入了与天空有关的卫星通信行业，从事卫星通信的业务工作。天天与天打交道了，这个时候我心目中的“天”又多了轨道位置、日凌等技术上的宇宙概念，这样，我对天、天空、天象、天体、时间、空间、宇宙形成了一条知识链，然而，对“天”有刻骨铭心的认识是我母亲的去世。母亲去世后，我时常仰天长叹：“姆妈，什么时候再能见到你？！”我常盼着在梦中与姆妈相会。1989 年我在拍摄电视剧《天字号风云录》最后一集时，看着吴蕴初夫人吴仪先因吴蕴初去世后天人永隔的场景，我有过一丝伤悲，那时就有“万一姆妈走了也是这样的吗”的想法。因此姆妈过世后，每当我坐飞机飞上天空时，总会想起姆妈，梦想着能不能让我们母子在天上见上一面。有一年去泰山，泰山上的“天街”又令我想起姆妈，为此作诗《天街喊母》一首以寄托眷眷思念之情。之后，我每每坐上飞机飞上天空，就难以抑制思母之情，只能含泪凝对窗外的天际。

飞机在大西洋上空移动，我想着想着，不知不觉睡着了，醒来之后发觉飞机开始下降了，这是我从来没有过的在飞机上睡过的一个好觉。

我的“天”是有我自己特殊内涵的“天”，我的“天”是我们母子相会的“天”，我心中的“天”是不可碰触的“天”。

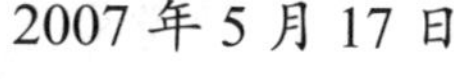

2007 年 5 月 17 日

我的母亲

慈母梦

天街上
母子凝视相对
叮嘱细细思量
清身影
灯伴行
僧人吟
香烛明
唯独情深思念增长

千年修得今生喜相逢
笑含子
春风扬
乳少急
整天泪
唯恐爱子饥辘肠
担惊受怕
人也渐憔悴

啊

慈母的泪

天街下

今难见

啊

慈母难追

眷眷恋

母子情难舍

莲花座

低头笑泪落下

泰山天街

轻轻贴近脸庞
静静候你显影
再遇你
喜悦无量
荷花坛
四溢沉香

2015 年 1 月 25 日于北京

我的母亲

适者生存是永恒的规律

尽管当代有些自然科学家对达尔文的生物进化论提出了质疑，但是“适者生存”这个19世纪自然科学领域中的成果，对现今社会生活的影响仍很大，特别是在商品经济社会的经济活动中，还是可以明显地看到这一理论的作用，即优胜劣汰、适者生存。

SVC经历的十年风雨，有成功之处也有不足之处。成功之处在于不断适应技术市场的变化上，不足之处是还没将适应进化转变为跳跃性的质的变化。

进化是一个渐进的过程，这个过程是量的积累。市场竞争也是一个量的积累过程，那种不愿努力在过程中去积累，却期望有质的飞跃的企业，其基础是不牢靠的。当然，企业质的飞跃是要抓住机遇的，不是不需要作为的。SVC的十年只是经历了从天上走到地上、从通信走向增值服务，这只是个开端，第二次质变所需量的积累，过程才刚开始。在这个过程中全体员工思想上要有足够的准备，一方面要不急不躁，要一个业务一个业务地去应对，另一方面要积极抓机遇，趁机而上。十年前还不知网络为何物，而如今IT、互联网、媒体合流的趋势已见端倪，SVC如果找不到自己的定位，不能适应这个变化的环境，那么只能在水里，而进化不成两栖动物。

如今瞬息万变的时代不只是适者生存，世界已变成“快鱼”吃“慢鱼”了，量变、速变、度变已成为一个企业在时空上的定位了。我们必须脚踏实地，从细节着手做好每一件工作、每一桩业务，抓住快速的量的积累，同时不要放过一切可以趁机而上、飞跃的机遇。我想 SVC 十年的基业已为下一次飞跃做好了准备，所以每个员工要有思想准备，一旦飞跃来临之际，自己的适应性如何？新的一年来临之际，请问一下自己，准备好了吗？

2004 年

关于生命的遐想

生命的本质研究与生物体的本质研究是两个不同的范畴。

人的生命能量分两段呈现，从受精卵到谢世一段，这一段我的生命本质以能量形式体现，显形在时空里。谢世以后，我的能量离开身躯，以一种超时空的微能量形式在宇宙间慢慢远去。能量大的人，即便离我们远去，他的能量还会长时间存在，仿佛就在我们身边，我们会不时地感受到，然后又渐渐进入黑洞……那里没有时间和空间。

生物体在时间的方向上和空间里是有始有终的，而生命体在时空上有显形阶段和隐形阶段。

生物体在时间和空间里的存在都可以以数理来量化计算、化验，如几岁、它的器官质量状态如何。

生命体的能量，目前还无法精准计量和分析，但我认为不久的将来也许可以做到这一点。

生命体在时空上的利用是不同的，特别是在时间宽度上。如一个人常坐飞机来来去去办事，一生可做很多事；一个人坐牛车也来来往往办事，也做不少事，但两者在有效生物体存续时空内对时间的利用度是不一样的。人和蚂蚁，从生物体角度看，平均单位时间内对时空的利用度是相差很大的。随着现代交通工具的发展，人对空间利用度越来越大，相对古人，对时空利用有效性而言，生物体的寿命已大大增长。生物体的寿命加大并不意味着生命质量提高，生命质量与一个人的能量是呈相关关系。

所以，就生命本质而言，在它寄附于生物体的显性阶段，能量大小与生命能量在世的自我实现价值和对促进社会发展的价值是正相关关系。人生在世，没有去实现自我价值，不为社会进步做出贡献，付出一份力，那么生命能量就小，也就是生命本质没有充分展现就将隐性而去。生命的张力没有得到充分体现。

有人觉得时间不够用，说明他在充分利用时间的宽度，如有人同时在做多种不同的事，所以人与人在时间、空间的利用度上是不一样的。有的人在消磨时光，那种消磨时间的人，时空宽度对他而言是无意义的。

生命质量与生物体质量之间就是生活，也就是什么样的活法，影响着这两种形态的质量。

有人能量很大，但为事业而很早献身了；有人能量很低，但寿命很长。也有人生命能量大，在实现自我价值的同时对社会进步贡献也大，自己的寿命也很长，自己赢得了能量长寿，实现了人生价值，社会也得到他的贡献。所以“活法”可以选择。

现代科技可以使生物体健康，生物体健康使生命能量的充分展现得以可能。但作为人的生物体的细胞分裂只有 50 代，这是一个显形的状态，目前没人可跨越。但在 50 代分裂周期中生物体质量不一样，也为生命能量的展现提供不一样的载体基础。可以通过生物科技，提高人的生物体的存续质量，但不能对生命质量起决定性影响。对生命质量起决定性影响的是对“我”的生活方式的选择，即活法。当然，既能提高生物体的质量又能提高生物体显性存续时间（延长寿命），而真“我”又能选择正面的“活法”，那时人生在世，就比较完美了。

把复杂的事情简单化，这是智者思维。

把简单的事情做下去，这是实践出真知。

2010 年

2008 年这场冬雪
——“理性”往往也会苍白的

都说地球受二氧化碳排放的影响，南极上空出现超大规模空洞，学术界则普遍认为地球进入了一个“暖冬期”，全球也进入了“后京都会议时代”，二氧化碳排放指标的交易不仅是一种时尚，也成为地球村人的善举。正当“暖冬”被人民“深切感受”的时候，2008 年的这场冬雪来了一个“回马枪”，杀得人们措手不及，暴风雪不但从北欧刮到北美，而且正是盛夏的阿根廷，大雪也不期而至，从 42 摄氏度下降至冰点。在中国大陆，人们正纷纷赶着回家过春节，却出现了“北国春意浓浓、南方大雪飘飘”的景象，南亚的旱季却洪水泛滥。2008 年的这场冬雪 50 年不遇，大雪把人流、车流困在公路上，交通不通，通信中断、煤炭断供，工厂停工，电力断流，人们还来不及思考“为什么”，眼前只有采煤、供电、通车。回家过年压倒一切。

2008 年的这场冬雪告诉人们“理性”并不完全可靠，现在有气象卫星、大型计算机、预警机制，可是这场冬雪还是轻易地教训了地球村的每个人，人们在大自然面前无奈地臣服。

大自然有自己的规律，破坏自然法则将受规律的惩罚，人们对自然的认识还是有限的，对规律的把握更是受局限。

这场冬雪是50年来不遇，那么是否50年左右来一次是规律？还是暖冬的趋势？如果是规律，那么人们应怎样对待规律，好有个准备；如果是趋势，那么又得怎样应对？其实去年夏季热天是特长特热，谚语云：热天热得厉害，冬天也一定寒风彻骨。如果应验这一谚语，那么这场大雪告诉我们经验还是有用的，“理性”有时也会苍白。

话说回来，2008年这场大雪告诉我们什么，我们得深刻地反思，不要忙于下结论，以免不得要领，被一些现象忽悠。

地动楼摇——“5·12”遇险记

5 月 12 日下午 1:30，我离开西安高新技术开发区管委会驱车去机场，准备 13 日早上到财政部就发行世博会彩票向领导汇报工作。一出高新园区就上了去咸阳机场的高速公路，正巧，在上匝道口直线距离不到 500 米处，就是我选中的准备建设数据中心灾难备份的软件园 6 号楼，我立即在车内拿出数码相机连拍了几张。由于高速公路上车不多，40 公里的路程，不到 30 分钟就到了机场。在办妥了登机手续后，我直奔机场的 VIP 休息室，那时已经下午 2 点 20 分了。

正当我向接待的小姐询问 9282 次航班时，突然候机室大厅像被撞了的感觉一样晃动了一下，有人说飞机撞到候机楼了。我向停机坪扫了一眼，看见东方航空公司的飞机，当时第一反应就是东航怎么这么倒霉，“返航门”事件已经够他们受的了，怎么又出事了？我拿出相机就想拍。当我接近大厅的玻璃时，整个候机厅开始摇晃了起来，我感觉不对劲，迅速离开大玻璃。这时大厅里的工作人员大声叫喊着“快下楼”，我才意识到可能是地震了，也跟着其他旅客找出口，可是发现腿不听使唤，好像在船上受到风浪踏不实，紧接着，开始听到打雷似的轰隆声，抬头一看，候机厅大楼的钢架开始变形，大玻璃与钢架一起颤抖，发出咯咯的声音。钢架与水平面有超过 30

度倾斜并移位足足有 20 厘米以上，在挤推力的作用下候机楼好像在一艘船上起伏，我心慌得很，头也晕了，失去了平衡感。大部分人从登机梯撤离到停机坪，我还是比较从容，整个候机厅我是最后撤出来的几个人之一，当我下到停机坪上时，大批客人已散落在停机坪上了。我的第一反应是给丁慧通话，第一次未拨进，第二次拨通后丁慧告诉我上海也有震感，大家在从十二楼往下走，这时电话断了。我正好站在一架上航 737—800 机边上，飞机前后机舱门开着，几个工作人员在舱门口向周围张望着，我立即意识到空中在飞的飞机可能会受地球强磁场的改变而影响飞行，甚至地壳变形会影响机场跑道，于是我立马拨上航范总的电话，拨了几遍才通，是他秘书接的，我告诉他发生大地震了，赶快告诉范总要通知飞往西安的航班作应急安排，当时这位秘书还不知道发生了大地震。然后我再拨金桥机房，庄坚、唐志明的电话就不通了，此时所有通信都中断了。

这时已是下午 3 点左右了，我在停机坪上还能感觉到不断的余震，而且是频率很高的强震感。大批客人在机场上打电话都不通，大家都想了解震中在哪里，还会不会有更大的余震。一个客人说这次地震是 5 级有感地震，我说单凭我的判断是 6 级以上，如果震中在 500 公里左右那就要 7.5 级以上了。大家在停机坪上很无助，默默地等待着……所有工作人员也到了停机坪，大家议论着，说今天这场地震肯定很大，很多老外也在疑虑刚刚发生的一切，但秩序很好，大家都静静地等待。远处的跑道上还不断有飞机着陆，一架南航的客机刚进入停机坪，所有客人都不能下飞机，全部待在飞机上。这时不少客人在停机坪上拍起照片，为这一次遇险留念，我与边上的两个老外互相为对方拍照留念。

在四五十分钟后，机场工作人员通知可以返回候机厅，我也是最后一个从廊桥走回候机大厅的，进入 VIP 休息室，两个服务员这时还在说头晕，我马上又感到有余震，这两个姑娘也感觉到了。她们跑到储藏室去，一个服务员叫了起来，说架子也倒了，我过去一看，是一辆小推车，原来依墙而靠，这时却平躺在地上了，可见当时摇晃的程度是不小的。大概在 4 点半左右，机场局部恢复供电了。凤凰卫视上报道了地震中心是四川汶川县，7.6 级大震，再过几分钟中央电视台改为 7.8 级，这时我感到灾情一定非常严峻，我们国家又要面临一次考验了。

2008 年 5 月 12 日在西安国际机场

我的航班原本定于 4 点 55 分起飞，可能是北京过来的飞机晚到了，什么时候起飞不知，后来又说登机口改在一楼的 18 号。我赶到 18 号，下面已挤满了旅客，有好几处的地方已用安全带围起来，我抬头一看，原来天花板上的装饰板都裂了，有几处掉了下来，我用相机拍了一下现场。在登机口待了十来分钟也不见指示牌上的登机信息，这时远处一位服务员向我奔来，说：“余先生，登机口又改在楼上了。”我说：“那为什么不广播、不显示？”她上气不接下气地说：

“赶快上楼，在10号口，只等你一人了。”这时我急了，三步两步奔上楼直奔登机口，在检票口又从登机廊桥下到一楼的接驳车。等我登上接驳车时里面已经挤满了人，我一上车就关门开动了，这时我看看手表，正好5点整。

飞机顺利起飞，一路上天气很好，全是薄薄的稀云，只是在临近北京时云层开始增厚，6点45分我们着陆。由于先前的通信不通，一到达北京我就叫小衣不要来接我了，我乘出租车去下榻的酒店。上车后与司机聊起这场地震，北京的哥就是会侃：“怎么搞的，雪灾过后电线杆还没竖起来地震又来了，今年算是‘走运了’”，并说曾听老人说“地动山摇，叫花子不要瓢”。我不明白，向他讨教，他说：“地震一震，不管富的贫的，大家起点就拉平了，反正皇帝要赈灾开粮仓，大家吃的是一样了，这是古人留下来的老话。”我不得不佩服北京的哥又给我上了一课。到了宾馆，计价器显示86元，我拿出一张百元纸币给他，他要找零头给我，我说：“不用了！今天大难不死已经是幸者，把一切想开些吧！”这位的哥听了之后说：“大哥真是一个达人。”

汶川地震现场

看时间与用时间

2012年中国出了一个“表叔”，据说有26块各种名表，社会舆论追“表叔”，是追他哪来那么多表，是贪污？是受贿？我看了这条新闻在想，这位“表叔”是贪财还是贪时就不用说了，他不仅贪财，还炫耀！如果有人为了贪时去搞那么多表，倒是“情有可原”的，然而26块表的时间还是一天24小时，所以贪时是不可能的！如果能贪时，26只表用来看时间看都看不过来。由此来看，对“表叔”来说，用表看时间已失去意义。

表的功能首先是计时工具，而计时是为了劳作休息的合理安排。管理好时间，安排好工作生活，这才是表的普遍意义的功能。如果把表的功能作为计时，由此引向用好时间，我想这才是最有意义的。只有对于能用好时间的人，表才有现实的意义。显然，“表叔”们不会去动用好时间的脑筋，他们动的是贪财的脑筋，所以表对他们而言，其功能已失去了实用的意义，只能成为炫富、炫地位的装饰品了。

表不重要，时间才重要，安排好时间、用好时间，才对生命有意义。

2012年12月30日

从“人生绚丽，知者不惑”说开去

新年一过，我们楼里电梯中的广告牌又更新了，梅赛德斯的广告语“人生绚丽，知者不惑”简洁、引人深思，但我感到，如把“知者不惑”改一个字，即改“知”为“智”更好。因“知”代表知道，了解知识罢了，而“智”更深，即智慧者、聪明的人，悟性高者。当然，广告语上用“知”已是可以了，如果要我说，“人生绚丽、智者不惑”就要用这个“智”替代那个“知”了。

对人生苦短，我是这样认为的：“人生苦短”是讲人生“苦于短”，不是讲人生的“苦”，从这个意义上讲，人生要绚丽就“更苦于人生之短”，所以要“知短”也就是要珍惜“时间”，人生如白驹过隙，稍纵即逝。在“短暂”的人生中使之绚丽，这里面有客观条件，也有主观要把握的问题。所谓客观条件是遇到了什么样的时代，那是大有区别的，如果你来到这个世上正遇到洪荒时代或是兵荒马乱，那么痛苦的生活使有些人往往感到生不如死，长夜路漫漫；反之，如果你出生在太平盛世或如今的信息时代，那么赶上了好时光，站在了这个地球村至今最辉煌的年代，在幸福中徜徉的你会感到幸福生活刚来临，但自己已鬓发斑白，时间飞逝而过。其实无论好时光还是坏时代，时间是不变的，不同的只是人的一种感觉。在不同的时代，人生绚丽之光只有在智者身上的感觉才是相同的，他们不为生活之艰辛、困难而向生活低头，来世走一遭也得争气、体面、尊严，他们的不惑在于乐观地对待生不逢时。人生之花如严寒蜡梅，虽有凄苦之象，但还是芬芳绽放笑迎明媚春光，没有消极厌世而浪费生命、虚度年华。同样生活在好时光下的人，是极度快速地消费人生？还是将有限的人生变得绚丽灿烂？这也是有不同的活法的。好时光下物质充沛、文化多元，处处是诱惑，是醉生梦死在绚丽灿烂的烟花中，还是让自己的人生在为他人、为社会服务中而绚丽灿烂？这也是好时光下不同人的不同选择，当然，后者是“智者”。只有在物欲横流、精神空虚的世界中能把握自己人生的“不惑者”，才是“智者达人”。

所以，只有不惑的智者对绚丽的认知，才能感悟生命的真正意义。因此“人生绚丽、智者不惑”倒是一句很好的人生警示语，它能劝谕更多的人不要为生不逢时悲哀，也不要遇上盛世而昏了头，时时通过自己的努力把握好自己，做一个“不惑的智者”！

相约在花季——我与樱花 1 号

我家住在浦东世纪公园 2 号门对面的锦绣路民生路转角的御景园，沿锦绣路往西 300 米就是浦东新区景观河道——张家浜。清晨起来，我会沿锦绣路到张家浜、杨高路、桃林路、丁香路、迎春路去快走一圈，40 来分钟，这样时断时续，已有近十年了。

樱花 1 号

这一圈沿途高有法国梧桐、中国水杉，中有篱笆冬青、夹竹桃，低有黄杨、杜鹃，贴地的还有兰草和大片的红花草，太阳花则点缀在沿路转角处，层层叠叠，构成了一条立体的花道。张家浜边上更是桃花、梨花、樱花穿插，一大片海棠点缀在绿草丛中，不时有人带着宠物狗在张家浜里嬉水，春暖花开时节，一派生机盎然的景象，我健身快走时，沐浴在芬芳的步道上，如入仙境。

然而，让我最心仪的还是三菱商事的办公楼东侧张家浜河边上的一株复瓣的樱花树，这就是我的“樱花 1 号”。这株樱花树与其他的樱花树最大的不同，不仅在于其花瓣形状是复瓣的蝶形花瓣，更特别的是花瓣白色的花边白里微微透明，在瓣中还夹杂着血丝般殷红的射线状丝线，而且往往两朵花背靠背地粘在一起向两面绽放。晨曦透过河边的轻雾缓缓地照过来，河水中层层涟漪就在花下泛起轻波，樱花在摇曳的春风中怒放，而我时常会停住脚步细心观察品味它，太阳、河水、樱花在它们的意境中对话，我是一个旁听者。

有一年我带了一个单反，抓拍了自己感觉非常满意的一张樱花 1 号倩影照，然而此后再也没有拍到过这样的樱花照。只要在闲暇时，我常会拿出冲洗出来的相片反复欣赏。之后的几年间，每当 4 月初，我都会抓住樱花开放的几天，天天去看看这株樱花树，而且每次要对着樱花 1 号的一个部位拍上几张樱花照，这好像已成为我们的约会了，然而，我再也没有拍到过以前我眼中的樱花姿态和神韵，可我还是痴痴地每年 4 月初如期赴约，去看看樱花 1 号的花开花落。直到去年的春天，当我再去看它时，却不见其踪影，我茫然了一阵，怎么会不见了？苦苦寻觅，我在离原来的地方 50 米开外，看到了这株樱花 1 号，不禁叹息道：为什么？为什么？这么美丽、有情的樱花被移到了如此的偏僻之处，谁移的，为什么？是否它抢了谁的镜头？我真不明白，好好的樱花为人们带来春天的愉悦心情却受到了冷落！樱花也许自己也不明白。后来请教了一位常在这里做绿化养护的工人，他说这年头呀没养护工程又没钱赚，只有把这些树搬来搬去才有工程项目，才可批到钱。你看马路挖了铺、铺了挖，是一个道理！我茅塞顿开！看来人是最无情的生物，这种“脑筋”只有人类才会动得出来。

那株樱花 1 号今年我又去看了它，花朵照开但当初那灵性的花朵如今却黯然失色，好像是在枯萎着，仿佛在悄悄地对我说：“抱歉了！我们相约的花季已如云彩飘过，你不必再来看我了！”在我挥笔之时，不由自主地在眼角闪烁着泪水。是的，我们的时代已过，如今的一代大清早都在床上玩着手机，下载几张春照在朋友圈里，他们对“花季有情”是不屑一顾了！社会人间之情都淡漠了，更何况与花的情感！也许我们多情多义的这一代，该走入历史了！这个时代不属于我们了。

我与樱花 1 号的相识只能留在照片里，留在我的梦萦里了。

2016 年 4 月 16 日

生命之张力是一种自然流露出来的纯正

与王柏生老师是多年有约，早就想去他在厦门的画室拜访他。近日因去厦门出差，我忙里偷闲利用客人安排的空当专程去了王柏生的家，也是他的画室。

与王柏生上次一别又有三年不见，他还是老样子，清瘦、精干，眼睛里闪烁着对生活的自信和一种智慧之光。那天下午到他家时，他还是在忙上忙下地改造他家楼顶的茶室。在对工人们布置完任务后，我们就在他家客厅里坐了下来，他边沏茶我们边聊天，打开了话匣子。

对世态之见我们有共识，所以两人在聊了时局和家庭生活后马上直奔主题，那就是他的“画”、他的“重彩写意”，当然也夹杂着我的卫星通信技术。我俩从事的是完全不同领域的事业，但相同的价值观和相近的文化历史观让我们对专业领域的知识和感悟在同一时空背景下互相穿越，这是很有意思的碰撞，不仅是这次，以前也总是有聊不完的话题。

在王柏生的桌子上放了两本他近年出版的画册，我信手拿来翻了起来，一篇由马黎先生为他的画册写的序《大写意传统下的生命张力》跃入我的眼帘。细细读来，马黎先生对王柏生的点评有广度、有深度，他一眼就看出了王柏生画作的特点。

这时王柏生从外屋进来对我说：“老余，这次还是请你再写一篇序啦！”早些年他的两本画册我都为其写过序，如今又要我写，我的为难之情可想而知了。因为我还是觉得，我从外行角度看画难以“入木三分”，会有负于老友的一片心意，然而马黎先生的“生命张力”几个字确实触动了我的神经也点拨了我的思路，盛情难却，我答应说，“我试试”。

我所看到过的王柏生的画，印象最深刻的是女性及幼童的画，慈母、少妇、老妪，小孩、童趣、童真，在他那“重彩写意”画的背后，我看到的生命张力在王柏生笔下是一种“自然流出来的纯正”。

画有画派、诗有诗脉，这是文化多样性的必然结果，应该鼓励和尊重，但“拉帮结派”“互捧互抬”的商场、官场恶习在这个年头也侵蚀了画坛，有些所谓的“作品”完全是一些“无源之水、无本之木”歇斯底里的发泄，却被捧为“大作”，我真是不敢苟同。而王柏生的画却让我看到了他那重彩写意风格的“源”与“流”的传承，中西画中的“神”与“形”的互补和画中内涵里的“刚”与“柔”的并蓄之美。他的画中的“意”就是一以贯之的“爱”，即爱生命、爱生活、爱自然，它的“形”通过少妇、老妪、慈母、顽童在平凡生活中的融汇，成为时空交织下的生命外在的美，它们都在王柏生画作的色彩、光线、层次、构思下相重叠，所以王柏生画作中的“柔”与“刚”是一种充盈的内在美。

我很喜欢他的画，是喜欢画中透射的一种“意会”，喜欢他的技法中中国传统画的“源”与汲取的西洋画技巧的“流”的融合，特别是他的画没有如今一些作品中的狂放不羁的发泄和矫揉造作的病态，所折射的是一种在自然界里生生不息的生命力，这种生命力是一种自然流露出来的生命张力的“纯正”。这与如今画廊里看到的流水线上下来的作品更是形成了鲜明的对照。我可以从王柏生的画中闻到海边的清风和夹杂其中的微微鱼腥味，听到那惠安女窃窃私语的家长里短和远处不时传来的海边顽童的嬉闹声……

我感到最重要的是王柏生笔下“生命力”承载的不是他的平面画作，而是他以对生命的一种感悟来诠释“生命张力”，这是一种自然流出来的纯正，因此他的画作没有市侩人文的铜臭味，也摆脱了低级趣味，这才是我眼中的王柏生，他自身生命中流露出来的纯正与他的画是一个“共生体”。

“痴心妄想”的正面意义

中国人大凡在表述“痴心妄想”一词之意时，基本上都是贬义，一般指“不顾现实、脱离实际、违背规律”的不自量力的一种意念、企图、行为。

然而，现实生活中往往也有被多数人认为是“痴心妄想”的意念、意图、行为，最后在其展开过程中被人们普遍接受。被历史肯定的是“进取”“突破”，我认为有的“痴心妄想”有时会有意想不到的积极结果，因此对“痴心妄想”一词也要保留一点正面意义。无论古今中外，都不乏一批志士仁人背负着“痴心妄想”的十字架，在各自领域里以“不可为而为之”的精神探索，结果开辟了新天地，尽管他们人数不多，但对社会的意义在时空上是“划时代的”。而当他们的理念超前时，也往往被视作邪说、谬论的“痴心妄想”。

变不可能为可能的人都是有点“痴心妄想”的意念，小到小发明创造，大到社会大变革，都需要有“痴心妄想”的意念助力，当然，是否实现“痴心妄想”要由时间、实践来检验，有的的确是“痴心妄想”，有的则是暂被判为“痴心妄想”，可有的“痴心妄想”已结出正果，只有被历史认为是“正果”后的“痴心妄想”才被打上引号。然而，痴心妄想的真正积极意义在于对自然、社会变化的思考、探索，也许正在不断接近“正果”之中，因此不要随便对人们的“痴心妄想”断然做出否定，而要留有余地，要给予时间和空间！

给舞者要更多的空间，给思者要更多的时间。

人生一世　草木一秋

今天中午与陈丽娟在国测酒店共进午餐。因她去美国斯坦福大学进修，至今与她已有一年多没见了，所以一见面，话匣子一打开，就聊起了她在美国的进修情况，可她第一句竟是“再晚一点去进修可不行了”，言下之意为年纪大了再去学习有点累。我对一般留学生去学习、进修、增加知识、开阔眼界则是十分赞成的！但我不太主张毕业留美国工作，其实国内机会多于美国。她从课程、同学到所见所闻一一叙述，我们边聊边吃了起来。

她这次见到我说我气色不错，说我退休了还在忙，精神状态也不错，大加赞许。我说我工作四十多年来总是这样的，快节奏地工作、学习、生活习惯了，一下子闲下来也不习惯，况且卫星公司还有些工作，特别是国家减灾中心的工作又接了上来，再忙个一两年，然后让节奏慢下来，淡出实质性工作而转向写作。这时她突然向我提出一个问题：“彩票这样快速发展究竟好不好？”我说：“彩票对我来说已是过去式了，要我说实话的话，这几年彩票发展很快，但彩民结构没多大变化，都是农民、农民工、工薪阶层在参与，对这些人来说，过多地将收入用于购彩而使彩票发展起来，我认为是‘不道德’的。因为这样随着时间的推移‘问题彩民’数量的积累，未来可能会产生大量社会问题。所以彩票这个行业随着它的高速发展，正面来说也只是穷人帮穷人的慈善事业，负面而言人性中的‘赌性’得到不断的膨胀和持续延伸，这对社会发展、人性净化则是非道德的表现。”她对我的观点表示十分赞同，之后她又聊起一个关于时间、人生的问题，我又提出了我的老观点。时间在客观上是人人平等的，但在主观感觉上是不平等的，你能动地、充分地利用它，对你而言时间有效利用率就高，也就会感到相对时间的长度加长了。例如，你能在一小时做别人两小时的工作，那么单位时间效率就高。有人问我：“你哪来那么多时间？”我认为我的一天时间比别人要来得长，这是我对时间的主观评价，我说我同时可干很多事，因为时间通过合理安排是可以“挤”出来的，其客观标准就是单位时间内的产出（工作、学习成果）。从理论上说我把时间在空间里的厚度加大，也就是时间流在横向上而言，我的时间与大家一样，但在纵向上即时间的利用上，厚度与别人不一样，用空间换出时间了，我是这样体会“时间”的，她表示有同感。

之后我们又聊起了“人生苦短”这个话题，我说我对“人生苦短”的理解也与人不同。很多人是从佛学角度来理解的，认为人生来世是来“吃苦”的，这个“苦”是具体的苦，如生老病死的苦，而我对“人生苦短”的“苦”理解不是指具体的吃“苦”，这个“苦”是人生短的“苦”，也即应理解为人生“苦”于“短”，是“短”的“苦”。有了这样的理解，人就会去珍惜时间，珍惜时间也就是珍惜人生，她听了之后表示很有道理。由此提到现在的年轻人浮躁、轻率，把时间消磨在电脑游戏上，不珍惜时间是普遍现象。由聊时间又聊到了工作，既然人生苦短，那么要选自己喜欢的生活方式去面对人生，她也理解我为什么弃仕途而去做自己喜欢的事业了。不知不觉到了下午一点半，她要回机关上班了，我也要去邮政总公司谈世博“邮彩”之事，不得不收起刚打开的话匣子。我们约好有机会再聊。

出了国测酒店，我打出租车去金融街的邮政总公司，上了车，的士司机就自嘲：“这半个年头又过去了，不知做了些什么！”我也附和道，“时间真快”，他随口说，“人生一世，草木一秋”。北京的的士司机真不愧“博士”的雅号！“人生一世，草木一秋”，更是人生苦于“短”的注脚！

2010年7月17日于北京

在领会“虚无”中让生命闪光
——浅析“终极关怀”的积极意义

对绝大多数人来说，“终极关怀”看起来是一个深奥并且晦涩的哲学问题。人为什么而活？人生怎么活得更有意义？这类古老而永恒的命题始终是人们思考的话题，而且各个时代又加入一些特定的内涵，但又万变不离其宗。所以我认为对“终极关怀”问题的研究不仅有一般理论层面上探究的意义，更有其现实意义。虽然要彻底解决“终极关怀”问题是不可能的，然而，经过“教化”让更多的人通过领会“虚无”，从而认识生命的有限性和短暂性，进而珍惜生命，并努力提高生命的质量，由此来体悟“终极关怀”的积极意义还是可能的。

现代社会，由于生活压力大、精神没有寄托、对生活失去信心，导致缺失对生命的正确理解和认识而患上忧郁症的人不在少数，更有人企图逃避现实生活而遁入空门。从一定意义上讲，“终极关怀”问题在我国改革开放30年来的今天比任何时候都来得更加需要。面对中华民族的伟大复兴，炎黄子孙更需要理性地认识生命和对人类做出更多的贡献，这才能无愧于我们是这个星球上一个优秀的民族，因此“终极关怀”问题也是一个必须过的“坎”。

力图从“终极关怀”的教化过程中引出积极意义，不仅是理论工作者的历史责任，也是广大学术工作者、社会工作者的社会责任。

要从“终极关怀”的教化中引出积极的人生观，我认为有三个环节是十分重要的。首先，是让人感悟生命之短暂；其次，是能在领会“虚无”中反观生命的意义；再次，是积极进取奉献在当下，以出世的精神做入世的事情。这三个环节能在教化过程中把握得好，那么就必然会促进人的心智健康，平和、进取、安详的心灵也有助于更多的人成为有益于社会的人，进而对构建和谐社会起到积极推动作用。

一、感悟生命短暂是认识“终极关怀”问题的入门

“终极”就是“死亡”，“死亡”也即“虚无”，领会“虚无”也就是对死亡的“练习”，是悟出“终极关怀”问题的入门。

人们年纪轻时生命刚展开，整天无忧无虑天天盼过年，不知人生之艰难也不知旦夕祸福，真所谓“少年不识愁滋味”。因为他们难以感悟到对他们来说，生命已在接近终点的途中了，所以“终极关怀”的问题还未凸显。

然而，过了不惑之年，生活的阅历、生命的体验有了积累，人老得快了的第一感觉是“怎么时间那么快，又要过年了”，这就是从感性上察觉生命的有限性。人到了知天命之年，更会有“人生苦短”的感叹，比较典型的就是对人世间的一切开始看淡了，但大多数人对生命的认识还是停留在感性层面上，只知其然，不知其所以然。因此不少人走上醉生梦死迷途，更有甚者，上了年纪还在追名逐利、求官贪财，至死执迷不悟。这样，无论从个人生活质量角度还是社会问题角度，“终极关怀”问题都更为凸显出来了。

如果让人们对生命的认识要从感性层面上升到理性层面，让人

们越早感悟生命之短暂，这种转变的可能性才越大。所以“终极关怀”问题也要从早抓起，从小抓起，才有利于“终极关怀”的教化。

西方人不忌讳让小孩玩骷髅类的玩具，这也许是西方人对孩子从小进行的朦胧的“生命有限”教化的下意识手段。而东方人却连亲友亡故的追悼会也不让小孩参加，怕小孩附阴。孩提时代我们生病或受惊吓后，老人往往点烛、设坛、祭祖，所谓“压惊”“找活灵”，企求菩萨保佑长命百岁，而不是教小孩认识“人有生老病死”。另外，西方人往往有较早立遗嘱的习惯，这也是西方人比较能在理性层面上认识生命会遭遇无常的表现。不少中国人死到临头也不相信会死，以前很少人有立遗嘱的习惯。

因此，我认为从小就要让小孩子在日常生活中接触生命无常的现象，长大后要懂得“生命无常”的道理，成年后要感悟人生苦短，不要等过了天命之年，由于去殡仪馆送别长者、朋友、同学的机会多了，才感受到生命的短暂，到那时已近黄昏，有点为时过晚了。

中国人对小孩虽有“一寸光阴一寸金，寸金难买寸光阴”的教育和“少壮不努力，老大徒伤悲”的警言，但这些名句、警言本质上还是教人争功名的，缺失了让人从理性层面上认识生命的含义，而西方人则用“活着的每一分钟不可能还原”的哲理来示意生命之短暂。一个人活一百岁，也不过三万多天，与宇宙间光年相比，人生之短暂简直不值一提，可见生命是多么渺小、多么短暂。日常生活中无常的威胁、生命遭遇虚无的现象，我们虽在历史的长河中看到过，但从没有从“终极关怀”角度去认真思考过。如今的“59”现象也充分暴露出一些人的贪念并未因年龄增长而消退，还不知这财、权对自己生命的意义究竟何在。纵然有一部分人感觉到生命之短暂，而且生命质量也无法得到改善，他们的心灵深处对人生意义仍然无法释怀。现在社会上人们讲得比较多的是“临终关怀”，“临终关怀”至多是心理上的关怀，不能解决心灵慰藉，而只有对“终极关怀”问题有了感悟，人们的心灵才会安宁。所以，能否让子孙后代提前一点感悟到生命之短暂，这就显得很有必要了，虽不要求他们像哲学家那样去对死亡沉思和练习死亡，但要他们认识生命会遭遇无常，从而激发珍惜生命的领悟，而不要为功、名、利、禄所累，不要让生命仅仅成为这些东西的奴隶。

二、领会虚无中反观生命是认识“终极关怀”的核心

“虚无”乃是自我的“非存在”也即“死亡”。我死后世界依然存在，这个存在对我而言乃是“虚无”，所以存在的我对虚无可以领会，但当我已是“非存在”时，无法感知“虚无”是什么。

既然在世可以领会虚无，那么领会虚无对人们会有什么帮助呢？领会虚无，首先是感悟人是要死的，生命会灰飞烟灭，从而激发人们从非存在的角度去反观生命的意义，去善待生命，让尽管短暂的生命在为社会奉献中发光，这样就在“畏死”中“不怕死”，在恐惧中又坦然处世，达到这样的境界，“终极关怀”问题就得到了有意义的释放。

其次，懂得生命来之不易。生命来到世上是非理性的偶然事件，是比中大乐透概率要小得多的小概率事件。从这个意义上去看生命，它来之不易，且短之又短，所以人生来世走一趟的机会是太珍贵了。由于“活着的每一分钟不可能还原”，那么人就是活到 100 岁也不过是 5256 万分钟，就是这 5256 万分钟也会时时遭遇虚无的降临从而中断，所以过好每一分钟就是在领会虚无中反观生命意义而引出“终极关怀”的积极成果。当然，做一天和尚撞一天钟而虚度人生的人，要么还不能领会虚无对存在的必然性，好高骛远，不切实际地空想、妄想，要么走向及时行乐，放弃自己的社会责任、家庭责任，庸庸

碌碌过一生，让生命坐以待毙，这两种消极对待生命的态度也都是存在的。

要领会虚无先要“知死”“怕死”。那些不知死不怕死的莽汉，往往还认为30年后又是一条好汉，则两肋插刀为人搏命，造成引发不少社会问题的消极后果。我们讲的领会虚无是要人们知死、怕死，不是去为了不死，而是在死以前做更多有益的事，死而无憾，让生命更有意义。

因为知道人要死，就会使人怕死，怕死就会产生恐惧感，恐惧感引导人们“不为恶”，不为恶就要从善如流，一直到“善终”。一个人能善终，那么“终极关怀”问题就在一定层次上得到了解决。

所以，深刻领会了虚无，能从自我非存在的角度去观察世界，去对待人生、服务社会，并能悟出人生的积极意义，这就是哲学的任务，也是认识“终极关怀”问题的核心。

三、以出世的精神善待自己

当下是实实在在的，它的两端延伸就是出生和死亡。既然在当下，那么我已是客观存在的自我，对当下是可知的，然而，对死亡之日是不可知的，死亡之日却是一种无时不在的可能性，那么在这种无时不在的可能性发生以前，我们要以什么样的态度对待这种可能性呢？或者说怎么对待自我的死亡呢？

首先要有出世精神。出世精神就是要领会虚无，并能在领会虚无中反观生命的意义，给生命一个积极的结果。所谓“出世”就是要看淡功名利禄，认识所有的功名利禄只不过是一时拥有，这些都会很快消失。有的人活得很累，就是太看重当下的一切，认为钱要越多越好、官阶要越高越好、权力要越大越好，于是就产生溜须拍马、阿谀奉承、跑官买官。财欲驱使一些人不择手段，坑蒙拐骗、制假售假、巧取豪夺，有权、财还不够，就罗织情网，包养二奶。因权、财、色重欲之祸也就出不了世，出不了世就只能做它们的奴隶，其实，再大的权、再多的钱、再重的色欲都会在身后遭遇虚无。有些人在生前的日常生活中就遭遇无常，落得个官丢、财失、情飞，妻离子散、家破人亡的结局。下牢之后，他们也许会感悟“皆空”的因果，但为时已晚。当然，不能出世的人并不都是有以上这种结局，更多的人是被权、财、色纠缠着，精神上生不如死，一旦他们离世，子女们又为争夺遗产闹得兄弟反目、姐妹不和，下一代人又困守在“三欲”的枷锁之下和精神的牢笼之中，这些人也会叹“苦”，这种苦的根源就是没有领会“虚无”，因此出不了世，也是一种自作自受。

当然，也有些人是在没领会虚无的情况下成就一番大事的，但大部分人最后还是立不起出世的心态，为世事所累。而“终极关怀”教化的目的恰恰是让人们认识来世上一趟要为社会功德成就一番大事，是那种在出世的境界下实现自己的生命价值。当然，来世上一趟不论成不成大事，只要有益于他人、有益于社会，就会觉得生命真是妙不可言，太有意义了，因而要善待生命，不虚度时光。人只要有了出世的境界，再去做入世的事，那么人的精神面貌就会与出不了世的人完全不同。

能领会虚无，是知道人会死，但人还是无法料到死亡是在哪一天和死的感受，所以人只能领会虚无，而不可能感知到被虚无的那一刻。当你真正领会虚无时，也就能真正领会存在的意义。要真正领会虚无就要有恐惧心、忧虑感，因为有了恐惧心、忧虑感的人才能深切领会虚无，而在领会虚无中又可以得出两种结果，一种是消极的，即完全听天由命，无所事事，做一天和尚撞一天钟；另一种则是抓紧时间，以出世精神筹划人生，让人生在时间中闪闪发光。

这就需要社会的教化和引导。

四、奉献在当下，以出世的境界做入世的事情

人生一旦感悟生命短暂，领会到虚无后，往往就能看淡功、名、利、禄，因而能集中精力投入对社会有益的功业中。当人能以出世的境界做入世的事情的时候，再累的事也会感到很轻松，因为心境愉悦，所以事业的成功率也高。这种心境的出现完全不以财物的多寡而论，完全靠自己的悟性，而悟性来自教化和自身心灵体验的积累。所谓“先行入死而后生”，也就是说人只有真正领悟到“先行入死”，才能悟到“死而后生”的“生”其实不是一种“活着”，而是一种积极向上的有质量的“生”，这种“生”是利他、利社会，为“众生”而活的“生”。

只有当人生倾其力投入为利他的大众事业上去，方能以出世的态度对生活中的一切问题取舍，就会活得很轻松自在，也会因“得道多助”成就自己的事业，这就把握了生命的真正意义。当下是实在的，抓住当下，以出世的精神做入世的事情，知道“要死”是常识，悟到“要死”是领会“虚无”，直面死亡才能使“生”更有意义，这就是“终极关怀”为什么是一个十分有意义的问题的原因。

当然，“终极关怀”问题有意义，但并不是人人都能解决，每个人的境界不同，不同的人对虚无领会的深度有异，有的人从表象上去把握它，他们看穿红尘、遁入空门或淡漠处世、心灰意冷，做一天和尚撞一天钟，等待着虚无降临；有的人能以积极的态度处世，把生命浸透在时间中，让它闪光在为众生的奉献中，迎接虚无的出现，后者正是解决好“终极关怀”问题的教化意义所在。

2006 年 11 月 12 日

选 择

离上次来美国已经过去十五年之久了，这次应《空袭》美方制片人安东尼·托尼和唐娜·斯密斯的邀请，来洛杉矶参加摄制组工作会议。回程经过夏威夷，去看望35年没见的美国生命本质科学研究院院长、我的导师柏忠言教授及他的贤内助——当年我和老师之间的翻译、名满东南亚的一代瑜伽之母——张蕙兰女士。为了倒时差，提前一天到了洛杉矶，一个人在床上翻来覆去就是睡不着，于是索性起来静心思考一些问题并提笔写下此文。

老师的“我是谁”这样高难度的哲学命题，当年我是一知半解的，虽然过去了30年，如今仍未能彻悟，但这些年来的生活、工作经历对“我是谁”的认知有了自己的认识过程。这一过程现在看来也是伴随着我不断实践、不断感悟、不断选择的过程，也是自己价值观真正形成的过程。

年幼时的家庭熏陶让我想做个乖孩子，年少时的学校教育使我认识并选择做一个三好学生，年轻时的教育使我尊敬领袖、爱党爱国，争当共青团员、共产党员，中年时代努力做一个崇尚科学、投入改革，引领一个领域改革，努力使国家富强起来的实践者。如今我虽已退休，但人生还有多样选择，我选择什么呢？选择事业干下去？选择当顾问？选择回家带外孙？还是选择别的？在异国他乡，沉下心来对未来的“选择”做一思考，这次“倒时差”给了我一个思考的机会。

近 30 年来，我的职业生涯中有过几次重大选择。在 1985 年大学毕业后，组织上把我安排到 3500 多人的上海天原化工厂当党组织负责人，我听从组织安排并在近五年的时间里干得还不错；1990 年组织上又安排我去当时系统内没有人主动愿去的老大难单位，一个 1300 多人的科研所——上海市有机氟材料研究所当党委书记。我当年向组织提的唯一要求就是“给我三年时间，做不好我走人，做好也走人”。1992 年我成功地将这个研究所整体改制成为公司并“二步并一步”一气呵成，使研究所成为中国第一个科技股的上市公司——三爱富新材料股份有限公司，使其在全国科研系统成为改制典型的改制范例。在上市后组织上当时安排我去上海市化工局当领导。在这以前我从来没有职业上的主动选择而都是服从安排，而这一次才出现了我职业生涯中的第一次真正可“选择”的机会。

当初，刘振元副市长向我们局党委书记刘运樟提出让我去市科投公司工作，刘书记跟我讲明了对我留在化工局的安排，但尊重我的选择。我出于三爱富公司上市过程中对刘市长的鼎力支持报知遇之恩，做出了一个不二的选择，去了市科技投资公司担任总经理助理，后来才知道科投公司也不是我的理想之地。这样，我安心下到基层一心一意将当时大家认为“烦煞特”的维赛特网络公司去主持营运工作。在我的努力下，公司不仅成为中国第一家非邮电系统的小口径卫星通信经营性企业，并且拿到了邮电部颁发的 001 号许可证。

在维赛特建成投入运行后，组织上也有几次对我的安排：一是让我去证券系统当党委书记，也许因为当年是我写了一份内参把企业上市承销工作从银行划出来交给了证券公司的原因；后又让我去浦东机场集团搞党务工作；后来胡炜区长又正式提出我去接康慧君的浦东经贸局局长一职；最后绵恒与杨雄又找我去联和投资公司；范希平又推荐我去东方有线公司当总经理。虽然这些都是领导的好意，而且在职位和待遇方面也很诱人，但我还是选择了留在维赛特，因为我觉得在基层干比较踏实。当时我是顶着“维赛特能建得起来西边出太阳”的压力从科投总部下到一线的，不争别的也要为刘市长、为自己争一口气，所以我选择了留下。

20 世纪 90 年代末的电脑福利彩票又给了我一个机遇，我又选择了带着维赛特的平台和卫星通信事业去了民政局，从此不仅让维赛特走出了困境，也让我因建设了中国第一套热线电脑彩票系统而在全国彩票界闻名。之后的 15 年间，我为民政创造了多项国内第一，使我职业生涯“情系民政”。如今退休了还是面临选择，维赛特因彩票业务将退出，IDC 新业务又因供电原因制约而受阻，其可持续发展面临严重危机！其实我从工作上已萌生倦意，但在情分上看维赛特走下坡、消失在中国卫星通信界而于心不忍，再者新股东也是在关键时刻支持过我，当时在新老股东交替之际入股扶了我一段，在没有让他们退出前我撒手不管就不够义气；另一方面，北斗华东站的建设邀我参与。所以，当前我选择什么，成了一个难题！

此次去夏威夷我想请导师为我“开示”，其实“我是谁”的命题早就为我定了“社会有利”就是最好选择的开示！否则当年我对“我是谁”也白悟了。

每个人的生命能量不一定与伟人相比，当一个人在被家人、被友人、被专业、被国家、被民族、被社会需要时，那么这个“我”在能量转化中以另一种态的形式呈现并会被表现出来。为什么我与我母亲、我女儿、我外孙，三代都很像，因为母亲的基因和能量在被需要中传承下来，这种传承并不仅仅是基因，更重要的是一种生命的能量上的传承和物理学上的遗传，“我是谁”，一代一代的能量的我在躯体的延续中自然地显现出“我”。

对我来说“不折不挠”是生命的我的必然选择，当然，我的选择还要看天时地利人和，所以这次美国之行也成了我对下一轮选择的“思考之行”，这与我第三版的“余道”书名改为“我行我道”，也是一个时空上的合理选择的选择，这样我的选择又关乎“我”、关乎家庭、事关朋友，也许还关乎国家。

母亲在天之灵的保佑、导师之诲的指引、朋友之信的鼓励，自己把握生命的“我”的选择……我相信自己的选择。

2015 年 10 月 4 日洛杉矶凌晨 3 点

余录——生命随想篇

有一个习惯，凡看到或听到一句能让我动心、有所感悟的名言警句，我会有意记下来，闲来之时随手翻翻，而每翻一次都会有不同的感受。时势、人、事在转、在变，这些名言警句就像一杆秤，让世态一切在它面前毫无遮掩地受到检验。我也从不刻意去记住这些名言警句是哪位先哲大师所言，是谁说的并不重要，在理不在理才有意义，更重要的是自己对这些名言警句的内在感受，能从中悟出一些道理来，在这个时候我的存在是不受外界干扰的，因为我的身心处在与先哲大师心灵的共鸣之中。

生命不是一个静止的实体，而是时间性的过程

28 年前美国生命本质科学院院长柏忠言给我一个数字：人身体的各个部分细胞每天都在更新，七年之后全部彻底更新，从器官上说七年之后已是一个全新的你。生命只是寄居在身体躯壳中的一种能量，爱护躯壳是重要的，让生命活得更自在、更有意义，那又是一回事。

生命是“掌握自己的存在”

生命是一种能量，能动地把握躯壳，把握自己的存在，这才是生命的意义所在。

未经反省的人生是不值得过的

反省就是对自己的把握。明明不才非要大用，那必埋下祸根，就算是才也要用对地方，才是有用之才，所以人要有自知之明，自知之明存在于不断反省中。

不成熟状态的人，不会有成熟状态的反省

反省要客观。有偏见就不可能有成熟状态的反省，那么也是一个不成熟状态的人。一些高官自以为是、自鸣得意、飞扬跋扈，不懂得反省，周围都是抬轿子、吹喇叭的，膨胀得很。这种人早晚会出事，只能说明是一个不成熟的人。

这个世界是我们的世界，把它变成天堂还是地狱都在于我们自己，事在人为

要做好人还是做坏人也是自己把握的，这个世界也一样，我们如再不善待地球，那么地狱离我们就不远了。

人类对宇宙而言是一个微不足道的存在

人类以为自己可以胜天，有计算机，有机器人，有航天飞机可以上月球，然而一场 SARS 就让人类乱了神，更不要说哪天一颗到地球来做客的小行星，可能把地球撞得粉身碎骨。在宇宙面前，人类还是谦虚一点为好。

人类生活中最重要的是“爱”和“被爱”

对宇宙而言人类既然是微不足道的存在，那么个人存在的意义就更微不足道，所以人与人之间还有什么可争的。“爱”与“被爱”还来不及就得离开这世界了，因此人类应该好好珍惜当下，好好地活在“爱”和“被爱”的和谐社会里。

什么是无悔人生，即把自己的人生放在自己的对面是美的

人生被自己感知、被自己认识、被自己欣赏，这才是实实在在的人生。当然，把自己的人生放在自己对面欣赏是美的，这个时候，人生一定要与周围的人友好相处，为社会所接受、所肯定。

人的价值在于对他人的价值的同时也是对自己的价值

人的价值，我们往往对他人、对社会的价值讲得较多，如果讲对自己的价值似乎就是个人意义了。其实不然，一个人在实现自己价值的过程中，包含着对社会的价值。当然在对他人的价值、对社会的价值中必含有对自己的价值，两者是相辅相成的。不过价值有正面价值和负面价值，人的正面价值中也会掺有负面价值，负面价值中也掺有正面价值，只不过是相比较以什么价值为主罢了。

经常想想自己对自己有用的内在价值

一个积极的人生，应该激发自己有用的内在价值，在实现为他人、为社会的价值中开发自己存在的有用的内在价值，为社会多做有益的事。

对自己的肯定是别人对自己的肯定，这是悲剧

一个人能准确判断自己的所作所为，那么就不会仅仅依赖别人

对自己的肯定，避免这种悲剧的有效办法是对自己的所作所为有信心，欣赏自己的所作所为。自己对自己的肯定，就是自己内在价值的体现。

不被承认，不被肯定，不必理会

生活中你努力了、你为社会做出了贡献，却不被承认的状况比比皆是，但自己要清醒，是评价体系有问题还是自己错了。反省自己，错了那么纠正。如果评价体系有问题，那不必理会，自己照样走下去，不要让评价体系左右你的路、左右你的人生。

人是永远未定的存在，永远有机会去实现自己的理想

人生是一个过程，在过程的任何一段都有未知的因素，所以人的一生是一个重要的存在，是一个未知的过程。既然是未知，那么在这个过程之中，可以随时实现自己的理想，当然，只有清醒的人才能有机会，浑浑噩噩的人，机会总是与之擦肩而过。

要理解自己的非存在，才会珍惜自我的存在

好比当一个人生病的时候，他才会珍惜健康，只有理解、感悟自我的非存在时，才会对生命倍加珍惜，想到自己将离开这个世界，你才会珍惜当下。

哲学对人类生活的关怀、对人类命运的关怀，是以价值为切入点的关怀

哲学是一种思想方式，也是一种生活态度。它在高度上是对人类生活的关怀、对人类命运的关怀，但在起点上是对人们日常生活的注重，让人发现自己的价值，使生活更有意义。

生命不能承受之轻

生命来到世界上是一个冲破艰难险阻的偶然事件，其概率远远小于中乐透彩，所以人在世就要享受生命。只有忍辱负重、真正活过的人，生命才有意义。因此空虚的生活、没意义地活着是一种痛苦。生命只有承受其重才是其价值所在，否则是“来过”，而没有“活过”。

人的相对自由是对应该的需要做选择

人受生老病死规律的制约，其实人的自由不可能是绝对的，何况还要受世俗社会各种规则的约束。所以人的相对自由则是绝对的，他的唯 相对状态就是对自己的需要可做选择，这种选择往往也是有限度的，当你有选择的时候，选择好你的需要是很难的。

调整需要是换一种活法

人生各个阶段有各种需要，每一种需要一旦被选择，就制约着你的生活态度和生活方式，当你每调整一次需要时，生活方式也会随之改变。所以，当你累的时候，需要休息。既然是休息，就要像休息的样子，彻底放松心情，这就换得一种活法。

生命的诞生是机遇的展现

生命是小概率事件，是偶然的机遇，抓住机遇让生命丰富多彩，否则就白活了。所以机遇中的机遇更为难得，请做好准备，去抓住机遇中的机遇。

人是向死亡的存在

人生开始之日，就是走上死亡之旅。活 100 岁也只不过 36500

来天，所以人生是短暂的，人生的存在是很有限的，面对生活中的“无常”，人的非存在是随时会出现。想想吧！你存在时你干了些什么？

哲学是一辈子的境界体验

真正学哲学的人，一辈子应在追求一种生命的体验。他不在乎结果而关注过程，关注生命过程中每个阶段对人、物、事、己的体验。这是一种活法，是一种追求境界的活动。

对人而言，这个世界只是他乡过客

人来世走一遭，对这个世界而言，只是接待了一个旅客，住一天、两天、三天都一样，只是你的付出与获得有些差别而已。就算你得到了一套性价比比别的客人高的客房，也只是一次性地占了一点小便宜，明天离开旅店的时候，心情不见得比别人好多少。

人和动物的最终区别是人能领会“虚无”

人会知自己百年之后化为尘土，而动物只是活着，无法知道自己将会离开这个世界。人的这种“知道”不是体会，而是感知或领会人将会被“虚无”。

人在两个无限中间“存在”

少儿时代总盼望过节、过年，好像时间总是那么慢；过了 35 岁人会越来越感到时间怎么那么快，一眨眼又是一年过去了。人在宇宙的时空中，时间以相对恒定的速度由过去到现在并向将来逝去，而人的细胞分裂速度在婴儿、少儿时代超过了时间恒定流去的速度，也就是分裂速度跑到时间流失的速度前面去了，这样就会产生时间落在后面的感觉；人到中年以后，细胞分裂的速度开始减缓，一旦这个速度低于相对恒定的时间速度，那么人就会感觉到落到时间流失的速度后面去了，好像自己追赶不上当下而产生了时间怎么会那么快的感觉，所以不经意地感觉到怎么那么快又要过年啦！。

人从无限的时间中来，又将消失在无限的时间中，只是在两个无限中存在一刹那。

出身无法选择，死亡的偶然性也无法选择

不要怨天尤人，出身是无法选择的。能来到这个世界你已经中了一次大奖，你还不满足吗？除了非正常情况，对谁而言，死亡的偶然性都是无法选择的，那么你就好好地善待自己、善待亲人、善待朋友、善待这世界的万事万物，这是可选择的。

任何困境下都要寻找快乐的心境

人通过磨难来到世上，而有人要历经千辛万苦才成才成人，面对困苦，有人沉沦、消磨时间，有人越挫越勇、直面人生。能不能在这个过程中发现自我，需要有一种寻乐的心境，没有一个好心境，蓝天也是黑的；有了好心境，每天太阳都是璀璨夺目的。

信仰的前提是谦卑，理性和才华不是全能的

信仰是对万象的敬畏，只有谦卑的人才会对信仰坚持。理性和才华只是外在能力，信仰是一种内在的能量所转化的能力，那是理性、才华不可相比拟的。

人要保持谦卑，因为人是要死的，生命是有限的

人对人、对自然、对社会要保持谦卑。因为在一定意义上，人

没什么了不起的，你与自然相比，自然的生命相对要长得多。人不要骄傲，低调一些、坦诚一些，不要去算计别人，一切心计都将化为乌有，有什么好计较的呢！

人生的根本价值在于奉献

人来到这个世界上就吮吸母亲的乳汁，从大自然获得生存的一切条件，难道你的价值就在于获取吗？因为你的获取已经太多了，所以要明白，人生的根本价值不在于获取，而是在于奉献。

在对生命的体会中感悟和献身

对生命的本质有体会才会珍惜生命，珍惜生命的根本在于献身，献身于自然、献身于大众，就如蜜蜂，辛勤劳作就是为世界留下蜂蜜。

活着一分钟，站在虚无中反观生命的意义

活着的时候要清醒。所谓清醒，就是要明白人生有限，人生价值在于奉献，能做到这一点的人往往是站在虚无的角度反观生命的意义，而努力使自己的人生发光，为大众发光。

这也就是：先行入死，反得其生，生得才有意义。

永恒的父母在看着子女在无常中争无常财产的可怜

人生无常，财产更无常，不明白人生无常，而去争无常的财物真是可怜。永恒的父母看着子女们的行为，感到可怜而又无奈。

热情来自对人生必有一死的领会

献身是一种热情。这种热情只有对人生彻悟才会产生，生不带

来死不带去，很多慈善家献身社会慈善事业，都有这种感觉。他们把取之社会用之社会当作自己的一种生活方式了。

浪费时间是最大的浪费

人对虚无只能领会、感悟。这种领会、感悟不是一种认识，认识是可以感觉到的，可以重复的，如热水是烫的、冰是冷的。因为人被虚无了，就无法验证认知，好比鱼在水中存在，要让鱼知道非水的东西，那么就要离开水，离开水后，鱼就被虚无了，还有什么呢！一切都没了。

活着的每一分钟不可能还原，每一分钟你是否都珍惜它？这也是人生的态度，浪费时间就是最大的浪费，“人无再少年”。

存在不是一个概念，是一种情境

存在是可被感知的，存在是具体的，这不是抽象概念，而是一种实在真实的情境，一种相应关系下的对应关系。存在通过“谛听”被感知。

当不在一起的时候感觉在一起，这是生存场的呼唤，是生存场在一起

思，是思念存在、怀念存在、铭记存在。有时候分别已久，但是总感觉在身边，这是因为有共同的生存场。在共同的生存场中生活、工作，这是一种美好的感觉，是人生的基场。

为什么亲人虽已去世，而你还感觉得到，这是思念的存在。这种存在，是因为有过共同生存场的原因。

只有生存场的重叠才是“爱”

生活在一起、工作在一起并不等于生存场的重叠；相反，不生活在一起、不工作在一起也会有生存场的重叠。比如有的人虽是夫妻，但同床异梦，行同路人；而有的人天各一方，却天涯若比邻，心心相印。只有在生存场中被呼唤，在生存场中重叠，才是真正的“爱”！

《生命随想篇》后记

《生命随想篇》是我五一劳动节的劳动成果，在打印过程中不少同事看到后都向我索要，反正是心得，谁要给谁，看看有无与我心灵相通者。

节后上班，9 日我去北京出差，考察公司数据中心的地理灾难备份，在北京看了北京福彩中心机房，我觉得面积虽然小了一点，但基本上符合条件。由于约好财政部小陈要星期二（5 月 13 日）才能见面，于是我就去了西安，与西安高新区管委会约好去考察准备在西安建设的灾难备份地点。

10 日到西安，11 日休息一天，12 日早清晨去西安高新区考察。在考察了三处地方后，匆匆吃了一顿午餐，就启程赶往咸阳机场返回北京。在机场候机厅候机时，遇上了大地震，事实上，咸阳离那次的震中汶川直线距离 700 公里左右，地震时，咸阳机场候机大楼的钢柱倾斜 20 度以上，而且是波浪式上下运动，只能眼睁睁看着大楼即将倾倒，人已无法站稳，心中恍惚，头晕，此时只能听天由命了。

强震过后，我随大家撤到停机坪，在停机坪上无任何外界信息，旅客们都很惊恐。在停机坪上，回想起我五一时的劳动成果，我深深地吸了一口气：虚无刚刚与我擦肩而过，人在自然中太渺小了，无常就在身边，好好珍惜当下吧！

2008年5月18日